LEAH A DESTIEMPO

Becky Albertalli

LEAH a DESTIEMPO

Traducción de María Celina Rojas

PUCK

Argentina – Chile – Colombia – España
Estados Unidos – México – Perú – Uruguay

Título original: *Leah On the Offbeat*
Editor original: Balzer + Bray – An Imprint of HarperCollins*Publishers*,
New York
Traducción: María Celina Rojas

1.ª edición: Agosto 2018

Copyright © 2018 by Becky Albertalli
All rights Reserved including the rights of reproduction in whole or in part in any form.
© de la traducción 2018 *by* María Celina Rojas
© 2018 *by* Ediciones Urano, S.A.U.
  Plaza de los Reyes Magos 8, piso 1.º C y D – 28007 Madrid
  www.mundopuck.com

ISBN: 978-84-92918-03-4
E-ISBN: 978-84-17312-56-5
Depósito legal: B-17.468-2018

Fotocomposición: Ediciones Urano, S.A.U.
Impreso por: Rodesa, S.A. – Polígono Industrial San Miguel
Parcelas E7-E8 – 31132 Villatuerta (Navarra)

Impreso en España – *Printed in Spain*

Para los lectores que sabían que sucedía algo,
aun cuando yo no lo sabía.

No quiero ser dramática, pero Dios me libre de que Morgan elija nuestro repertorio. Esa chica es como un padre de las afueras sufriendo una crisis de la mediana edad en el cuerpo de una estudiante de último año de bachiller.

Un ejemplo claro: está arrodillada en el suelo, utilizando la banqueta del teclado como mesa, y cada título de su lista es una canción mediocre de rock clásico. Soy una persona muy tolerante, pero como estadounidense, música y ser humano con amor propio, es tanto mi deber como mi privilegio impedir esta mierda.

Me inclino hacia adelante en mi banqueta para espiarla por encima de su hombro.

—Bon Jovi, no. Journey, no.

—¿Qué? ¿En serio? —dice Morgan—. A la gente le encanta *Don't Stop Believin'*.

—A la gente le encanta la metanfetamina. ¿Deberíamos empezar a consumirla?

Anna enarca las cejas.

—Leah, ¿acabas de...?

—¿Comparar *Don't Stop Believin'* con la metanfetamina? —Me encojo de hombros—. Bueno, sí. Sí, lo he hecho.

Anna y Morgan intercambian una Mirada con mayúscula. Es una Mirada que dice *allá vamos, no vamos a dejarlo pasar.*

—Solo lo digo. La canción es un desastre. La letra es una mierda. —Le doy un golpecito al tambor para marcar el énfasis.

—A mí me gusta la letra —dice Anna—. Es esperanzadora.

—No se trata de si es esperanzadora o no. Es la inverosimilitud total de un tren de medianoche yendo, entre comillas «a ningún lado».

Intercambian otra Mirada, esta vez acompañada por un leve encogimiento de hombros.

Traducción: *buen punto.*

Traducción de la traducción: *Leah Catherine Burke es un verdadero genio, y nunca jamás deberíamos dudar de su gusto musical.*

—Supongo que no deberíamos añadir nada nuevo hasta que Taylor y Nora regresen —concede Morgan. Y tiene razón. Los ensayos musicales del instituto han mantenido fuera de circulación a Taylor y Nora desde enero. Y aunque las demás nos hemos estado reuniendo algunas veces a la semana, apesta ensayar sin la cantante ni la guitarrista principal.

—Está bien —dice Anna—. Entonces, ¿terminamos?

—¿Con el ensayo?

Bueno. Supongo que debería haber cerrado la boca con respecto a Journey. Es decir, lo entiendo. Soy blanca. Se supone que debo amar el rock clásico de mierda. Pero, en cierta forma, pensé que estábamos disfrutando de este debate animado sobre la música y la metanfetamina. Sin embargo, quizás se desvió en algún punto, porque ahora Morgan está guardando el teclado y Anna le está enviando un mensaje de texto a su madre para que la pase a buscar. Supongo que hemos terminado.

Mi madre no llegará hasta dentro de veinte minutos, así que me quedo en la sala de música incluso después de que ellas se hayan ido. En realidad no me importa. Es agradable tocar la batería en soledad. Dejo que mis baquetas tomen la delantera, desde el bombo hasta el tambor, una y otra vez. Algunos golpes a los toms. Unos *chhh-chhh-chhh* en los platillos, y luego el *crash*.

Crash.

Crash.

Y otro más.

Ni siquiera escucho el zumbido del teléfono hasta que llega el correo de voz. Por supuesto, es mi madre. Siempre llama, los mensajes de texto son el último recurso. Uno pensaría que tiene cincuenta o un millón de años, pero tiene treinta y cinco. Yo tengo dieciocho. Adelante, haced la cuenta. Básicamente soy la versión local, gorda y de Slytherin de Rory Gilmore.

No escucho el correo de voz porque mi madre siempre me envía un mensaje de texto luego, y tal como decía, un minuto más tarde:

Lo siento mucho, cariño. Estoy atascada aquí... ¿puedes coger el autobús hoy?

Claro, respondo.

Eres la mejor. 🌚

El jefe de mi madre es un abogado robot imbatible adicto al trabajo, así que esto sucede muy a menudo. O es esto, o está en una cita. Ni siquiera es gracioso tener una madre que tiene más acción que yo. Ahora mismo, está quedando con un tipo llamado Wells. Como el plural de *well*, en inglés, *bien*, ¿sabes? Es calvo y rico, tiene las orejas pequeñas y creo que tiene casi cincuenta. Lo vi solo una vez durante treinta minutos: hizo seis chistes y dijo «ay, recórcholis» dos veces.

En fin, solía tener coche, así que no importaba tanto si llegaba a casa antes que mi madre, porque entraba por el garaje. Pero el coche de ella murió el verano pasado, así que mi coche se convirtió en su coche, lo que significa que tengo que regresar a casa con treinta y cinco estudiantes de primero. No es que esté resentida.

Se supone que debemos estar fuera de la sala de música a las cinco, así que desmonto la batería y la guardo en el almacén para instrumentos, pieza por pieza. Soy la única que utiliza un instrumento del instituto. Todos los demás tocan sus propios instrumentos en los sótanos terminados de sus mansiones privadas. Mi amigo Nick tiene una batería electrónica personalizada Yamaha DTX45K, y *ni siquiera sabe tocar la batería*. Nunca podría pagar eso, ni en mil millones de años. Pero así es Shady Creek.

El último autobús no sale hasta dentro de media hora, así que supongo que me convertiré en una *groupie* de teatro. A nadie le importa si entro en medio del ensayo, aunque la obra se estrene el viernes. En verdad, irrumpo en los ensayos con tanta frecuencia que creo que la gente se olvida de que no estoy en la obra. La mayoría de mis amigos sí lo está, incluso Nick, que hasta esto, nunca había hecho una audición para nada en su vida. Estoy segura de que solo lo hizo para pasar tiempo con su novia, adorable hasta las náuseas. Pero dado que él es una verdadera leyenda, ha logrado conseguir el papel principal.

Cojo el pasillo lateral que conduce directamente a los bastidores y me deslizo por la puerta. Por supuesto, a la primera persona que veo es a mi bro número uno, el más adorable, el devorador de Oreos: Simon Spier.

—¡Leah! —Está quieto en un lateral, disfrazado a medias, rodeado por amigos. No tengo idea de cómo la señorita Albright convenció a tantos chicos para participar en la obra este año. Simon se aleja de ellos—. Llegas justo a tiempo para mi canción.

—Lo tenía planeado.

—¿Sí?

—No.

—Te odio. —Me da un codazo y luego me abraza—. No, te quiero.

—No te culpo.

—No puedo creer que estés a punto de escucharme cantar.

Sonrío.

—Me muero por escucharte.

Después alguien susurra una orden que no llego a escuchar por completo, y los chicos forman una fila en los laterales, nerviosos y listos. Sinceramente, no puedo evitar mirarlos sin reír. La obra es *Yosef y su sorprendente manto de sueños en tecnicolor*, y todos los hermanos de Yosef llevan puestas unas peludas barbas falsas. No lo sé, quizás eso esté en las notas de vestuario de la Biblia o algo por el estilo.

—No me desees suerte —pide Simon—. Dime *mucha mierda*.

—Simon, probablemente deberías salir a escena.

—Está bien, pero escucha, no cojas el autobús. Iremos a la Casa de los Gofres después.

—Entendido.

Los chicos se entremezclan en el escenario, y yo me adentro más en los laterales. Ahora que el grupo se ha dispersado, veo a Cal Price, el director de escena, ubicado en un escritorio entre telones.

—Hola, Roja.

Así me llama él, aunque a duras penas soy pelirroja. Está bien —Cal es un pastelito de canela—, pero cada vez que lo hace me provoca este hipo en el pecho.

Mi padre solía llamarme Roja. Cuando todavía me llamaba.

—¿Has visto esta? —pregunta Cal, y sacudo la cabeza. Señala el escenario con el mentón, sonriendo, así que doy unos pasos hacia adelante.

Los chicos se sacuden. No sé cómo describirlo de otra manera. La profesora de coro hace sonar una canción de tono francés en el piano, y Simon da un paso adelante, la mano en el corazón.

—*Do you remember the good years in Canaan...*

Su voz tiembla, solo un poco, y su acento francés es un desastre. Pero es demasiado gracioso allí arriba: cae de rodillas, se toma la cabeza y suelta un quejido, y no quiero exagerar, pero quizás esté siendo la actuación más icónica de todos los tiempos.

Nora se desliza junto a mí.

—Adivina cuántas veces lo he escuchado cantar esto en su habitación.

—Por favor dime que no tiene idea de que puedes escucharlo.

—No tiene idea de que puedo escucharlo.

Lo lamento, Simon, pero eres demasiado hermoso. Si no fueras gay y no tuvieras novio, definitivamente me casaría contigo. Y seamos honestos, casarse con Simon sería alucinante, y no solo porque estuve enamorada de él en secreto durante gran parte del instituto. Es más que eso. En primer lugar, me encantaría ser una Spier, porque esa familia es literalmente perfecta. Nora sería mi cuñada, además de una increíble hermana mayor en la universidad. Y los Spier viven en esa casa enorme y grandiosa que no tiene ropa fuera de lugar ni desorden por todas partes. Hasta quiero a su perro.

La canción termina, salgo del lateral y me dirijo a la última fila del auditorio, conocida entre los chicos de teatro —de forma soñadora— como la Fila de los Besos. Pero estoy sola por completo aquí atrás y solo presente a medias, observando la acción desde el otro lado del auditorio. Nunca he participado en una obra, aunque mi madre siempre insiste en que me presente a las audiciones. Pero esta es la cuestión. Puedes pasar años haciendo dibujos horribles de fan art en blocs de dibujo, y nadie tiene que verlos. Puedes tocar la batería en soledad en una sala de música hasta que alcances un nivel decente para tocar en vivo. Pero con la actuación no hay posibilidades de pasar años dando traspiés en privado. Tienes público incluso antes de que haya público.

Una oleada de música. Abby Suso da un paso adelante, lleva puesto un collar gigantesco de perlas y una peluca de Elvis. Y está cantando.

Es increíble, por supuesto. No tiene una de esas voces sin límites como la de Nick o la de Taylor, pero puede cantar de forma afinada y, además, es graciosa. Esa es la cuestión. Es toda una payasa en el escenario. En un momento, incluso la señorita Albright suelta una carcajada. Lo que dice mucho, no porque soltar carcajadas sea algo fuera de lo común, sino porque la señorita Albright ya ha visto esta obra miles de veces. Abby es así de buena. Ni siquiera yo puedo quitarle los ojos de encima.

Cuando la obra termina, la señorita Albright conduce al elenco al escenario para realizar comentarios. Todos se dejan caer sobre las plataformas, pero Simon y Nick corren hasta el borde del escenario junto a Abby. Por supuesto.

Nick desliza el brazo alrededor de los hombros de ella, y ella se coloca más cerca de él. También por supuesto.

No hay wifi aquí, de modo que no tengo más opción que escuchar los comentarios de la señorita Albright, seguidos por un monólogo de diez minutos de Taylor Metternich —no solicitado— acerca de *perderse* y *convertirse en el personaje*. Tengo la teoría de que Taylor se excita con el sonido de su propia voz. Estoy segura de que está teniendo pequeños orgasmos secretos justo delante de nuestros ojos.

Cuando finalmente la señorita Albright da por terminado el ensayo, todos salen del auditorio después de tomar sus mochilas en el camino, pero Simon, Nick y Abby esperan en un grupito cerca del foso de la orquesta. Me pongo de pie, estiro el cuerpo y camino por el pasillo para reunirme con ellos. Una parte de mí quiere cubrirlos de elogios, pero algo me detiene. Quizás sea dolorosamente sincero por mi parte, muy Leah de quinto año. Por no mencionar que la idea de *fangirlear* por Abby Suso me hace querer vomitar.

Le choco los cinco a Simon.

—Estuviste espectacular.

—Ni siquiera sabía que estabas aquí —dice Abby.

Es difícil saber qué quiere decir con eso. Tal vez sea un insulto encubierto como, *¿por qué estás aquí, Leah?* O quizás: *Ni siquiera me he dado cuenta de que estabas aquí, eres tan irrelevante.* Pero tal vez esté pensando demasiado las cosas. Suelo hacer eso cuando se trata de Abby.

Asiento.

—He escuchado que vais a ir a la Casa de los Gofres.

—Sí, creo que estamos esperando a Nora.

Martin Addison pasa caminando junto a nosotros.

—Hola, Simeon —saluda.

—Hola, Reuben —responde Simon, levantando la mirada de su teléfono. Esos son los nombres de sus personajes. Y sí, Simon hace un personaje llamado Simeon, porque supongo que la señorita Albright no pudo resistir la tentación. Reuben y Simeon son dos de los hermanos de Yosef, y estoy segura de que todo sería adorable si no involucrara a Martin Addison.

Martin sigue caminando y los ojos de Abby destellan. Honestamente, es muy difícil hacer enfadar a Abby, pero Martin lo logra solo con su mera existencia. Y con su esfuerzo sobrehumano por hablarle a Simon, como si nada hubiera sucedido el año pasado. Es un maldito descarado. No es que Simon le hable demasiado, pero odio que lo haga en primer lugar. No es que yo pueda dictar con quién habla Simon, pero sé —lo puedo ver— que a Abby le molesta tanto como a mí.

Simon vuelve a mirar su teléfono, seguramente está hablando con Bram. Han estado saliendo durante un poco más de un año, y son una de esas parejas vomitivamente felices. Y no me refiero a demostraciones públicas de afecto. De hecho, a duras penas se rozan en el instituto, probablemente porque hay gente prehistórica e imbécil en lo que respecta a cosas gay. Pero Simon y Bram se envían mensajes y se devoran con los ojos todo el día, como si no pudieran pasar cinco minutos sin estar en contacto. Para ser completamente honesta, es difícil no estar celosa. Ni siquiera se trata de la magia del amor verdadero de un cuento de hadas, de ojos enamorados que te hacen gritar «buscaos una habitación». Es el hecho de que se arriesgaron. De que tuvieron los huevos para decir «A la mierda, a la mierda Georgia, a la mierda todos los estúpidos homofóbicos».

—¿Nos encontraremos allí con Bram y Garrett? —pregunta Abby.

—Sip. Acaban de salir de fútbol. —Simon sonríe.

Termino en el asiento del acompañante del coche de Simon y Nora en el trasero, hurgando en su mochila. Tiene puestos unos vaqueros remangados, cubiertos de pintura, y lleva los rizos recogidos en un moño desaliñado. Una de sus orejas está perforada hasta arriba y tiene un pequeño aro azul en la nariz que se colocó el año pasado. Esta chica es, de verdad, demasiado adorable. Me encanta cuánto se parece a Simon, y me encanta que ambos se parezcan a su hermana mayor. Son una familia copiada y pegada.

Finalmente, la mano de Nora sale de su mochila sosteniendo una bolsa gigante de M&M sin abrir.

—Me muero de hambre.

—Literalmente estamos yendo a la Casa de los Gofres. Ahora mismo —dice Simon, pero estira la mano hacia atrás para coger algunos. Yo atrapo un puñado, y están derretidos a la perfección, lo que significa que no están derretidos por completo, solo un poquito blandos en el interior.

—Entonces no ha sido horrible, ¿no? —pregunta Simon.

—¿La obra?

Asiente.

—No, para nada. Ha quedado genial.

—Sí, pero la gente sigue confundiéndose sus líneas, y el estreno es el viernes. Y el maldito Potifar estropeó una canción completa hoy. Dios, necesito un gofre.

Cojo mi teléfono y reviso Snapchat. Abby publicó una historia épicamente larga del ensayo, que parece un montaje salido de una comedia romántica. Una toma de Nick y Taylor cantando en el escenario. Una megaselfie muy en primer plano de Abby y Simon. Una incluso más en primer plano del rostro de Simon en la que sus fosas nasales son tan grandes que Abby ha colocado un emoji de un oso panda dentro de una de ellas. Y Abby y Nick, una y otra vez.

Guardo el teléfono. Simon coge la carretera Mount Vernon. Me siento nerviosa y extraña, como si estuviera enfadada por algo, pero no recordara por qué. Como un pinchazo diminuto en el fondo de la mente.

—No logro descifrar la canción que estás tocando —dice Nora.

Me lleva un minuto darme cuenta de que me está hablando a mí, y un minuto más darme cuenta de que he estado tamborileando sobre la guantera.

—Ah. Ni idea.

—Algo así —dice Nora, y tamborilea un ritmo de uno dos en la parte trasera de mi asiento. *Boom-tap-boom-tap.* Ocho notas, rápidas e iguales. Mi mente completa el resto de forma inmediata.

Es *Don't Stop Believin'*. Mi cerebro es un idiota.

Reconozco muchísimos coches del instituto en el aparcamiento de la Casa de los Gofres. Simon apaga el motor y mira su teléfono.

Lo primero que veo cuando salgo del vehículo es la cabeza rubia y brillante de Taylor.

—¡Leah! No tenía idea de que vendrías. Pensé que solo sería la gente de teatro, pero ¡estupendo! —Presiona un botón de sus llaves y su coche emite un pitido dos veces. Un tanto extraño, no recordaba que Taylor tuviera un Jeep. En especial no uno con testículos colgando del parachoques.

—Tu coche tiene unos huevos muy realistas, Taylor.

—Qué vergüenza, ¿no? —Camina junto a mí—. Mi hermano está en casa por las vacaciones de primavera y ha bloqueado la salida de mi coche. Así que he tenido que coger el suyo.

—Ay, no. Es lo peor.

—Sí, realmente me tiene hasta los huevos —responde.

Y, está bien. Seré la primera en admitirlo: a veces quiero a Taylor.

Ella sujeta la puerta abierta, y sigo a Simon y a Nora hacia el interior. De verdad me encanta el aroma de la Casa de los Gofres. ¿Será la combinación perfecta de manteca, sirope, tocino y, quizás, cebollas? Sea lo que sea, deberían envasarlo y ponerlo en un ambientador, así podría dibujar personajes de manga sexis que huelan como la Casa de los Gofres. De inmediato diviso a un grupito de teatro en un rincón. Martin Addison incluido.

—No me voy a sentar allí. —Me vuelvo hacia Nora.

Asiente con rapidez.

—Coincido.

—¿Por Martin? —pregunta Taylor.

—Sentémonos allí —propongo, apretando los labios. Quiero decir, lo de Martin sucedió hace mucho tiempo y quizás debería dejarlo pasar. Pero no puedo. De verdad no puedo. El año pasado, el chico literalmente reveló que Simon era gay. En realidad, descubrió que Simon era gay, lo *extorsionó* y *luego* reveló que era gay. Apenas le dirijo la palabra desde entonces, y Nora hace lo mismo. Y Bram. Y Abby.

Me siento junto a Nora en un reservado cerca de la entrada y Taylor se sienta en el lugar que Simon claramente estaba guardando para Bram. Cuando la camarera aparece para apuntar la primera ronda de pedidos, todos piden gofres excepto yo. Lo único que quiero es una cola.

—¿Estás a dieta? —pregunta Taylor.

—¿Perdón?

En serio, ¿quién hace esa pregunta? En primer lugar, acabo de comer miles de M&M. En segundo lugar, cierra la puta boca. Lo juro, la gente no puede entender el concepto de una chica gorda que no haga dieta. ¿Es tan difícil de creer que quizás me guste mi cuerpo?

Nora me da un golpecito y me pregunta si estoy bien. Tal vez me ve un tanto malhumorada.

—Ay, Dios, ¿estás enferma? —pregunta Taylor.

—No.

—Estoy superparanoica con que me voy a contagiar de algo. He estado bebiendo mucho té y descansando la voz cuando no estoy ensayando, obviamente. ¿Os imagináis si pierdo la voz esta semana? Ni siquiera sé lo que haría la señorita Albright.

—Claro.

—Es decir, estoy en casi todas las canciones. —Suelta esa risita extraña y aguda. No puedo descifrar si está nerviosa y fingiendo que no lo está, o todo lo contrario.

—Quizás deberías descansar la voz —sugiero.

Juro que es más manejable cuando estamos ensayando con el grupo de música. También tengo unos auriculares aislantes de sonido muy buenos.

Taylor abre la boca para responderme, pero entonces llegan Abby y los chicos, todos juntos. Garrett se coloca a mi lado, Bram se desliza junto a Taylor, y Abby y Nick quedan en los extremos. Y es gracioso, porque Taylor ha estado sentada aquí con su postura habitual de pasarela parisina, pero ahora está tan inclinada contra Nick que prácticamente se encuentra tumbada sobre la mesa.

—Ey, he escuchado que Simon y tú estaréis en Boston durante las vacaciones de primavera.

Taylor. Has estado aplastada contra el cuerpo de Simon en un reservado durante veinte minutos. Pero, por supuesto, no has podido hacer esa pregunta antes de que llegara Nick.

—Sip —dice Nick—. Haremos las últimas visitas a las universidades, primero Tufts y la Universidad de Boston, y luego Wesleyan, la NYU, Haverford y Swarthmore. Así que volaremos a Boston, alquilaremos un coche y luego tomaremos un avión para volver desde Filadelfia.

—Será el mejor viaje en carretera, el mejor *road trip* —dice Simon, y se inclina hacia adelante para chocarle los cinco.

—Con sus madres —acota Abby.

No puedo entender por qué tanta gente está dispuesta a gastar dinero en esa clase de cosas. Hay que pagar billetes de avión, hoteles, alquileres de coches, todo… y ni siquiera saben si entrarán en esas universidades todavía. Sin mencionar el hecho de que Simon ha gastado cientos de dólares solo en tarifas de inscripción, aunque está decidido a entrar en la NYU. Lo que, estoy segura, no tiene nada que ver con que a Bram lo hayan aceptado en Columbia con tanta anticipación.

—¡Eso es estupendo! —exclama Taylor con una sonrisa—. Yo estaré en Cambridge, de visita en Harvard. ¡Deberíamos vernos!

—Sí, tal vez —dice Nick. Simon casi se atraganta con su agua.

—Abby, ¿tú también estás considerando el noroeste? —pregunta Taylor.

—No — responde Abby con una sonrisa—. Yo iré a Georgia.

—¿No intentarás estar cerca de Nick?

—No puedo pagar tanto para estar cerca de Nick.

Me resulta un tanto extraño escucharla decir eso en voz alta. En especial porque iré a esa misma universidad exactamente por la misma razón. La Universidad de Georgia es la única en la que me inscribí. Me aceptaron hace meses. Califico para la beca Zell Miller. Es un trato cerrado.

Pero nunca sé cómo sentirme cuando tengo algo en común con Abby Suso. En especial, no sé cómo sentirme con respecto a que iremos a la misma universidad. Estoy segura de que fingirá no conocerme.

Entonces Garrett comienza a hablar acerca de la superioridad del Instituto de Tecnología de Georgia con respecto a la Universidad de Georgia. Ni siquiera me importa, pero supongo que me alegra que Morgan no esté aquí. Es gracioso, Morgan es tan fanática de la justicia social que uno no se esperaría algo así, pero en realidad es parte de una de esas acérrimas familias de la UGA. Puro fútbol, todo el tiempo. Toda la casa está decorada de rojo y negro —con imágenes de perros *bulldog* por todos lados— y los Hirch siempre se reúnen antes de los partidos. Nunca entenderé tanto revuelo por el fútbol. Es decir, no tengo nada en contra de ese deporte, pero estoy más concentrada en la parte académica de la universidad.

Quiero dejar de prestar atención, pero Garrett me sigue provocando.

—Bueno, escucha esto. Leah, ¿cuáles son los tres años más largos de la vida de un estudiante de la UGA?

—Me rindo.

—Su primer año.

—Ja, ja.

Garrett Laughlin. Siempre lo mismo.

Al final, todos comienzan a hablar sobre el partido de Bram y Garrett del último fin de semana. Nick parece un tanto melancólico, y realmente lo entiendo. No es que no vaya a jugar más al fútbol. Estará en el campo de juego en cuanto termine la obra, la semana próxima. Pero apesta que la vida siga su curso sin ti. A veces me siento excluida incluso cuando la vida se mueve junto a mí.

La camarera aparece de nuevo para apuntar la segunda ronda de pedidos, y en veinte minutos tenemos una montaña de comida. Simon ha comenzado un discurso interminable sobre la obra, de modo que le robo un trozo de beicon de su plato cuando está distraído.

—Y tengo la sensación angustiosa de que todo se desmoronará ahora que finalmente tenemos la orquesta y la escenografía. Lo siento, pero la escenografía debía haber estado lista hace una semana.

Nora fulmina a Simon con la mirada.

—Quizás habría estado lista si alguien hubiera trabajado en ella además de Cal y yo.

—Uhhh —dice Garrett.

—Pero al final —dice Taylor— la escenografía no es esencial. Lo que importa es la actuación.

Nora suspira y sonríe de forma tensa.

Nos mantenemos ocupados con nuestros platos durante un tiempo y luego la camarera nos trae cuentas separadas. Muy genial por su parte. Odio las cuentas combinadas porque siempre hay alguien que quiere dividir el total en partes iguales, y no quiero ser una imbécil, pero hay una razón por la cual no he pedido un sándwich de veinte dólares. Nos turnamos para ir a la caja a pagar y luego dejamos nuestras propinas apiladas en la mesa. Y por supuesto, Garrett, que pidió gofres cubiertos, bañados y embadurnados con patatas y salchichas, deja solo un dólar. No entiendo. ¡Deja una verdadera propina! Dejo caer un par de dólares extra en su lugar.

—Una propina bastante generosa para una cola —dice Abby, y reprimo una sonrisa. Los demás se están dirigiendo hacia la puerta, pero ella se retrasa y se abotona el abrigo.

—Mi madre fue camarera.

—Bueno, es muy amable por tu parte.

Me encojo de hombros y sonrío, pero siento los labios tensos. Siempre actúo raro en presencia de Abby. Supongo que tengo algunos asuntos pendientes con ella. En primer lugar, no tolero la gente que es tan mona. Tiene ojos de Disney, piel oscura color café, cabello ondulado oscuro y pómulos de verdad. Y su rostro es lo opuesto a un rostro de perra malvada. Básicamente, Abby es como un algodón de azúcar humano. Está bien en dosis pequeñas, pero si consumes demasiado, vomitarás de la dulzura.

Me dedica una sonrisa a medidas y ambas salimos fuera. Taylor y sus testículos se han ido, y Garrett ya se ha marchado para su clase de piano. Todos los demás simplemente están quietos allí. Simon y Bram están cogidos de las manos, o eso parece, pero solo las puntas de sus dedos están entrelazadas. Así de ardientes se vuelven las cosas entre ellos cuando están en público.

Nick, en cambio, envuelve sus brazos alrededor de Abby, como si tuviera que compensar la hora que ha pasado en el lado opuesto del reservado. Típico. Entonces estamos haciendo el numerito de las parejas enamoradas frente a la Casa de los Gofres. Quizás Nora y yo deberíamos besarnos ahora, solo para no ser menos importantes.

Pero Abby se libera de Nick y camina hacia mí.

—Es preciosa—dice, señalando mi funda de teléfono. Es uno de mis dibujos de manga; Anna me la regaló para mi cumpleaños de este año—. Lo has dibujado tú, ¿verdad?

—Sí. —Trago saliva—. Gracias, Abby.

Sus ojos se agrandan, solo un poco, como si la hubiera confundido con solo decir su nombre. Supongo que no hablamos mucho. No más allá de las cosas del grupo. Ya no.

Parpadea y luego asiente.

—Así que, ey, la Universidad de Georgia.

—Es una universidad.

—Sí. —Ríe, y de pronto, solo se ven sus ojos de ciervo y su vacilación—. Quería preguntarte si…

Suena un claxon, y ambas levantamos la mirada. Reconozco el coche de Abby, o el coche de la madre de Abby, supongo, pero hoy, el conductor es un chico que tiene los pómulos más hermosos que jamás haya visto: ojos grandes, piel color café, quizás en sus veinte.

—Ay, Dios, ¡mi hermano ha llegado! Se suponía que no llegaría hasta la noche. —Abby sonríe y me toca el brazo durante un instante—. Bueno, luego te preguntaré. Seguimos mañana.

Un instante después, se despide de Nick con un beso. Desvío la mirada con rapidez y entorno la mirada hacia el sol.

Le envío un mensaje de texto a mi madre, que dice que me pasará a buscar por la Casa de los Gofres de camino a casa. Pronto todos se han ido menos Bram, que se sienta junto a mí en la acera.

Le sonrío.

—No tienes que quedarte a esperar conmigo.

—Ah, no. Mi padre está en la ciudad, así que vendrá a buscarme.

Los padres de Bram están divorciados, lo que me resulta extrañamente reconfortante. No lo digo de forma malintencionada. No quiero que Bram tenga una vida familiar de mierda o algo por el estilo. Es solo que la mayoría de mis amigos tienen esas familias perfectas de libros de cuentos. Familias de programas de televisión, padres casados que viven en casas gigantescas y que tienen retratos familiares alineados en las escaleras. Supongo que es agradable no ser la única que no tiene todo eso.

—¿Está solo de visita?

Bram asiente.

—Él y mi madrastra han venido a pasar la semana con Caleb. Iremos a tomar un helado ahora.

—No puedo creer que Caleb ya tenga edad de tomar helado. Parece que fue ayer cuando nació.

—¡Lo sé! Cumplirá uno en junio.

—Increíble.

Bram sonríe.

—¿Quieres verlo? Lo tengo de fondo de pantalla.

Me entrega su teléfono y toco la pantalla para encenderla.

—Ay, es demasiado adorable.

Es una selfie de Bram y Caleb sonriendo con sus rostros pegados el uno contra el otro, y es la fotografía más tierna jamás tomada. El padre de Bram es blanco, y supongo que su madrasta también debe serlo, porque Caleb es el bebé más pálido que he visto en mi vida. De alguna forma, siempre me sorprendo cuando veo una fotografía de él. Es completamente calvo y tiene unos gigantescos ojos color café. Pero es gracioso, porque Bram y Caleb tienen un extraño parecido. Aunque la piel de Bram sea color café y tenga pelo y no babee. Es una locura.

Bram guarda el teléfono en el bolsillo y se reclina sobre las manos, y yo siento una oleada de timidez inesperada. De pronto se me ocurre que quizás esta sea la primera vez que Bram y yo estamos solos, aunque él se mudó aquí después del primer año. Siempre estuvo en un segundo plano para mí hasta que comenzó a salir con Simon. Para ser sincera, tan solo lo asociaba con Garrett.

Intento luchar contra la incomodidad.

—¿Quieres ver algo? —pregunto.

—Sí. —Se sienta.

—Bueno. Prepárate. —Toco mi galería de fotos y busco entre mis álbumes. Luego le paso el teléfono móvil a Bram.

Se tapa la boca con la mano.

—Increíble, ¿verdad?

Bram asiente con lentitud.

—Ay, Dios.

—Esta es de séptimo año.

—No lo puedo creer.

—Lo sé. Simon era muy tierno, ¿verdad?

Bram mira la foto y se le forman arruguitas en los rabillos de los ojos, y algo en su expresión hace que el corazón se me contraiga.

Quiero decir, ya está muy enganchado. Este chico está enamorado con todo su corazón.

La foto es en realidad de los tres: Simon, Nick y yo. Creo que estábamos en el bat mitzvá de Morgan. Tengo puesto ese vestido celeste, casi al estilo Eliza Hamilton. Estoy sosteniendo un saxofón inflable, sonriendo, y Nick lleva puestas unas gafas extragrandes. Pero la estrella de la foto es Simon. Por Dios.

En primer lugar, está esa corbata que brilla en la oscuridad que Simon solía usar para cada bat mitzvá y cada baile. Pero en esa ocasión, la llevaba puesta alrededor de la cabeza como Rambo y sonreía a la cámara. Además, se lo ve demasiado pequeño. No sé cómo me he olvidado de eso. Creció algunos centímetros en octavo curso, y para ese entonces comenzó a escuchar buena música y ya no se puso esas camisetas enormes que tenían cabezas de lobo. Estoy segura de que un día se quitó la última camiseta de lobo y dos horas más tarde Bram se mudó a Shady Creek.

—¿Nunca habías visto sus fotos de bebé? —pregunto.

—Vi las de muy pequeño, pero tiene las de la primaria bajo llave.

—Lo que me estás queriendo decir es que Simon nunca debió habernos dejado solos.

—Exacto. —Sonríe y toca la pantalla para ver sus mensajes de texto.

Unos segundos más tarde, nuestros teléfonos vibran al mismo tiempo. ¿Le has enseñado la corbata? LEAH, ¿QUÉ HAS HECHO?

Era una corbata elegante, escribe Bram.

Bueno, era un jovencito elegante, PERO IGUALMENTE

¿Debería contarle a Bram sobre la luz de noche?, tecleo.

Bram sonríe.

—¿La luz de noche?

ERA UN RELOJ ALARMA. Casualmente tenía luz.

—Era una luz de noche. —Sonrío hacia Bram—. Tenía una pequeña medialuna y un ratón. Probablemente todavía la tenga.

—Eso es muy adorable y para nada sorprendente.

—¿Verdad? La tuvo junto a su cama hasta octavo curso.

Bram ríe. Luego teclea algo, toca enviar y acerca los pies a la acera.

Excepto que el mensaje nunca aparece. De modo que es un mensaje privado para Simon. Para su novio. Completamente permitido. Y no debería sentirme como si me hubieran expulsado de una isla.

♫

Mi madre aparca unos minutos más tarde, baja la ventanilla y nos saluda con la mano.

—¿Esa es tu madre? —pregunta Bram—. Guau. Es muy guapa.

—Sí, siempre me lo dicen. —No es broma: Simon una vez la llamó «la madre sexi por excelencia»—. ¿Estás seguro de que no quieres que te esperemos? —pregunto.

—Ah, no. Mi padre estará aquí en cualquier momento.

Mi madre se asoma por la ventanilla.

—¡Hola! Tú eres Bram, ¿no? ¿El jugador de fútbol?

Bram parece sorprendido.

—Ah. Sí.

—E irás a Columbia.

Dios. Siempre hace lo mismo. Suelta esos fragmentos de información al azar, solo para demostrar que es una Madre Involucrada. Es probable que mis amigos piensen que le hago examen de ellos con fichas de estudio.

Es decir, le cuento todo a mi madre, hasta tal punto que es casi patológico. La mantengo al tanto de todo el cotilleo de Tumblr y le hablo sobre casi todas las personas que me gustan. Y por supuesto que le he contado que soy bisexual, aun cuando ninguno de mis amigos lo sabe. Se lo dije cuando tenía once, durante los anuncios de *Celebrity Rehab*.

En fin, o Bram es un santo o está intentando a toda costa quedar bien con mi madre. La llama señora Keane, lo que es bastante sorprendente. Nadie nunca recuerda que mi madre y yo tenemos apellidos diferentes.

Mi mamá ríe.

—Eres tan dulce. En serio, llámame Jessica. —Ya puedo predecir nuestra conversación de regreso a casa. *¡Ay, Dios, Lee! Es encantador. Simon debe estar como loco. Qué tesorito. Bla-bla-bla.*

Sé que tengo suerte. Siempre se escucha hablar de padres que no aprueban a los amigos de los hijos, y mi madre es exactamente lo opuesto. Adora a cada amigo que le he presentado. Incluso le pareció agradable Martin Addison las pocas veces que le habló. Y, por supuesto, mis amigos están completamente encantados con ella. Un ejemplo claro: cuando me abrocho el cinturón de seguridad, Bram ya ha invitado a mi madre a la noche de estreno de la obra. Porque eso no es extraño para nada.

—Sigo pensando que deberías haberte presentado a las audiciones, Lee —dice mi madre mientras se dirige hacia la carretera principal—. *Yosef* es lo más.

—No digas *lo más*.

—*Yosef* es lo máximo.

Ni siquiera me digno a responder.

—Esto ha llegado para ti —anuncia mi madre, y me entrega un sobre en cuanto bajo a desayunar el jueves.

Es de la Universidad de Georgia, la dirección del remitente está impresa con su logo. No es un sobre grande como mi carpeta de admisión. Es solo un sobre cualquiera tamaño carta, el tamaño perfecto para una carta del decano retirando mi beca y revirtiendo mi admisión. *Le escribimos para notificarle que su admisión al Programa de Honor de la Universidad de Georgia fue, de hecho, un error administrativo. Nuestros registros indican que nuestro departamento tenía la intención de aceptar a alguna otra Leah Burke que no sea un completo desastre. Nos disculpamos por cualquier inconveniente que le hayamos podido ocasionar.*

—¿Lo vas a abrir? —pregunta mi madre, y se inclina sobre la encimera. Lleva los ojos maquillados, como a veces para el trabajo, y está ofensivamente preciosa. Sus ojos son color verde eléctrico. Debería decir, para que quede claro, que tener una madre que es más sexi que yo es una mierda.

Respiro hondo y abro el sobre. Mi madre me espía mientras leo.

—¿Todo bien?

—Sí, todo bien. —Siento que me relajo—. Es solo información acerca de tours y del día de los estudiantes admitidos.

—Deberíamos asistir, ¿no?

—No importa.

Es decir, no puede importar. Porque mi madre no es como la madre de Simon o la de Nick. No puede faltar al trabajo de forma inesperada para hacer una visita al campus. Ni siquiera puedo imaginarla en uno de esos tours. En realidad nunca fui a uno, pero Simon dice que consiste solo en un rebaño de chicos mortificados que se encogen de la vergüenza cuando sus padres hacen preguntas. Aparentemente, el padre de Simon le pidió al guía del tour en Duke que «por favor ahondara en la vida gay del campus».

«Quise morir», me dijo Simon.

Estoy segura de que, si mi madre asistiera a un tour, soltaría risitas desde el fondo y pondría los ojos en blanco ante todos los demás padres. También es probable que los chicos de las fraternidades quisieran invitarla a salir.

—En serio, está bien.

Sonríe.

—De verdad creo que deberías anotarte para algún tour. Déjame arreglar las cosas en el trabajo y podremos tomarnos un día entero. Y, por cierto, Wells tiene familia en Atenas, así que…

Río con incredulidad.

—No haré mi visita universitaria con Wells.

Me da un golpecito en el brazo.

—Lo discutiremos más tarde. ¿Quieres un yogur?

—Sí. —Me peino el cabello hacia atrás—. En fin, veré cuándo quiere ir Morgan. Puedo fingir ser una Hirsch.

—Buena idea —dice mamá—. Y puedes llevar puesta una camiseta del Instituto de Tecnología para molestarlos.

—Totalmente, mamá. Seré muy popular en el campus.

Mi teléfono vibra con un mensaje de Simon. Mi. Vida. Es. Una. Cagada, Leah. Ay, Dios.

—Bueno, será mejor que me vaya —dice mi madre, apoyando mi yogur sobre la encimera—. Que te diviertas.

La saludo y vuelvo a mi teléfono. No puedo pensar en tu vida ahora. Estoy muy ocupada cagando la mía.

Bueno, eso es gracioso, escribe Simon, pero en serio.

¿Qué ha pasado?

Tres puntos.

Y luego: ¡Mi voz no deja de romperse!

¿Qué?

Cuando canto.

Eso es muy tierno 😍. Como un poco de yogur.

LEAH, NO ES TIERNO. YA CASI ES LA NOCHE DEL ESTRENO. LAS PRESENTACIONES DEL INSTITUTO ESTÁN A PUNTO DE EMPEZAR.

Creo que estás nervioso.

SI TÚ SERÍAS CANTANTE, TAMBIÉN LO ESTARÍAS.

*Si tú fueras. Ay, mierda, no puedo creer que haya escrito eso. Y lo he puesto en mayúsculas, agh, no le digas a Bram AHHHHHHHHHHH, MIERDA, SOY UN DESASTRE

Simon. Estás bien.

Arrojo el envase de yogur a la basura y la cuchara en el fregadero. Ocho y quince. Hora de ir a la parada de autobús. A pesar de que hace un frío horrible. A pesar de que los dedos que utilizo para escribir me odiarán.

Además, él nunca me ha escuchado cantar y va a romper conmigo.

Suelto una risita.

¿Bram romperá contigo cuando te escuche cantar?

Sí, escribe Simon.

Me lo imagino: caminando de un lado a otro detrás del escenario con la mitad del disfraz puesto. Las presentaciones del instituto técnicamente son ensayos generales, pero todos faltan a clases para presenciarlos. Los de último año ni siquiera tienen que ir a la primera clase. Quiero llegar temprano para conseguir un asiento en las primeras filas, donde pueda molestar a Simon y Nick. Pero como era de esperar, mi autobús llega tarde. Sucede cada vez que hace frío.

¿De verdad no te ha escuchado cantar?

NO CANTO. Y enseguida añade: Pero en serio, ¿¿y si se me rompe la voz y todos me tiran tomates y luego me hacen salir del escenario con uno de esos antiguos ganchos??

Si sucede eso, escribo, lo grabaré.

Nora me está esperando cuando bajo del autobús.

—Gracias a Dios que estás aquí. ¿Qué haces ahora mismo? —Se pasa una mano por el cabello ondulado. La verdad, nunca la había visto tan desesperada. Y eso incluye la ocasión en la que el sofisticado Simon de once años moldeó brownies para que se parecieran a trozos de mierda de verdad, y luego los comió con orgullo delante de nosotros.

La miro.

—¿Qué ocurre?

—Martin Addison tiene un resfriado —dice con lentitud, parpadeando como si no pudiera creerlo.

—Entendido. No me besaré con él.

Creo que ni siquiera me escucha.

—Así que se quedará en casa para descansar la voz para mañana, pero ahora no tenemos un Reuben y se supone que empezamos, bueno, ahora. Entonces, me estaba preguntando si…

—No puedo hacer de Reuben.

—Claro. —Aprieta los labios.

—Soy la peor cantante, Nora. Lo sabes.

—Sí, lo sé. No te estoy... aghh. —Ríe con nerviosismo—. Cal ocupará el lugar de Martin, de modo que ahora yo haré de Cal y necesito que tú hagas de mí.

—¿Que haga de ti?

—Asistente de dirección de escena.

—Ah. —Hago una pausa—. ¿Qué significa eso?

Comienza a caminar, de forma enérgica, lo que es atípico en ella. Tengo que dar saltitos para alcanzarla.

—Bueno, está bien, yo estaré con los auriculares dando el pie a la entrada de los actores —dice—. Así que necesito que tú controles a los actores, te asegures de que todos estén donde tienen que estar, ayudes a cambiar la escenografía y que, básicamente, apagues incendios. Puedes hacer eso, ¿verdad? Solo grita a la gente. Te saldrá bien.

—¿Qué se supone que significa eso?

—Espera. —Se detiene en seco y me observa con detenimiento—. Mierda. ¿Tienes algo negro para ponerte? ¿O azul marino? Como un abrigo con capucha o algo así.

—Eh... no aquí conmigo. —Miro hacia abajo, observo mi vestimenta. Un vestido verde menta, un cárdigan verde oscuro, mallas grises y mis botas doradas. Es decir, ¿qué otra cosa voy a llevar en el día de San Patricio?

—Vale. —Nora se restriega la mejilla—. Bueno, encontraré algo. Dirígete hacia los bastidores por ahora, y alguien te preparará. Muchas gracias por acceder a hacer esto.

No estoy segura de haber accedido. Pero Nora sale disparada por el pasillo de nuevo, y de pronto estoy quieta fuera de la puerta de los bastidores. De acuerdo. Asistente del director de escena. Supongo que esto está sucediendo.

Me meto en los bastidores y todo es un caos total. No lo sé, quizás Cal es un hijo de perra superestricto en secreto, porque al parecer las cosas se desmoronan cuando él no está a cargo.

Hay estudiantes de primero luchando con cayados de la mesa de utilería, los cuales —no mentiré— parecen exactamente como esos ganchos antiguos de las pesadillas de Simon. Dos ismaelitas velludos están besándose detrás de los telones y Taylor está sentada en el suelo con los ojos cerrados. Creo que quizás está meditando.

Espío entre los telones y veo un mar de estudiantes de primer y último año medio dormidos. De inmediato veo a mi grupo en la fila del frente: Bram, Garrett, Morgan y Anna. Y un asiento libre en el medio, claramente el mío. Me siento extrañamente conmovida por eso.

—Ey. —Nora aparece junto a mí y me entrega un bollo de tela—. Es de Garrett, así que debería cubrir la mayor parte de tu vestido. Perdón si huele.

Lo desdoblo con lentitud y lo extiendo a un brazo de distancia. Es una sudadera color azul marino que tiene una pequeña avispa amarilla bordada en el pecho. Una maldita sudadera del Instituto de Tecnología de Georgia. Pero Garrett es alto y corpulento, de modo que me queda bien, y Nora tiene razón... tiene olor. Pero no un olor malo. Solo huele a desodorante Old Spice, que es como huele Garrett. Y ahora me siento como una animadora de los años 50 que lleva puesta la chaqueta de fútbol de su novio. Como si hubiera sido reclamada.

Intento no pensar en ello. En cambio, serpenteo entre el caos de los bastidores detrás de Nora, quien de alguna forma se convierte en una fantástica Nora Despiadada justo delante de mis ojos. Esta chica es normalmente un pequeño caramelo, pero ¡guau! Está lanzando miradas fulminantes y retando a los actores, y ahora la gente de verdad está comenzando a comportarse. Finalmente, Nora se acomoda en el escritorio de Cal en un lateral, se coloca los auriculares y pasa las hojas de su carpeta. La observo durante un instante, y luego camino hacia la mesa de utilería, donde todo está literalmente fuera de lugar. Hay gafas de sol y esposas y toda clase de cosas en el suelo, de modo que las levanto y las apoyo sobre la mesa.

—Cinco minutos, gente —anuncia la señorita Albright, asomando la cabeza entre los telones.

Simon aparece junto a mí en un lateral.

—Leah, ¿por qué llevas puesta una sudadera del Instituto de Tecnología?

—Es de Garrett. —Sus ojos se vuelven enormes—. Sí. Guau. No es lo que estás pensando. Tu hermana me está obligando a llevarla puesta.

—Estoy muy confundido.

—No importa. —Le sonrío—. ¿Te sientes mejor?

Sacude la cabeza.

—No.

—Ey.

Levanta la mirada.

—Todo te saldrá genial, ¿vale?

Durante un minuto, solo se queda mirándome, como si no creyera lo que acabo de decir. Dios, ¿tan imbécil soy? Él tiene que saber que lo adoro, ¿verdad? Pero quizás no lo expreso demasiado. No camino por la vida dando discursos sinceros acerca de cuán profundo y honesto es mi amor por mis amigos. No soy Abby. Pero siempre he supuesto que Simon sabría que pienso que él es increíble. ¿Cómo podría no saberlo? Digo, estuve medio enamorada de Simon durante gran parte del instituto. Es verdad. ¿Esas camisetas de lobo? Son extrañamente sexis.

Parpadea y se ajusta las gafas, y luego suelta una de esas risas características que le iluminan el rostro.

—Te quiero, Leah.

—Sí, sí.

—Yo también te quiero, Simon —añade con voz aguda.

—Yo también te quiero, Simon —repito con los ojos en blanco.

—*Simeon* —corrige. Y la obertura comienza a escucharse.

Cal Price no vale una mierda actuando.

Afortunadamente, tiene toda la obra memorizada, pero realiza la parte de Reuben como si fuera un anciano contable de voz suave. Y es un cantante terrible, malo de una forma cómica y humillante. Pero es tan adorable y tímido allí afuera que solo quieres pellizcarle la cara. Es la personificación de un acto de preescolar. Un cero por talento, pero un diez por ternura.

De cualquier manera, no es la mejor actuación del elenco pero tampoco es un completo desastre. Taylor suena alucinante, la voz de Simon no se rompe, y no mentiré: Nick está demasiado sexi con ese manto.

Cuando termina, sujeto a Simon por el borde de su bata y lo sorprendo con un abrazo.

—Has estado perfecto —digo, y él se ruboriza. Luego coge mis manos y las junta. Durante un minuto, solo me mira sonriendo.

—De verdad, eres una amiga increíble —dice al final.

Es tan suave y sincero que me sorprende con la guardia baja.

Los actores se dirigen hacia los camerinos para cambiarse, ya que no tienen permitido almorzar con los disfraces puestos. Pero Cal camina directamente hacia Nora, y ella se quita los auriculares para abrazarlo. Y es un abrazo con todas las letras: con el cuerpo entero, sin espacio entre ellos, y Cal que le susurra algo en la oreja durante todo el tiempo. No creo que me vean observándolos. Pero cuando él finalmente se dirige hacia los camerinos, apoyo los codos en el escritorio de Nora.

—Así que. —Sonrío—. Tú y Cal.

—Cállate.

—Eso es maravilloso.

—No hay *eso*. No sucede nada.

—Está bien, pero acabo de tener una erección con solo miraros, así que...

—¡Leah!

—Solo lo digo.

Suelta un quejido y entierra la cara entre sus brazos, pero está sonriendo.

—Ey. —Siento una patadita suave en el talón. Echo un vistazo hacia atrás y encuentro a Bram—. Iremos a almorzar fuera del campus. ¿Queréis venir?

Nora sacude la cabeza.

—Se supone que no me puedo ir. Tenemos otra función en cuarenta y cinco minutos.

—Ah, está bien.

—¿Quiénes van a ir?

—Solo Garrett, Morgan, Anna y yo.

—Leah, deberías ir —propone Nora.

—No quiero abandonaros.

Sonríe.

—Ya puedes abandonarnos. Cal ha sido rebajado a director de escena.

—Ay, Dios. ¿Quién va a hacer de Reuben?

—La señorita Albright.

—Apuesto a que está genial con barba.

Bram simplemente nos observa, sonriendo débilmente.

—Entonces, ¿vas a venir?

—Supongo. —Me encojo de hombros y entrelazo las manos, sintiéndome pequeña, de pronto, en la sudadera de Garrett. Es esa sensación de *novia* de nuevo, aunque nunca he sido la novia de nadie. Pero imagino que debe sentirse así. Como una cosa diminuta deseada. No puedo decidir si me siento asqueada por ello, o si solo *pienso* que debería sentirme de esa forma.

Para este entonces, Simon y el resto del elenco están escondidos en los camerinos, así que saludo a Nora y sigo a Bram por el vestíbulo. Anna está sentada en una pared baja junto al grupo de coches y Garrett está gesticulando enfáticamente hacia Morgan. Pero encuentra mi mirada y sonríe, y cuando Bram y yo nos acercamos, me sujeta de la manga de mi sudadera.

—Veo que eres fanática del Instituto de Tecnología.

—Vete a la mierda. —Le devuelvo la sonrisa. Y luego pienso que no hay razón en absoluto para que siga llevando puesta la sudadera de Garrett Laughlin—. Supongo que la quieres de vuelta.

—Pero pareces cómoda con ella —dice.

—Mmm.

Sus mejillas se ruborizan un poco.

—No cómoda. —Traga saliva—. Te queda bien.

Entrecierro los ojos.

—¿Me queda bien?

—Sí.

Me quito la sudadera por la cabeza, la hago un lío en mis brazos y se la entrego.

—Eres un mentiroso de mierda, Garrett.

La coge y me sonríe, arrugando la nariz. Y tengo que admitirlo, no tiene un aspecto tan terrible. Tiene el cabello rubio, unos ojos azules brillantes y una pizca de pecas en la nariz. Solo algunas, no como yo. Yo tengo pecas cubriéndome los pómulos. Pero me parecen adorables y encantadoras de manera extraña y sorprendente, y ahora estoy pensando en que Garrett toca el piano. Es raro, sus dedos no parecen dedos de pianista. Son largos, pero un tanto regordetes, y ahora están envueltos alrededor de su sudadera como si estuvieran intentando ahorcarla.

—¿Qué estás mirando? —pregunta con nerviosismo.

Levanto la mirada.

—Nada. No miro nada.

Bram se aclara la garganta.

—Bueno, ¿os parece que vayamos a Rio Bravo?

—Por Dios, sí —dice Garrett. Pero luego hace una pausa y me mira—. ¿Quieres ir allí?

—Claro.

—Vayamos entonces. Vamos. Yo conduciré. —Morgan entrelaza el brazo con el mío y yo entrelazo el mío con el de Anna, y tengo que admitirlo, me siento bastante afortunada. Quiero mucho a Simon, a Nick y a los demás chicos, pero hay algo especial en Morgan y Anna. Simplemente nos entendemos. No digo que estemos de acuerdo en todo. A Morgan le gusta el anime doblado, lo que es prácticamente una blasfemia, y Anna una vez describió a Darien Chiba como «poco atractivo». Pero otras veces es como si nos leyéramos la mente. Por ejemplo, si Taylor está actuando como diva en un ensayo, ni siquiera tenemos que mirarnos. Es como si un revoleo de ojos secreto y gigantesco atravesara los cerebros de las tres. Una semana en séptimo curso intentamos convencer a la gente de que éramos hermanas, aunque Anna es mitad china y Morgan es judía, y yo, básicamente, soy del tamaño de ellas dos combinadas.

Pero lo que realmente sucede es que siempre me apoyan. Y viceversa. Por ejemplo, cuando Anna contrajo el norovirus el año pasado, Morgan y yo recreamos la pelea del comedor que ella se perdió. En séptimo curso, dibujé cincuenta y seis pósteres para ayudar a Morgan a protestar en contra de la obra racista de Acción de Gracias. Y cuando Simon y Nick desaparecen en la tierra de novio-novia, Morgan y Anna están allí para ser unas cínicas imbéciles conmigo. Ni siquiera me importa que les guste Journey. Son el mejor grupo del mundo.

—Leah, ¿dónde está tu mochila? —pregunta de pronto Morgan.

—¿En mi taquilla?

—¿Necesitas ir a buscarla?

La miro.

—¿No... no vamos a volver?

Ahora debo confesar algo: en realidad, nunca me he saltado el instituto. Quiero decir, hubo una semana el año pasado en la que estuve enfadada con Simon y Nick, y quizás haya pasado algunas clases en el almacén de instrumentos de la sala de música. Pero nunca he salido del campus. No me malinterpretéis, la gente lo hace todo el tiempo. Pero no me gusta mucho la idea de meterme en problemas. En parte, porque no quiero poner en riesgo mi beca, pero también porque... no lo sé. Quizás solo sea un gran bicho raro.

—Leah, está todo bien, ¿vale? —dice Morgan—. Lo he hecho antes. Incluso Bram lo ha hecho.

Le echo un vistazo a Bram, que me sonríe de forma avergonzada.

Bueno, si me voy a saltar el instituto, hoy es el día. Mis profesores asumirán que faltaré al tercer y cuarto período por la obra. Pensándolo mejor, me *perdería* las clases por la obra si Nora todavía me necesitara, si Cal no hubiera sido un desastre encantador en el escenario.

—¿Estás bien? —pregunta Morgan.

Asiento.

—Bien. Vamos.

Morgan conduce un lujoso Jetta reluciente que tiene asientos con olor a nuevo. Sus padres se lo compraron por su dieciocho cumpleaños y lo equiparon con GPS, radio de satélite y una pantallita que muestra cuando estás a punto de chocar con algo por detrás. Ya tiene una pegatina de la UGA en el parabrisas trasero.

Me apresuro a sentarme en el asiento del acompañante a pesar de que Garrett mide un metro noventa, y estoy segura de que eso me convierte en una imbécil. Pero él se muestra imperturbable. Se sienta en el medio del asiento trasero, inclinado hacia adelante y apoya las manos sobre los dos apoyacabezas. Mi pelo básicamente cubre todo su brazo. A veces creo que en todo momento Garrett calcula con exactitud la posición más incómoda para colocar su cuerpo, y luego decide adoptarla.

—Vale, solo tenéis que sonreír y saludar al guardia de seguridad —dice—. Actuad como si tuvierais permitida la salida.

—Garrett, los de último año tenemos *permitido* salir.

—Espera, ¿en serio? —Se muestra sorprendido.

Morgan se mueve con lentitud hacia la salida. Siempre conduce como un extraterrestre asustado que acaba de llegar a un planeta nuevo. Se mueve tan despacio que prácticamente avanza a paso de hombre, y cada semáforo y cartel de detención parece sorprenderla. Subo el volumen de la música, una canción folk deprimente que no conozco. Creo que me gusta. Creo que me gusta mucho. De alguna manera es dulce y desgarradora, y la cantante la canta como si de verdad *sintiera* la letra.

—¿Quién canta? —pregunto después de un minuto.

Al frente, el semáforo se pone en rojo y Morgan avanza muy lentamente hasta detenerse.

—Rebecca Loebe. Mi nueva cantante favorita. —Considerando que la favorita de ayer era *Don't Stop Believin'*, creo que este es un gran paso adelante en la historia de la música.

—Morgan, te has redimido oficialmente.

Nos detenemos en Rio Bravo, salimos a trompicones del coche, y me pongo un poco más derecha cuando entramos al restaurante. No es que a nadie le importe. Pero no quiero parecer como una chica de bachillerato que acaba de saltarse las clases, aunque eso sea cien por cien lo que estoy haciendo. La recepcionista nos conduce a un gran reservado al fondo y un camarero aparece de inmediato para dejarnos nachos y anotar nuestros pedidos de bebidas. Garrett se inclina hacia mí.

—Déjame adivinar. cola.

—Quizás. —Sonrío. Bram y Anna intercambian miradas.

—Una Cola para ella —dice Garrett.

—Disculpa, pero puedo pedirla por mí misma. —Sonrío de forma radiante hacia el camarero—. Una cola, por favor. —No lo digo a modo de broma, en absoluto, pero todos ríen, incluso Garrett.

—Eres graciosa, Burke —dice.

Me ruborizo y me vuelvo hacia Morgan.

—Ey, me estaba preguntando, ¿asistirás al tour del campus y a la reunión informativa?

Morgan sonríe.

—Estaba a punto de preguntarte lo mismo. Abby y yo lo estábamos planeando, y pensamos que quizás podríamos ir las tres juntas durante las vacaciones de primavera. ¿Ha hablado contigo?

Ah. Así que de eso quería hablar Abby. Lo que parecía querer preguntarme. Trago saliva.

—Estoy segura de que tus padres querrán ir al tour, Morgan.

—Lo sé. Pero iré dos veces. No me importa.

—¿Vosotras y Abby? —pregunta Anna—. ¿Desde cuándo sois amigas de Abby?

Morgan se muestra confundida.

—Siempre hemos sido amigas de Abby.

—Sí, pero no de esa forma. No como mejores amigas que viajan juntas en las vacaciones de primavera —dice Anna, apretando los labios. Cambio un poco de posición en mi asiento. Anna se comporta un tanto extraña cuando hablamos de la universidad, y yo nunca sé qué decir. Por un lado la entiendo. Es la que quedó excluida. Pero por otro, ni siquiera pienso que haya solicitado ingresar a Georgia. Ha estado obsesionada con Duke desde segundo año.

—Anna Banana, no te estamos reemplazando —digo.

Arruga la nariz.

—Solo tuvisteis que elegir a la otra chica que tiene un nombre de cuatro letras que empieza con *A*.

—Sí, pero ella no es tú. —Morgan la abraza por los hombros.

Y es verdad. Abby nunca podría estar en el círculo interno. Quizás una vez pensé que podría estarlo. Esto fue lo que sucedió: después de que Abby se mudara aquí, ella y yo comenzamos a vernos mucho. *Mucho mucho.* Hasta tal punto que mi madre empezó a mirarnos con los ojos chispeantes y a hacer muchas preguntas. Y obviamente, no pasaba nada. En primer lugar, Abby es vergonzosamente heterosexual. Es la clase de chica que ve todo *Sailor Moon* y piensa que Haruka y Michiru son solo buenas amigas. Es probable que piense que las canciones de Troye Sivan tratan de chicas.

No es que necesite pensar en Abby ahora mismo. Observo el tazón de nachos.

—¿Qué haremos después de esto?

—Bueno, tengo un proyecto —dice Bram.

—¿Qué clase de proyecto?

Bram se sonroja, y mueve la boca hacia arriba.

—Estoy planeando un *promposal.*

Noventa minutos más tarde, Morgan, Anna y Garrett están viendo anime en la sala de estar de Morgan, y yo estoy con Bram comiendo s'mores hechos en el microondas en la mesa de la cocina.

—Tú me inspiraste —dice.

—¿Yo?

Señala mi teléfono móvil.

—Con la foto que me enseñaste.

—¿Vas a hacer un *promposal* con una temática de bat mitzvá como Morgan? Porque eso sería épico.

—Buen intento. —Sonríe—. Pero no. Digo, no lo sé. Creo que necesito pedirte algo.

—¿El qué?

—Necesito todas tus anécdotas vergonzosas de Simon. —Muerde un s'more y sonríe. Hay un trocito de malvavisco pegado a su labio.

—Te das cuenta de que podría tardar todo el día, ¿no? —digo.

Ríe.

—Para eso estoy aquí.

—Ah, algo que no tiene nada que ver con esto, pero que tengo que saber. El bebé Abraham llamaba a las galletas graham…

—¿Galletas Abraham? —Sonríe—. Tal vez. Definitivamente.

—Eso es genial.

—Estoy haciendo otro s'more. ¿Quieres uno? —Se pone de pie.

—Claro que sí. —Apoyo el mentón en la mano—. Bueno, Simon.

—Simon.

Siento esta presión en el pecho. Porque cuando Bram dice el nombre de Simon, pronuncia cada parte de él. Como si fuera necesario ser cuidadoso. Es muy dulce y todo, pero guau. A veces me pongo muy celosa. Por supuesto que no se trata solo de Simon y Bram. Sino de las parejas en general. Y no se trata del tema de los besos. Es solo que… imaginaos ser Simon. Imaginaos pasar vuestro día sabiendo que alguien os lleva en la mente. Esa tiene que ser la mejor parte de estar enamorado, el sentimiento de tener un hogar en el cerebro de alguien.

Hago a un lado el pensamiento.

—Está bien. Asumo que has visto la fotografía de los pantalones vaqueros cortos.

—¿La que tienen sobre la repisa de la chimenea? —Me sonríe desde el otro extremo de la cocina.

—Sí. Bueno, ¿y cuando vomitó en la mano de cera?

—Eso me lo contó él mismo.

—Sí, es probable que esté orgulloso de eso. —Me muerdo el labio—. Ah. No debería ser tan difícil pensar en anécdotas vergonzosas de Simon.

—Coincido —dice Bram. El microondas suelta un pitido, y observo durante un minuto cómo Bram aprieta con cuidado los s'mores. Solo él podría manipular un gigantesco malvavisco inflado con tanta cautela. Lleva los s'mores de regreso a la mesa y desliza un plato frente a mí. Y estoy a punto de coger uno cuando de pronto se me ocurre algo.

—Espera, ¿sabes lo de *Love Actually*?

—Sé que sus padres lo obligan a verla cada Navidad, y que él la odia.

—Sí. Pero no la odia. —Doy un mordisco enorme a un s'more y lo miro con mis ojos más grandes e inocentes.

Bram sonríe.

—Parece que tenemos una historia aquí.

—Ah, hay una historia. Simon la escribió.

Bram abre la boca para responder, pero luego Garrett eleva la cabeza por encima del respaldo del sofá.

—Ey, Burke. Pregunta. Estoy intentando arreglar el plan para mañana.

—¿Para mañana?

—La obra —añade Morgan desde el sofá.

—Sí, ya lo sé.

—¿Vendrás? —pregunta Garrett.

—Tenía pensado hacerlo.

Bram y Garrett intercambian una mirada rápida, lo que sea que eso signifique.

—¿Quieres venir con nosotros? —pregunta Bram—. Queremos llegar temprano y conseguir buenos asientos.

—En otras palabras, Greenfeld quiere una vista libre del culo de su novio.

Bram sacude la cabeza, sonriendo.

—Quizás podríamos ir a cenar antes —propone Garrett.

—Supongo.

—¿Supongo? Leah. *Leah.* —Garrett sacude la cabeza.

Fuerzo una sonrisa enorme y cursi.

—Ay, Dios. ¡No puedo esperar!

—Así está mejor —dice, y se deja caer de nuevo en el sofá.

Pero durante toda la noche, en casa, no pienso en la obra. Me desplomo en el sofá con una cola, sintiéndome nerviosa e inquieta. Mi mente sigue recordando lo que Morgan dijo en Rio Bravo. Abby quiere hacer el tour a la UGA con nosotras. No es algo completamente inesperado. Técnicamente, somos amigas. Pero es probable que cien personas de nuestro año se hayan inscripto en Georgia, incluidos los amigos de Abby. Ella es amiga de todos. Así que es un poco sorprendente que quiera ir con nosotras.

Mi teléfono vibra sobre la mesa, y mi corazón da un vuelco. Pero es Garrett.

Ey, me alegra que vengas a la obra mañana, será muy divertido.

Me acurruco de nuevo en el sofá, mirando el mensaje. Garrett hace eso a veces. Me envía mensajes de texto de la nada sin una verdadera introducción para una conversación. Solo un comentario. Y nunca sé qué responder. Para ser sincera, tengo la sensación de que a Garrett le gusto. Digo, probablemente lo esté imaginando, y probablemente Garrett solo sea muy raro. Pero a veces me lo pregunto.

¡A mí también me alegra!, comienzo a escribir. Pero se lee como si dijera AY GARRETT TE AMO POR FAVOR BÉSAME. De modo que lo borro y miro mi teléfono, y luego lo vuelvo a escribir sin el signo de exclamación, y luego lo borro una vez más, hasta que al final me rindo y me pongo a leer *Fruits Basket*. Así de desastrosa soy. No puedo escribir un mensaje de dos palabras sin perder el control. Y ni siquiera estoy particularmente atraída por este chico. Si lo estuviera, estaría muerta. *RIP Leah Burke. Murió de incomoditis aguda.*

Necesito una distracción. Dios sabe que la televisión no es suficiente. Abro un fanfic al azar en mi teléfono y me dirijo al pasillo. No puedo leer Drarry en la sala de estar, aun cuando mi madre no está en casa. Drarry pertenece a mi habitación. No me importa si eso suena mal.

Pero no puedo concentrarme. No es culpa del fanfic. Está bien escrito, y Draco es repelente, algo innovador. Odio cuando los escritores hacen que Draco sea dulce. Perdón, pero Draco es un hijo de puta. Asumidlo. Es decir, sí, es blando por dentro, pero tienes que *ganártelo* para ver ese lado.

Supongo que eso significa algo para mí, de alguna forma.

Pero la distracción no está funcionando, así que lo cierro. Conecto el teléfono móvil al cargador y muevo el cable durante un minuto para que empiece a cargar de verdad. Mi teléfono es una mierda. Enciendo Spotify, inicio sesión en mi Tumblr de arte y reviso mi archivo. Debería subir algo nuevo. O alguna de mis obras viejas más decentes. Tengo un conjunto entero de dibujos que fotografié y guardé en mi teléfono. Todas mis parejas preferidas, directamente besándose: Inej y Nina, Percabeth, algunos personajes originales. Además de algunos retratos al azar de mis amigos, pero no planeo enseñale esos a nadie. Ya lo hice una vez. Un gran error de mierda.

Los dejo atrás con rapidez y llego a un boceto hecho en lápiz de Bellatrix Lestrange. No es lo más pulido que haya dibujado, pero me encanta su expresión facial. Y no me interesa que sea un tanto imperfecta porque mi Tumblr es anónimo. Si la gente piensa que soy una artista horrible, que así sea. Por lo menos no me conocen.

Morgan no está en el instituto el viernes y no me responde a los mensajes.

—Es extraño, ¿no? —le digo a Anna en el almuerzo. Somos las primeras dos en llegar a la mesa—. ¿Le sucede algo?

—¿A Morgan? —Se muerde el labio. Tengo la clara sensación de que está evitando mi mirada.

—¿Qué, está enfadada conmigo o algo así?

—No, no es eso. —Anna hace una pausa—. Creo que está procesando las cosas.

—¿De qué estás hablando?

Me mira, al fin.

—¿No te lo ha contado?

—Eh, no me respondió a los mensajes, así que…

—Sí. —Anna se recuesta en la silla—. Bueno. Recibió noticias de Georgia ayer por la noche.

—¿La universidad?

Anna asiente, y algo en su expresión hace que mi corazón de un vuelco.

—No ha sido admitida —digo en voz baja.

—No.

—¿Está en la lista de espera?

—No.

—Me estás gastando una broma.

Anna sacude la cabeza.

—Pero ella viene de una familia con tradición académica.

—Lo sé.

—Debe estar devastada. —Parpadeo atónita—. ¿Cómo no ha podido entrar?

—No lo sé. Es horrible. —Anna suspira y juguetea con las puntas de su pelo—. ¿Quizás sus calificaciones del SAT? Sé que lo repitió algunas veces. Me siento fatal. Creo que está conmocionada. Y sus padres simplemente se han vuelto locos. No dejan de llamar a la universidad, han retirado las donaciones. No sé qué ha pasado.

—Dios.

—Iré a su casa después del instituto —dice Anna.

Asiento.

—Iré contigo.

—Sí. —Hace una pausa—. No sé si eso…

—¿No me quiere ver?

Anna no responde.

Me sonrojo.

—¿Ha dicho eso?

Se encoge de hombros.

—No lo sé. Lo siento, Leah. Uf. Esto es muy incómodo.

—Da igual. Está bien. —Me pongo de pie de forma abrupta—. Iré a comer al patio.

—Solo está triste ahora mismo. No te lo tomes de forma personal.

Vale, odio cuando la gente dice eso. «No te lo tomes de forma personal. No es personal, Leah». Morgan está faltando al instituto para evitarme, pero no es personal *en absoluto*. Dios. Sé que debería tener un poco de compasión y sé que soy una imbécil, pero esto duele.

—Leah, no se trata de ti. Solo está decepcionada —explica Anna—. Y es probable que también avergonzada.

—Ya lo sé. —Suena más alto de lo que esperaba, y un par de estudiantes de primero se vuelven para mirarnos. Bajo la voz—. Sé que no tiene que ver conmigo.

—Bueno, bien. Porque es así.

—Solo quiero estar allí para ella, ¿sabes? Quiero mejorar las cosas.

Anna se inclina hacia adelante.

—Sí, solo que no creo que tú puedas mejorarlas. ¿Entiendes? Obviamente no es tu culpa que tú hayas entrado y ella no, y ella lo sabe, pero aun así parecerá que se lo estás restregando en el rostro.

—No se lo restregaré en el rostro.

—Sé que no lo harás —dice Anna lentamente—. No de forma intencional, pero ¿no te parece que parecerá así?

Me arden las mejillas.

—Está bien. Iré con cuidado.

Anna me toca el pie con la punta de su zapato.

—Sé que estás preocupada por ella. Me aseguraré de que esté bien.

Me encojo de hombros.

—Haz lo que quieras.

Ahora todo está desequilibrado. Me siento insensible al no enviarle mensajes a Morgan, a pesar de que Anna dejó bien claro que no debería hacerlo. Pero durante las clases no dejo de imaginarme a Morgan escondida en su casa, rodeada de imágenes de *bulldogs*. Rojo y negro por todos lados. Debe estar perdiendo la cabeza. Creo que sé cómo se siente. Es decir, a mí nunca me han rechazado de una universidad. Pero sé, de forma profunda y esencial, lo que se siente al no ser lo suficientemente buena.

No que haga que todo esto me salpique a mí. Por ejemplo, no le he prestado la más mínima atención al inminente tour del campus ni a la pregunta de si Abby todavía quiere ir conmigo.

—Leah —dice entre dientes Simon, y me da un golpecito con el dedo.

Vuelvo a tierra de una sacudida.. La señorita Livingstone me está lanzando una Mirada.

—Asumo que estaba ensimismada en la Revolución francesa, señorita Burke. ¿Le importaría compartir sus pensamientos?

Se me incendian las mejillas.

—Sí. Eh. Yo…

Ay, Dios. La señorita Livingstone puede oler la mentira. *Porque sí, me gustaría compartir lo que pienso. Acerca de la Revolución francesa. No acerca de viajes a Atenas con Abby Suso. No que esté considerando viajar a Atenas con Abby Suso.*

—Thomas Jefferson ayudó al Marqués de Lafayette a redactar la declaración —suelta Simon.

—Señor Spier, memorizar las canciones de *Hamilton* no lo salvará en el examen de Historia.

Un grupo de personas deja escapar unas risitas. La señorita Livingstone sacude la cabeza y llama a alguien más. Doy una patada al pie de Simon y cuando levanta la mirada, sonrío.

—Gracias.

—No hay problema. —Me devuelve la sonrisa.

—Bueno, hablemos de *Love Actually* —dice Bram, inclinándose hacia mí. Garrett por fin se ha alejado de nosotros y está investigando el mostrador de los postres. Que en realidad es el único mostrador, porque estamos en Henri's, y Henri's es una pastelería. Lo lamento, pero los cupcakes se pueden comer como cena; que alguien se atreva a contradecirme.

Echo un vistazo hacia atrás para asegurarme de que Garrett esté absorto por completo en los pasteles y donuts glaseados antes de volverme hacia Bram.

—Está bien, bueno, Simon quizás me mate por contarte esto.

—Por supuesto. Es muy reservado —dice Bram, y ambos sonreímos. Simon Spier quizás sea la persona menos reservada del planeta.

—Bueno, yo no sabía nada de esto hasta el año pasado, pero *al parecer...* —Hago una pausa para darle un mordisco a mi cupcake—. Al parecer, nuestro Simon Spier ha escrito una pieza única de fanfiction sobre *Love Actually*.

Los ojos de Bram se iluminan.

—Muy bien.

—Y tengo razones para creer que está en fanfiction.net.

—¿Hablas en serio? —Presiona el puño contra la boca.

—Pero nunca me ha dicho su pseudónimo.

—Apuesto a que podemos descubrirlo. —Bram ya está cogiendo su teléfono—. ¿Fanfiction punto org?

—Punto net.

—Perfecto. —Se queda quieto durante un instante, deslizando la pantalla.

—Creo que hay como cien historias en todo el fandom. Abby y yo pudimos restringir la búsqueda a quince posibilidades.

—Ah, ya has estado trabajando en esto.

—Lo intenté durante semanas, Bram. *Semanas.*

♫

Penúltimo curso, justo después de que Abby se mudara aquí.

Estábamos todos pasando la noche en casa de Morgan, y su madre había exiliado a los chicos a la habitación de huéspedes después de un revelador juego de Verdad o Atrevimiento. Morgan y Anna se quedaron dormidas con bastante rapidez, pero Abby colocó todas sus mantas junto a mí en el suelo y nos acostamos sobre nuestros estómagos, una junto a la otra.

—Leah, tenemos que encontrarlo —susurró.

Todavía estaba un tanto acelerada por Verdad o Atrevimiento, y yo también lo estaba por asociación. Tenía la lista completa de historias de *Love Actually* abierta en mi teléfono.

—¿Empezamos por el principio?

—O podríamos empezar con los *self-insert* de erotismo sexual de Keira Knightley.

Solté una risita.

—¿Erotismo sexual?

—Sí.

—¿En lugar de erotismo sin sexo?

—Bueno, también leería eso —dijo—. Muy bien, este.

Y así empezamos. De inmediato, pudimos eliminar algunas porquerías repletas de errores gramaticales, junto con cualquier cosa que tuviera conocimientos demasiado técnicos acerca del sexo.

—No es posible —protesté—. Te aseguro, puedo apostar un millón de dólares a que Simon Spier nunca ha escuchado hablar del perineo.

—Estoy de acuerdo —dijo Abby, y tocó la flechita de retorno. Siempre lo he pensado como algo muy íntimo: tocar la pantalla del teléfono de otra persona. Abrió la historia siguiente. Fue extraño. Una vez que supimos que Simon había escrito una de ellas, nos pareció que podría haber escrito *cualquiera*. O todas. Bajo noventa seudónimos distintos. Quizás todas esas veces que dijo haber estado revisando su email, en realidad estaba escribiendo sexo erótico.

Luego Abby cambió de posición debajo de las mantas, y su cuerpo entero quedó presionado contra el mío. Mi costado derecho contra su costado izquierdo. Y me olvidé de cómo hablar.

♪♪

—Lo encontré —dice Bram, haciéndome regresar al presente de un sacudón. Desliza su teléfono hacia mí por la mesa.

—No, no acabas de encontrar el fanfiction secreto de Simon Spier en cinco minutos.

—Lo he hecho. —Sonríe—. Estoy seguro al cien por cien.

Leo en voz alta.

—*All I Want for Christmas Is You*, de youwontbutyoumight. ¿Cómo sabes que es él?

—Bueno, antes que nada, el seudónimo.

—No lo entiendo.

Bram se apoya sobre los codos.

—*You won't, but you might.* Es una letra de Elliott Smith. Esa es la primera pista.

Inclino el teléfono de Bram hacia mí y leo el resumen.

—Sam/Joaquin (personaje semioriginal). Bueno...

—Lee el resto del resumen.

—Personaje masculino original estrechamente basado en Joanna. Trata de una adaptación romántica entre dos hombres de la escena del musical escolar. Carita sonriente. —Miro a Bram sonriendo—. Ay, Dios. Simon era un dulce bebé gay que escribía las historias más gays del mundo. Me encanta.

Bram sonríe.

—Es perfecto.

—¿Cómo puede ser que Abby y yo no lo hayamos descubierto?

—¿Sabíais que era gay en ese momento?

—No. Bueno, guau. Eso fue incluso antes de lo que sucedió con Martin. Supongo que no estábamos buscando el fanfic más gay de todos.

—Este ni siquiera es el más gay —dice Bram.

—Damas y caballeros, he regresado —anuncia Garrett, y ambos levantamos la mirada de forma repentina. Garrett se desliza en su asiento y apoya sobre la mesa, frente a nosotros, una caja de cartón que contiene una tarta.

—Miradla.

Bram abre la caja y deja al descubierto una tarta de crema de mantequilla decorado de forma extravagante con lunares y flores. Y un mensaje, cuidadosamente escrito en el centro:

—¿Les has comprado una tarta a Simon y Nick? —pregunta Bram lentamente.

—Seh. Amo a esos chicos.

—Bien hecho, Garrett —digo.

—Gracias, Burke. Lo aprecio.

—Así que, nada de *felicitaciones* o algo así. Solo, bueno… sus nombres.

—Sí, pero mirad la *R* —dice Garrett, y desliza la mirada de Bram a mí—. Es espectacular, ¿verdad? Ha sido idea mía.

—Es muy espectacular —aseguro.

Bram simplemente enarca las cejas y sonríe.

Tengo que añadir esto a la lista de cosas que nunca volveré a hacer: sentarme en la primera fila de una obra de teatro.

Contacto visual. Mucho contacto visual.

Simon dijo una vez que cuando las luces del escenario se encienden, la audiencia parece una gigantesca y oscura masa amorfa. Pero quizás la primera fila es la excepción, porque juro que Taylor acaba de pasar cuarenta y cinco minutos mirando fijamente mi cara.

Pero la obra ha sido increíble, incluso con Martin Addison de regreso al trabajo. O, quizás, debido a que Martin está de regreso, por más que me cueste admitirlo. Odio cuando los imbéciles tienen talento. Quiero vivir en un mundo en el que la gente buena sea la mejor en todo, mientras que la gente de mierda sea la peor. En resumen: quiero que la voz de Martin Addison se rompa como un terremoto.

Después del aplauso final, nos quedamos en el vestíbulo esperando a que los actores salgan a saludar. Garrett aparece junto a mí, sosteniendo la caja con la tarta, su cabello rubio sobresaliéndole por debajo de la gorra de béisbol.

—Así que, Eisner realmente puede cantar, ¿eh?

Me siento cohibida de forma extraña.

—Sí.

Hay hordas de padres aquí afuera con flores para los actores. Diviso a la familia de Simon cerca de la exposición de la obra, con el doble de ramos.

—¿Está Alice aquí? —le pregunto a Bram.

Asiente.

—Son sus vacaciones de primavera

Alice Spier es exactamente quien quiero ser cuando esté en la universidad. Es la adorable perfección nerd: inteligente sin ningún esfuerzo, gafas hípster y tolerancia cero frente a las tonterías de Simon y Nora. *Quizás* me haya gustado un poco en sexto curso, hasta que me enamoré por completo de su estúpido y encantador hermano menor.

—Así que, Burke —Garrett me propina un empujoncito—. Supongo que necesitas a alguien que te lleve a casa.

—Ah. Supongo que sí.

—Genial. —Asiente—. Entonces, yo te llevo.

De pronto me siento incómoda, me pesa el cuerpo y se me traba la lengua.

—Gracias —logro decir. Ayer fue la sudadera de Garrett. Hoy me llevará a casa. Es como si el universo estuviera intentando hacer que sea mi novio, lo cual es un espanto. Aun cuando una pequeña parte extraña de mí se pregunta cómo sería besarlo. Es probable que no sea horrible. Técnicamente, es mono. Tiene los ojos muy azules. Y todos piensan que los atletas son sexis. ¿Es Garrett sexi?

Podría serlo.

Aunque la idea de la belleza objetiva me fastidia un poco. La idea de que cierta disposición de rasgos faciales sea automáticamente superior. Es como si alguien se despertara un día con una erección por personas de ojos grandes, labios suaves, cuerpo delgado y pómulos marcados, y todos simplemente decidiéramos estar de acuerdo con eso.

Las puertas del fondo del vestíbulo se abren, y el elenco y equipo técnico comienzan a aparecer. Pero Garrett apoya la mano sobre mi brazo.

—Bueno, ¿qué obtiene un estudiante medio de la Universidad de Georgia en el SAT? —pregunta Garrett.

—No lo sé.

—Un babeo intenso.

—Ja, ja.

Me propina un golpecito en el brazo.

—Estás sonriendo.

Resoplo y desvío la mirada, y mis ojos viajan hacia los Spier. Los padres de Nick también están allí, la madre de Abby está charlando con ellos mientras su padre y su hermano revisan sus teléfonos. Y a pesar de que nunca he conocido al padre de Abby, no me quedan dudas: es la versión hombre de mediana edad de Abby, pestañas y todo. Lo que es superdesconcertante. Giro con rapidez y mis ojos aterrizan en mi madre.

Mi madre, *mi* madre, vestida con la ropa del trabajo y pareciendo un tanto fuera de lugar. No tenía idea de que vendría. Supongo que entró por el fondo. Está quieta a unos pocos metros de los demás adultos. Para ser sincera, siempre se ha comportado de forma extraña alrededor de los padres de mis amigos. Quizás porque es la más joven, casi una década menos. Creo que tiene la paranoia de que ellos la vean con malos ojos.

Me saluda con la mano de forma incómoda y comienzo a caminar hacia ella, pero me intercepta Alice Spier.

—¡Leah! Me encantan tus botas.

Miro hacia abajo y me encojo de hombros, sonriendo.

—¿Cuánto tiempo estarás en la ciudad? —pregunto.

—No mucho más. En realidad estoy conduciendo hacia el norte, así que me iré mañana y pasaré a buscar a mi novio a Nueva Jersey. —Mira su reloj—. Muy bien, Simon, ¿dónde estás?

—Me acaba de enviar un mensaje de texto. Saldrán ahora —anuncia Bram.

Minutos más tarde, Simon, Nick y Abby entran por la puerta lateral, ya sin disfraces pero todavía maquillados. Por una vez, Nick y Abby no están cogidos de las manos. De hecho, Abby está sujetando la mano de Simon, y Nick los sigue detrás. La gente no deja de detenerlo para hablar, y cada vez que eso pasa, se muestra avergonzado e incómodo. Nick Eisner es realmente un protagonista tímido y dulce como un pastelito de canela.

Simon divisa la caja de la tarta de inmediato.

—¿Eso es una tarta? ¿Me habéis comprado una tarta? —Garrett asiente y comienza a abrir la caja, pero Simon está sonriendo de forma radiante hacia Bram y no se da cuenta.

—En realidad —comienza a decir Bram, pero Simon le besa la mejilla antes de que pueda pronunciar siquiera una palabra.

—Simon, es de mi parte. ¿Dónde está mi beso? —dice Garrett.

Lo miro.

—Guau.

—Muy bien, Burke. —Sonríe y busca sus llaves—. ¿Lista para viajar?

Señalo a mi madre, y el rostro entero de Garrett se desmorona.

—Supongo que ya no necesitas que te lleve.

—Creo que no.

Se queda quieto allí, sosteniendo las llaves del coche y no dice ni una palabra durante lo que parece una hora. Siento que mi madre nos observa con interés.

—Así que… —digo al final.

—Sí, bueno. Ey. —Se aclara la garganta—. Me estaba preguntando. ¿Quieres venir al partido mañana?

—¿Al partido? —Lo miro.

—¿Alguna vez nos has visto jugar?

Asiento. Es gracioso, el fútbol es el único deporte de Creekwood que alguna vez he ido a ver. Incluso solía disfrutarlo cuando estaba en segundo curso, cuando me gustaba Nick. Y no se trataba solo de mirar su trasero. Fue extraño. Comenzó a importarme el fútbol a tal punto que Simon solía llamarme una deportista encubierta.

—Es contra North Creek —añade Garrett—. Debería ser un partido bastante interesante.

—Ah. Eh. —Echo un vistazo por encima de mi hombro. *Realmente* no quiero hablarle a Garrett enfrente de mi madre ahora mismo.

Él todavía está hablando.

—Estoy seguro de que estás ocupada, de todas formas. Está bien. Es probable que vayas el sábado a la obra, ¿verdad? En serio, no hay problema.

—No, iré —me apresuro a decir.

Se muestra sorprendido.

—¿Al partido?

—Sí.

—Ah. Bueno. Genial. —Sonríe, y mi estómago se retuerce un poco.

♪

—¿De qué ha ido todo eso? —pregunta mi madre, la voz cantarina, mientras caminamos hacia el coche. Incluso en la oscuridad, veo que está sonriendo.

—Nada.

—¿Nada? ¿Estamos seguras?

—Mamá. Basta. —Me hundo en el asiento del acompañante y me vuelvo con rapidez hacia la ventana.

Durante unos minutos nos quedamos calladas. El aparcamiento está repleto de coches y peatones, y mi mamá tamborilea con los dedos sobre el volante.

—La obra ha sido increíble.

Sonrío.

—Ha sido brutal.

—Todavía no me puedo creer la voz que tiene Nick. ¿Y sabes quién más es adorable?

—¿Quién?

—Abby Suso.

Casi me atraganto.

—Esa chica es puro carisma. —Mi madre aumenta la velocidad—. Y parece muy dulce. Quiero decir, la verdad es que me encantaría que estuvieras con alguien como ella.

—Mamá.

—¿A ti no te parece adorable?

—Es la novia de Nick.

—*Ya lo sé*. Solo lo comentaba. Hipotéticamente.

—No voy a hablar sobre este tema.

Mi madre eleva las cejas.

—Ah, ey. —Su tono de pronto es precavido—. Pregunta para ti.

—¿Qué?

—Bueno, el cumpleaños de Wells es mañana.

—¿Es esa la pregunta?

—No. —Mi madre ríe—. Bueno. Estaba pensando en que los tres podríamos ir a comer un *brunch* juntos. Él tiene golf por la tarde, así que quizás podríamos ir a última hora de la mañana.

La miro boquiabierta. Un *brunch* de cumpleaños. Con el novio de mi madre. No lo sé, quizás eso es normal para algunas familias, pero mi madre nunca me invita a un *brunch* con sus novios. Y sin embargo, aquí está ella, casualmente haciéndome la propuesta como si fuera un sábado cualquiera en familia. Con *Wells*, entre todas las personas en este mundo.

—Eh. Voy a ir al partido de fútbol de Bram y Garrett, así que… —Me encojo de hombros—. Perdón.

Miro por la ventanilla, los ojos trazando la curva de la acera. Apenas hay coches en la carretera esta noche. Uno no pensaría que eso hace parecer más pequeño a un coche, pero lo hace. Y aunque no nos estamos mirando, siento los ojos de mi madre sobre mí.

—Me gustaría que le dieras una oportunidad.

—¿A quién? ¿A Garrett? —pregunto, y mi voz salta media octava.

—A Wells.

Me arde el rostro.

—Ah.

Le echo un vistazo a mi madre, que está sentada derecha, de forma rígida, mordiéndose el labio. Parece un tanto desconsolada. No sé muy bien cómo responder a eso.

Suspira.

—Bueno, ¿qué tal si…?

—No iré a comer un *brunch* con tu novio.

—Leah, no seas así.

—¿Qué no sea cómo? —Entrecierro los ojos—. ¿Cómo es que llegamos a la etapa de *brunch* en familia? ¿Hace cuánto que estás saliendo con él, tres meses?

—Seis.

—Bueno, habéis estado saliendo durante menos tiempo que Simon y Bram. Conozco gente de primaria que ha tenido relaciones más largas que la vuestra. Simon y *Anna* salieron durante más tiempo.

Mi madre sacude la cabeza con lentitud.

—Sabes, tú nunca le hablarías a uno de tus amigos como me hablas a mí. ¿Te imaginas diciéndole a Simon cosas como estas sobre Bram?

—Bueno, eso es...

—No lo harías. Jamás harías eso. Entonces, ¿por qué piensas que está bien hablarme de esa forma a mí?

Pongo los ojos en blanco con tanta fuerza que me duelen las cejas.

—Ah, está bien. Entonces, ¿vas a hacer que esto se trate de Simon y Bram?

—¡Tú has sido la que los ha mencionado!

—Sí, bueno. —Levanto las manos—. Simon y Bram van en serio. Están enamorados de verdad. ¿Cómo puedes comparar eso con Wells?

—¿Sabes qué? Deja de hablar —suelta.

Durante un minuto, me desconcierta. En general, mi madre es muy apacible.

—Sí, bueno... —balbuceo.

—No. Solo para. ¿Vale? No quiero escucharte.

Durante un instante, nos quedamos en silencio. Luego mi madre enciende la radio y avanza por Roswell Road. Me recuesto contra el reposacabezas e inclino el rostro hacia la ventanilla. Luego cierro los ojos con fuerza.

Me despierto con un estallido de luces sobre mi cabeza. Mi madre me quita la almohada de la cara.

—¿Qué día es? —balbuceo.

—Sábado. Vamos. Wells está en camino.

—¿Qué? —Me siento erguida, y la almohada se desliza hacia el suelo—. Ya dije que no iba a ir.

—Lo sé. Pero he mirado el horario del partido y estaremos de regreso para entonces. Wells tiene *tee time* a las dos.

—¿Qué mierda es *tee time*? —Me restriego la cara y desconecto el cargador del móvil—. Ni siquiera son las diez de la mañana.

Mi madre se sienta en el extremo de mi cama, y en ese instante yo levanto las piernas y me las abrazo.

—No voy a ir —digo.

—Leah, no te estoy preguntando. Quiero que hagas esto. Significaría mucho para él.

—No me importa.

—Bueno, también significaría mucho para mí.

La fulmino con la mirada.

Levanta las manos.

—Mira, está bien. No sé qué decirte. Viene hacia aquí. Es su cumpleaños, y ya he hecho la reserva. Así que puedes empezar por ponerte el sujetador.

Me lanzo hacia atrás sobre la cama y vuelvo a colocar la almohada sobre mi cara.

♫

Una hora más tarde, estoy metida en el reservado de un restaurante de carnes en Buckhead, junto a mi madre y frente a Wells. Un restaurante de carne. Ni siquiera es mediodía.

Hacemos nuestro pedido de bebidas, y Wells salta directo a una conversación trivial forzada.

—Así que, tu madre me ha contado que estás en un grupo de música.

—Sip.

—Qué bien. Yo solía tocar el clarinete. —Asiente con entusiasmo—. Buenos tiempos, buenos tiempos.

Ni siquiera sé cómo responder a eso. Es decir, estoy en un grupo de música de verdad, Wells. No estoy diciendo que seamos los Beatles, pero tampoco estamos tocando «Hot Cross Buns» en el auditorio del instituto.

—Wells es un gran fanático de la música —dice mi madre, y le da una palmadita en el brazo. Me estremezco cada vez que ella lo toca—. ¿Cómo se llama ese cantante que te gusta? —le pregunta mi madre—. ¿El de *American Idol*?

—Ah, ¿te refieres a Daughtry?

Daughtry. Ni siquiera me sorprende. Pero guau, mi madre debería saberlo. Si quiere que respete a este tipo, debería haber mantenido ese detalle oculto.

—¿Conoces Oh Wonder? —pregunto, a pesar de que sé que no lo conoce. Es física y químicamente imposible que alguien a quien le gusta Daughtry haya oído hablar de Oh Wonder. Pero quiero ver si lo admite. Quizás soy una imbécil, pero así es como pruebo a las personas. Nunca juzgo a alguien por no conocer a un grupo. Solo juzgo a los que intentan fingir que lo hacen.

—No. ¿Es un grupo o un cantante? —Coge su teléfono—. Lo anotaré. Oh Wonder, ¿dos palabras?

Así que es honesto. Supongo que eso es algo.

—Es un grupo.

—¿Se parecen en algo a Stevie Wonder?

Contengo la risa.

—No realmente. —Levanto la mirada hacia mi madre y la encuentro sonriendo.

Confesión: creo que Stevie Wonder es lo máximo. Es probable que eso no sea algo genial de admitir, pero da igual. Al parecer, mis padres solían hacerme escuchar *Signed, Sealed, Delivered (I'm Yours)* en su reproductor de CD antiguo, aun antes de que yo naciera. Creo que mi madre leyó en alguna parte que yo sería capaz de escucharla en el útero. Y supongo que funcionó, porque solía cantarla por la casa y en el supermercado. Incluso ahora, la canción me relaja de una forma que no puedo explicar. Me dijo que la eligieron porque era la canción que ella y mi padre pensaban que estarían dispuestos a escuchar una y otra vez, todos los días, durante el resto de sus vidas.

El resto de sus vidas. Mirad lo rápido que esa frase explotó en sus rostros. El solo hecho de pensar en ello duele de manera inexplicable.

Dividimos una pila gigantesca de los famosos nachos acompañados con espinacas y queso, y todo sale más o menos bien durante un minuto. Mamá y Wells están hablando de trabajo, así que cojo mi móvil. Me he perdido algunos mensajes.

De Anna: Uff, Morgan está MUY triste.

De Garrett: Deberías llevar puesto esto hoy 😂. Ha adjuntado la foto de una chica que lleva puesto lo que parece ser un casco hecho con una pelota de fútbol. Con huecos a los lados. Y coletas. A través de los agujeros.

Por supuesto que sí, respondo.

Luego vuelvo al mensaje de Anna. Creo que estoy un poco perdida. Es decir, no quiero ser una amiga descuidada, pero no sé cómo ayudar a Morgan si ni siquiera puedo hablarle. Creo que odio el concepto de *necesitar espacio*. Lo que realmente significa es que la persona está enfadada contigo, que te odia, o que no le importas una mierda. Y simplemente no quiere admitirlo. Como mi padre. Así es como lo dijo. *Necesitaba espacio* de mi madre. Y ahora estamos aquí, casi siete años después, en un restaurante de carne con el imbécil de Wells.

Enséñale el vídeo en el que el dueño del perro se viste como Gomosito, escribo al final.

GENIAL, responde Anna.

—Cariño, guarda el teléfono, por favor. Estamos en un restaurante.

—¿En serio? —Apunto con el mentón hacia Wells—. Él está usando el teléfono ahora mismo.

Mamá entrecierra los ojos.

—Está confirmando su *tee time*.

—Ah, perfecto. Así que es una emergencia de golf.

—Leah.

—Digo, claramente es muy urgente, o no estaría utilizando el teléfono en un restaurante —digo con un gesto de sorpresa fingida.

—No te comportes como una imbécil —sisea mi madre, y se inclina hacia mí—. Es su cumpleaños.

Me encojo de hombros y aprieto los labios como si me importara una mierda, pero siento esta presión en el pecho. Porque los cumpleaños son, de cierta forma, sagrados, y quizás esté siendo una verdadera imbécil. He estado pensando en Wells como el intruso, el que irrumpe el *brunch* de mi madre con sus orejas diminutas y su fanatismo por Daughtry. Pero quizás yo sea la intrusa en esta fiesta.

Wells termina la llamada, se vuelve hacia mi madre y comienza a parlotear sobre hándicaps y *birdies* y algunas otras porquerías de golf. Dejo que mis ojos se cierren.

Es decir, los padres a veces salen con gente. Lo entiendo. Las madres son técnicamente seres humanos, y los seres humanos tienen permitido tener vidas románticas. Pero tengo este sentimiento repentino de que estoy yendo demasiado rápido en una cinta para correr, como si las cosas estuvieran pasando a toda velocidad y yo fuera a caerme por la parte de atrás. Nunca me he imaginado que pudiera ser expulsada de mi propia familia. Me siento derribada.

Me siento *destituida*.

Y ese pensamiento me cansa tanto que a duras penas puedo sentarme derecha. Incluso la idea de caminar hacia el coche es como prepararme para una maratón. Y solo hemos pasado el mediodía. Lo único que quiero hacer es derrumbarme en mi cama. Quizás con música. Y definitivamente sin pantalones.

No puedo ir al partido. No sintiéndome como me siento ahora. No puedo lidiar con Garrett y su numerito forzado de tipo duro. Es decir, todos sabemos que en el fondo eres un chico de ojos soñadores que toca el piano, así que deja de fingir ser un imbécil. Y deja de meterte en mi cabeza. O coquetea conmigo o no lo hagas. Sé adorable o no lo seas.

No lo sé. No tengo la energía necesaria para Garrett. Es probable que eso me convierta en una cretina, y claramente debería enviarle un mensaje con una excusa, pero ni siquiera sé qué decir. *Perdón por perderme el partido, Garrett. Resulta que eres*

desconcertante y molesto y no puedo lidiar con tu cara ahora mismo.
Simplemente no puedo. No hoy.

Mi madre me pregunta, horas más tarde, si necesito que me lleve al partido.

Digo que no.

Luego ignoro seis mensajes seguidos, todos de Garrett.

8

Destruyo cosas en mis sueños.

Grito y discuto hasta que todos me odian, y luego me despierto llorando de lo real que ha sido. La mañana del domingo transcurre de esa forma. Me incorporo en la cama. Me siento golpeada y sola. Y lo primero que veo son esos seis mensajes no respondidos de Garrett.

Ey, ¿dónde estás? ¡No te veo!

Estás en el aparcamiento o por ahí.

¿Dónde estás?

Vale Greenfeld y yo estamos yendo a la Casa de los Gofres con Spier y los demás. ¡Deberías venir!

Ay no sabes cómo te he echado de menos hoy. Me siento mal

Ay bueno, espero que hayas disfrutado del partido. La próxima vez, quédate, ¿vale? LOL. ¿Vas a ir mañana a la obra?

Mierda. Soy lo peor.

Garrett piensa que estuve allí. En el partido, en la tribuna, probablemente con un casco casero con forma de pelota de fútbol. En lugar de lamentándome en mi habitación e ignorando sus mensajes.

Soy un desastre. Soy un pene flácido de persona.

Y ahora quiero encerrarme en mi habitación una vez más, pero no puedo perderme la última función de la obra. No soy tan imbécil. Ni siquiera me importa la idea de estar cerca de

Garrett, en teoría. Pero no quiero enfrentarme a él. Si hay algo que odio, son las disculpas. No me gusta recibirlas. Y *realmente* no me gusta pedirlas.

Creo que es inevitable.

Me visto con cautela, como si fuera a una batalla. Me siento más fuerte cuando me veo guapa. Me pongo mi vestido de universo, mi mejor descubrimiento en las tiendas de segunda mano. Es de algodón, azul y negro, y tiene estrellas y galaxias salpicadas en el pecho. Literalmente, mis tetas están fuera de este mundo. Luego me despeino el pelo para que quede solo un tanto ondulado y paso veinte minutos haciéndome un delineado alado. No sé cómo, pero hace que mis ojos parezcan superverdes.

Mi madre necesita el coche, así que me deja en el instituto. He llegado temprano. Temprano está bien. Escojo un asiento cerca del escenario, pero no dejo de volverme hacia la entrada, y cada vez que la puerta del auditorio se abre, el corazón me salta a la garganta. Tengo la sensación de que en cuanto Garrett me vea, sabrá que le he mentido. Y luego él y los chicos estarán enfadados, y se formará un lío enorme, y nuestro grupo de amigos implosionará. Por mi culpa.

Alguien me toca el hombro y casi me caigo del asiento.

Pero solo es Anna.

—¿Podemos sentarnos aquí?

—¿Tú y quién más?

—Morgan está en el baño.

Otra conversación para la cual no estoy lista. *Ah, ey, ¡Morgan! Lamento que no hayas entrado en la universidad de tus sueños. Espero que te parezca bien que yo sí haya entrado.* El pánico debe ser evidente en mi rostro, porque Anna aprieta los labios.

—Sabes que no está enfadada contigo, ¿verdad?

—Sí.

—Creo que le preocupa que te sientas incómoda.

—Ni siquiera hemos hablado.

—Lo sé, lo sé. Solo está un poco paranoica. Está bien. Le diré por mensaje dónde estamos. —Pero antes de que Anna presione enviar, Morgan se acerca siguiendo a un grupito de estudiantes de primaria. Está horrible. Parece como si alguien acabara de terminar con ella. Lleva puestos pantalones deportivos y gafas, y tiene su pelo de mechones azules recogido en un moño. Anna la mira y levanta la mano, y ella atraviesa el pasillo y pasa junto a nuestra fila de asientos.

—Hola —dice en voz baja.

—¿Cómo estás? —Mi voz suena tan dolorosamente amable que me encojo de la vergüenza.

—Bien. Estoy bien.

Asiento, y Morgan se encoge de hombros, y los ojos de Anna van y vienen entre nosotras.

—Lamento lo de la UGA —digo al final—. Es realmente una porquería.

—Sí. —Suena derrotada.

—Lo siento —insisto.

Se hunde en su asiento.

—No importa. No estoy enfadada contigo ni nada por el estilo.

Me siento en el borde del asiento junto a ella.

Ella se inclina hacia atrás y se cubre el rostro con las manos.

—Es solo que... agh. Es tan injusto.

—Sí...

—Tú no. Tú de verdad merecías entrar. Eres casi un genio. Pero otra gente...

Trago saliva.

—No sé cómo toman las decisiones.

Morgan sonríe sin gracia.

—Bueno, sé cómo toman algunas de ellas.

—¿A qué te refieres?

—Solo lo digo. Estoy en la onceava posición en la clase. Y algunas personas que sí entraron en Georgia… están por debajo. —Se encoge de hombros. Junto a mí, Anna se revuelve en su asiento con incomodidad.

La miro parpadeando.

—¿Piensas que alguien mintió en la solicitud de ingreso?

—Pienso que soy blanca —responde Morgan.

El mundo entero parece detenerse. La sangre me sube a las mejillas.

—¿Estás hablando de Abby? —pregunto en voz baja.

Morgan hace un gesto de desdén.

Me quedo boquiabierta.

—No lo puedo creer.

—Bueno, perdón. —Se sonroja.

—Eso es jodidamente repugnante, Morgan.

—Ah, así que ahora defiendes a Abby. Genial.

Me inclino hacia adelante, el pecho oprimido.

—No estoy defendiendo a nadie. Estás siendo racista.

No puedo creerlo… y viniendo de *Morgan*. Morgan, quien leyó *All American Boys* tres veces y condujo hasta Decatur para que se lo firmaran. Morgan, que una vez le gritó a un extraño en una tienda por llevar puesta una gorra de Trump.

—Estoy siendo honesta —dice Morgan.

—No, estoy segura de que estás siendo racista.

—¿Quién es racista? —pregunta Garrett, que se ha acercado de forma sigilosa. Levanto la mirada hacia él y Bram también se encuentra allí. Morgan se hunde en el asiento, como si quisiera desaparecer.

La intimido con la mirada.

—Bueno, según Morgan, Abby solo ha entrado en Georgia porque es negra.

Bram hace una mueca.

El rostro de Morgan se vuelve rojo como un tomate.

—Eso no es lo que he querido decir. —Sujeta el apoyabrazos, los ojos resplandecientes.

—Bueno, lo has dicho. —Me pongo de pie de forma abrupta, la mandíbula apretada y dolorida. Estoy demasiado furiosa, y ni siquiera sé cómo explicarlo. Me abro paso entre los chicos con empujones y salgo disparada por el pasillo. Unos desconocidos inclinan sus cabezas hacia mí cuando paso junto a ellos. Saben que estoy enfadada. Siempre lo muestro en mi rostro. Me deslizo hacia una fila vacía cerca del fondo y cierro los ojos con fuerza.

—Ey —dice Garrett, y se desploma en un asiento junto a mí. Bram se sienta a su lado.

—Estoy muy enfadada —digo.

—¿Por Morgan? —pregunta Garrett.

Me encojo de hombros, los labios apretados.

Garrett y Bram intercambian miradas.

—¿Piensa que Abby le ha robado el lugar en Georgia? —pregunta Garrett.

—No lo sé. Pero piensa que Abby solo ha entrado porque es negra, y ese es un comentario de mierda.

—La gente suele pensar eso —dice Bram en voz baja.

—Es terrible —agrega Garrett.

—Uh, sí.

—Sabes, no pensaba que tú y Suso fuerais tan amigas.

Siento que una oleada de calor me trepa por las mejillas.

—No lo somos. No importa. Dios. Solo estoy diciendo que es racista.

Levanta las manos a la defensiva.

—Está bien.

—Está bien —repito con un resoplido.

Bram simplemente nos observa, sin mediar palabra, lo que me hace sentir incluso más incómoda. Tiro de mi vestido hacia abajo y me miro las rodillas. Quizás podría enviar un mensaje telepático a los poderes detrás de los bastidores. *Querido Dios y/o Cal Price: por favor empezad la obra ahora mismo. Bajad las luces para que pueda desaparecer.*

Garrett me propina un empujoncito.

—¿Recibiste mis mensajes?

Y… me cago en mi vida.

—Sí. Ah. Sí, lo siento. Mi teléfono simplemente… —Mi voz se desvanece de forma inútil.

—No te preocupes. ¡Solo quería saber qué te había parecido el partido!

Dios, no puedo. Lo siento. Debería decírselo, pero no puedo. Si me sobrecargan, me cortocircuito. Supongo que Garrett es el secador de pelo que me empuja por encima de mi límite.

Miento.

—Estuvo genial.

—Sí. Ja. Si te olvidas de la primera mitad.

—Mmhhmm. —Asiento ligeramente.

—¿A dónde te escapaste después del partido? —suelta Bram—. Te echamos de menos.

—Ah. Eh. Mi madre necesitaba el coche, así que… —Trago saliva.

—Qué lástima.

—Sí.

Las luces se vuelven tenues. Gracias Dios, gracias Dios, gracias Dios.

La obra comienza, y mi cuerpo entero suspira.

Horas más tarde, estoy en el asiento trasero del coche de Simon yendo a casa de Martin Addison, de todos los lugares posibles.

—¿Quién ha dejado que esto fuera en su casa? —pregunto. No puedo evitar gruñir un poco cuando hablo sobre Martin. Abby, sentada junto a mí, se encoge de hombros y sacude la cabeza.

—No lo sé —dice Simon—. Él se ofreció.

—Deberíamos haber tenido nuestra propia fiesta —dice Abby.

—¿Podemos simplemente aguantarnos? ¿Por favor? Es la última fiesta del elenco. —La voz de Simon resalta la palabra *última*. Nunca se le han dado bien los finales.

—¿Estás bien? —pregunta Bram con suavidad.

Simon hace una pausa.

—Sí.

La luz cambia a verde y Simon gira a la izquierda. Martin vive al final de una calle sin salida en uno de los vecindarios arbolados de Creekside Drive. Solo he estado allí una vez. Fue durante mi primer curso, para un trabajo de historia. Yo, Martin y Morgan. Y nos habíamos elegido entre nosotros. Qué increíble.

Nadie habla durante el resto del viaje. Bram tamborilea con la música y Abby mira por la ventana, los labios apretados con fuerza. No recuerdo la última vez que la vi tan enfadada. Y sé que odia a

Martin, pero no puedo evitar preguntarme si no sucede algo más. Quizás Morgan le haya dicho algo.

Toda la calle de Martin está repleta de coches y está casi oscuro cuando llegamos. Nos detenemos detrás del monovolumen de Garrett, que se encuentra aparcado pero aún encendido. Ha conducido hasta aquí con Nick; cuando nos ven, apagan la camioneta y bajan. Y guau. Hace muchísimo frío afuera, en especial si llevas un vestido de algodón y un cárdigan. Y solo voy a decir que mis tetas, que están fuera de este mundo, parecen extrafuera de este mundo.

Terminamos caminando en parejas. Nick y Garrett, Abby y Bram, Simon y yo. Es extraño que Abby y Nick no caminen juntos. Me acerco tanto a Simon, que nuestros brazos se tocan.

—Ey, ¿sucede algo entre Nick y Abby?

Simon hace una mueca y se encoge de hombros.

—Sí. No lo sé. He hablado un minuto con Nick hace tiempo. Creo que se han peleado.

—¿Por qué?

—Bueno, Nick entró a Tufts ayer.

—Ah, guau.

—Sí, está muy emocionado —dice Simon—, pero supongo que él y Abby tuvieron la charla.

—¿La charla?

—Sobre si mantendrán la relación a distancia o qué.

—Ah. —Algo me oprime el pecho—. Está bien.

—Sí. No salió bien.

Levanto la mirada hacia Abby, que se encuentra unos pasos delante de mí, envuelta por completo en un cárdigan demasiado grande para ella. Está caminando tan cerca de Bram que uno pensaría que son siameses.

—Bueno, traduce eso —digo con rapidez.

—¿Que traduzca qué?

—*No salió bien.* ¿Qué significa eso?

Simon frunce el ceño.

—No lo sé. Nick quiere seguir, pero Abby no quiere una relación a distancia.

—Ay, qué mierda.

—Sí.

Caminamos en silencio durante un minuto, casi hasta la casa de Martin. Se escucha música proveniente del sótano, la banda sonora de *Yosef.* En mi opinión, demasiado obvio para una fiesta del elenco, pero quién soy yo para juzgarlo.

—Me da miedo que se separen —dice Simon al final, su voz apenas audible—. Pienso que podría hacernos daño.

—¿A ti y a Bram?

—No. Dios. No. Nosotros estamos bien. —Simon sonríe—. No, quise decir a *nosotros.* —Señala a todos con un gesto—. A nuestro grupo. A nuestra banda.

Resoplo.

—Nuestra banda.

—Lo digo en serio. ¿Qué sucederá si la situación se vuelve dramática e incómoda y tenemos que ir al baile de graduación en limusinas separadas?

—Ay no. Limusinas separadas no. —Intento no sonreír.

—Cállate. Sería triste, y lo sabes.

—Ay, Spier. ¿Por qué estás triste? —Garrett se interpone entre nosotros y apoya los brazos en nuestros hombros—. No estés triste. Estamos a punto de entrar en una fiestaaaaaaa.

—¿Ya estás borracho? —pregunto.

—No —se burla—. Soy así por naturaleza.

—Te creo por completo.

—Qué graciosa —dice. Empuja a Simon con fuerza—. Es *tan* graciosa. Me quiere. ¿Sabes que fue al partido del sábado?

El estómago me da un vuelco.

—Así es, Spier. Leah Andrómeda Burke eligió mi partido por encima de tu obra. Y no estuvo allí para ver a Greenfeld. Solo digo eso.

—¿Andrómeda?

—¿No es ese tu segundo nombre?

—No.

—Ahora lo es. —Me aprieta el hombro—. Leah. Andrómeda. Burke.

Sí, ya está borracho. No sé cómo ha logrado caminar desde su camioneta hasta la casa de Martin, pero lo ha hecho. Se nota en su voz, en su sonrisa, en su aliento. Quito su mano de mi hombro y camino directamente hacia la entrada, donde Abby y Bram están esperando.

—Buuuuuuurke. ¡Espera!

—¿Cómo es que ya está borracho? —le pregunto a Bram.

—Ha traído una petaca en la camioneta.

—¿Ha conducido borracho?

—Ay, no. No haría eso. Al parecer, él y Nick han estado bebiendo mientras estaban aparcados.

—Claro que sí. —Abby pone los ojos en blanco.

—Eso es muy estúpido. ¿Cómo van a volver a casa?

Bram suspira.

—Probablemente conmigo.

Hay una nota pegada a la puerta, escrita en letra cursiva. *¡Bienvenidos, egipcios y cananeos! ¡Aventuraos al sótano!* Abby encuentra mi mirada y sonríe levemente. Miro con rapidez hacia abajo. Cuando vuelvo a alzar la vista, Simon, Garrett y Nick ya nos han alcanzado en la entrada. Abby abre la puerta y entra.

El sótano de Martin es enorme. Estas casas de Shady Creek son irreales. Los Addison ni siquiera son ricos. No de los que tienen un mayordomo que te hace pasar al vestíbulo. Solo son los ricos comunes de Shady Creek: tres pisos y televisores de pantalla plana y una máquina de *pinball* en el sótano.

Asumo por los bocadillos pequeños y los platos de cerámica que los padres de Martin han estado involucrados en la organización de la fiesta. Hay estudiantes de segundo recostados en los sillones, piernas sobre manos sobre regazos. Un par de chicos cantan y bailan al compás de la banda sonora de *Yosef*. Cal y Nora están acurrucados en un sofá, mirando el teléfono de él. Creo que Bram, Garrett y yo somos los únicos que no pertenecemos al grupo de teatro.

—¡Habéis venido! —Martin se acerca dando saltitos. Como un golden retriever, por más insultante que eso sea para Bieber Spier—. Vale, la gente solo está pasando el rato y, ah. Decidme si necesitáis algo. Mi madre puede ir al supermercado Publix. —Se toca el codo con nerviosismo y baja la voz—. Y hay vodka. En el baño.

—¿En el baño? —Simon levanta las cejas.

—Sí. Eh. No se lo digas a mis padres. Está debajo del lavabo, detrás del limpiador del váter. Es el que está en la botella de vodka. No bebáis el limpiador del váter.

—El vodka es el que está en la botella de vodka. Entendido.

—Genial —dice Martin. Y durante un minuto, simplemente se queda parado allí, asintiendo—. Bueno, entonces, iré a… sí. —Se aleja caminando hacia atrás, y casi choca con un estudiante de primero. Luego gira, le hace pistolitas con los dedos a Simon, y casi choca con alguien más. Lo juro por Dios, ese chico debería llevar puesto un parachoques de goma y, quizás, también flotadores.

Me vuelvo hacia Simon, pero él ya se encuentra sentado en la esquina de un sofá junto a Bram. Abby se vuelve hacia mí.

—¿Tú no bebes, verdad?

—No.

—Bueno. Está bien. Pero vendrás conmigo, ¿verdad? ¿Al baño? ¿Para evitar que beba del limpiador del váter?

Con el rabillo del ojo veo a Garrett bailando y cantando «Vamos, vamos, vamos, Yosef». Nick se encuentra apoyado contra una pared cercana, sonrojado y con una sonrisa en la cara. Está hablando con Taylor Metternich.

Abby pone los ojos en blanco.

—Qué idiota. Vamos. —Sujeta mi mano y tira de ella. *Abby. Esto es extraño*—. Ni siquiera me importa, ¿sabes? —dice mientras la sigo por el pasillo—. Es decir, ni siquiera me molesta. Puede hacer lo que quiera. ¿Este es el baño?

—Eso creo.

Intenta abrir la puerta, pero está cerrada.

—Hay alguien. Solo Martin guardaría el alcohol en el baño. Sentémonos. —Se desliza contra la parcd y atcrriza con las piernas cruzadas, y yo me coloco junto a ella. Las piernas estiradas y juntas. Debería haberme puesto vaqueros.

Abby suspira y se vuelve hacia mí.

—No puedo creer que esté hablando con ella. En serio, ¿Taylor?

Dios, ¿qué puedo responder? *Lamento que tú y Nick no seáis tan perfectos como todos piensan que sois.*

—Taylor es insufrible —digo al final.

—Sí. —Levanta las piernas, se abraza las rodillas e inclina la cabeza para mirarme—. En fin, he escuchado que me has defendido hoy.

—¿Lo de Morgan?

—Mmmm. Bram me ha contado lo que sucedió. —Sonríe—. No era necesario.

—Bueno, Morgan estaba siendo racista.

—Sí. Pero no cualquiera la hubiera reprendido. —Abby se encoge de hombros—. Así que, gracias.

Siento este aleteo en el estómago. No exactamente como si fuera a vomitar. Pero tampoco siento que *no* fuera a vomitar. Por esta razón no me acerco a Abby Suso. Siempre termina en náuseas. Me muevo un poco hacia la derecha y dejo unos centímetros de espacio entre nosotras.

—¿Te mencionó lo del tour? —pregunta Abby después de un rato.

—Sí. —Sonrío con ironía—. Supongo que eso no sucederá.

—Bueno, tú y yo aún podríamos ir.

La puerta del baño se abre de golpe y salen dos estudiantes de tercero a trompicones. Están sonrojados y apoyados el uno sobre el otro, y algo me dice que el vodka y el limpiador del váter no son los únicos líquidos que encontraremos en este baño.

—Tienen el cabello enmarañado —susurra Abby.

—Lo sé.

—Vaya, no puedes hacer eso en el baño de Martin Addison. Estoy perturbada. Agraviada. Desasosegada. Ey, Morgan, adivina quién obtuvo un 800 en lectura crítica en el SAT. —Abby atranca la puerta detrás de nosotras y se arrodilla frente al lavabo.

Me siento en la tapa del váter.

—¿De verdad?

Hace una mueca con la boca.

—Sí. Uff. Lo siento, creo que estoy alardeando.

—No, está bien.

Sonríe y se encoge de hombros.

—No lo sé. En fin, aquí está el vodka, y hay cola. ¿Se toma el vodka con cola?

—No tengo idea.

—Claramente, Martin tampoco. —Pone los ojos en blanco—. ¿Estás segura de que no quieres un poco?

—Muy segura.

—Bueno. Solo beberé… —Abby vierte un poco de vodka en un vaso de plástico rojo y completa el resto con cola. Bebe un sorbo y hace una mueca—. Guau. Esto es un asco.

—Lo siento.

Hace un gesto de desdén.

—¿Podré salir con el vaso? No tengo que bebérmelo aquí, ¿verdad?

—Bueno, sería algo extraño.

—Sí, pero es Martin.

Río.

—Tienes razón.

Golpeteo el suelo con la punta de mis zapatos y miro hacia abajo. Me siento incómoda y extraña. Esto sí que es inesperado. Estoy a solas con Abby Suso en el baño de Martin Addison. Le echo un vistazo entre mis pestañas. Ahora está apoyada contra la bañera, la espalda derecha, las piernas cruzadas. Cada vez que toma un sorbo de su bebida, arruga la nariz. Nunca he entendido la gracia de beber. El alcohol no sabe bien. Digo, no se trata de eso. Se trata de sentirse lacio, ligero e imparable. Simon me lo describió una vez. Dijo que beber te permite decir y hacer cosas sin filtro y sin pensar demasiado. Pero no entiendo cómo eso es algo bueno.

Abby bosteza.

—Es como si… bueno. Él no solicitó ingresar a ningún otro lado que no fuera Georgia. Está bien. Pero allí es donde estaré yo, y lo más cerca que él puede estar es en Carolina del Norte. Y lo siento, pero no quiero quedarme en casa sin ir a las fiestas porque estoy esperando una llamada de mi novio. No quiero perderme la *universidad*, ¿entiendes?

Claro, Abby. Totalmente. Mis novios *siempre* están intentando llamarme durante las fiestas. Muchas fiestas. A las que siempre voy porque me encanta sentarme en los baños a mirar cómo bebe la gente.

Debería odiar esto.

¿Por qué no lo odio?

Alguien golpea la puerta y Abby se levanta de un salto.

—¡Solo un minuto! —Bebe su copa de golpe—. Ay, Dios, esto es asqueroso. Literalmente voy a vomitar.

Me pongo de pie deprisa y levanto la tapa del váter.

—No *literalmente*. Vamos, salgamos de aquí. —Coge mi mano.

Salimos del baño, y allí está Garrett, los ojos azules brillantes. De alguna manera ha conseguido un sombrero de cotillón y lo lleva torcido hacia un lado. Mira nuestras manos y se queda boquiabierto.

—Ay, Dios. ¿Qué? AY, DIOS.

—No es lo que estás pensando, Garrett.

—Chicas, guau. Vale. Escuchadme. Tengo una idea. Entramos *todos* al baño, y lo que sea que pueda suceder…

—No —digo de forma cortante.

Abby me suelta, entrelaza las manos con las de Garrett, y lo mira con ojos de gacela.

—Garrett, querido —dice—. Nunca, jamás, haré eso. —Luego retira sus manos y le da una palmadita fuerte en sus bíceps—. No frente a ti —añade en voz baja, y lo empuja hacia el baño.

El estómago me da un vuelco.

—¿QUÉ? —chilla Garrett, los ojos yendo y viniendo entre nosotras—. Deberías. Hacer eso frente a mí. ¿Vale? Por favor. Dios. Tengo que hacer pis.

—Entonces, ve a hacer pis.

Creo que mi cerebro está hecho de gelatina. Mis pensamientos no se quedan quietos. *Nunca haría eso.* Frente a Garrett. Pero ¿quizás sí de otra forma?

¿Cómo se supone que debo interpretar eso?

Nos retiramos alrededor de las once. Garrett está totalmente borracho, así que Bram lo lleva a su casa en la camioneta; Simon los sigue detrás. Luego, todos nos apilamos en el coche de Simon para un gran viaje de mierda. Simon y Bram se sientan delante. Nora y yo estamos básicamente la una sobre la otra, aplastadas entre Nick y Abby, que no se hablan. Es la clase de silencio que tiene gravedad propia. Silencio de agujero negro. Simon intenta llenarlo con su típico parloteo, pero después de unos minutos, hasta él deja de hablar.

Nos detenemos en la entrada de la casa de Bram y Simon se inclina sobre la palanca de cambios. Se besan con suavidad y rapidez, y Bram le susurra algo a Simon. Simon sacude la cabeza, sonriendo. Abby se pasa al asiento de delante en cuanto Bram desabrocha su cinturón de seguridad.

—¿Estás segura de que no quieres pasar la noche en casa? —me pregunta Simon por quinta vez. Y normalmente lo haría. No me importa que sea domingo. Simon vive tan cerca del instituto que hasta haría que mi mañana fuera más fácil.

Pero Abby se va a quedar en su casa esta noche. Y ya he tenido suficiente incomodidad causada por Abby en un día.

Mi mente repasa las últimas horas. El enfado fulminante de Morgan. La mentira a Garrett. Abby arrodillándose frente al lavabo del baño. Abby cogiendo las manos de Garrett. Abby diciendo *nunca*. Pero solo nunca *frente a Garrett*.

Y no tengo ni idea de si estaba bromeando.

En cuanto bajo del autobús el lunes, Abby aparece frente a mí.

—Hola —saluda de forma casual mientras comienza a caminar conmigo—. Bueno… lo de anoche fue extraño.

—Eh, sí. —Hago una mueca en cuanto lo digo. A veces tengo este problema de que sueno más malvada de lo que quiero, y es mil veces peor cuando se trata de Abby. Simon una vez me preguntó sin rodeos por qué me desagradaba tanto. Pero tengo que aclarar una cosa: no me desagrada. Es solo que mi cerebro no funciona bien en su presencia.

No ayuda que sea tan ofensivamente adorable: camiseta a rayas dentro de una falda roja sobre unas mallas y el cabello recogido hacia atrás con clips. Se cubre la boca mientras bosteza, y luego encuentra mi mirada y sonríe.

—Bueno, tengo una propuesta para ti —dice.

—Ah, ¿sí?

—Mmmmm. —Inclina la cabeza hacia un lado y sus ojos brillan como si estuviera a punto de hacer una broma. Es unos dos o tres centímetros más baja que yo, y probablemente pese la mitad que yo. O no. No lo sé. En realidad no es tan delgada. Solo un tanto esbelta y musculosa. *Mesomorfa*. Esa es la palabra que leí en las revistas que mi madre deja en el baño.

—Sobre el tour del campus —dice cuando llegamos a mi taquilla—. No voy a ir con mis padres. Definitivamente no.

—Todos llevan a sus padres.

Sacude la cabeza.

—Yo no.

—Pareces muy decidida. —Me siento sonreír.

—¿Quieres venir conmigo? —pregunta—. Vacaciones de primavera. Cualquier día. Puedo coger prestado el coche de mi madre para ir y podemos quedarnos con una amiga de mi prima. Sería todo un *road trip*.

—¿Como el de Simon y Nick?

—Ah, a ellos les *encantaría* venir a nuestro viaje. Porque nosotras podremos ir a fiestas y hacer lo que queramos. Será increíble. Así tendremos una idea de cómo es la vida allí.

La miro, sin palabras. Además del baño de Martin Addison, no creo que hayamos estado a solas en una habitación durante el último año. Pero, de pronto, Abby está hablando como si fuéramos esa clase de amigas que van a fiestas y se hacen selfies y comparten patatas fritas a medianoche. ¿Estoy perdiendo la cabeza?

—O no —se apresura a añadir—. No tenemos que ir a fiestas. En serio, no me importa. Depende de ti.

—Entonces, quieres que yo vaya contigo a Atenas —digo despacio. Después me doy cuenta de que mis dedos están tamborileando un ritmo. Sobre mi taquilla. Dejo caer la mano.

—Sí.

—¿Por qué?

—¿Qué quieres decir?

Sacudo la cabeza con rapidez y me miro los zapatos.

—No somos… —Cierro los ojos.

No soy amiga de Abby Suso. No soy nada de Abby Suso. Y para ser sincera, todo esto me está molestando un poco.

—Por supuesto, sé que tienes que preguntarle a tu madre y todo.

—Es solo que…

Alzo la mirada a tiempo para ver a Taylor acercándose a toda prisa hacia mí, las manos juntas como si quisiera decirnos algo muy en serio.

—Lo hablamos luego —dice Abby, y la palma de su mano me roza el brazo. Luego sube las escaleras y desaparece, como si nunca hubiera estado aquí en absoluto.

—¿Y? —dice Taylor con una sonrisa amplia y expectante.

Mis ojos viajan hacia la escalera.

—¿Qué sucede? —digo sin entusiasmo.

—¿Qué piensas?

—¿Qué pienso?

—¡De la obra!

—Ah —digo—. Estuvo genial. Felicidades.

—A algunas personas no les vendría nada mal un poco de práctica, pero en general, salió bien, ¿no crees? Y Nick estuvo sensacional. —Sonríe—. Eh, hablando de Nick…

Dios, esta chica. No creo que conozca el significado de la palabra *disimular*. Es decir, si te atracas hablando de Nick y no dejas de hablar de Nick, entonces quedará bastante jodidamente claro que quieres hablar de Nick.

—Acabo de tener una idea genial —continúa Taylor—. Todos, ay, Dios, *todos* me dicen que les gusta cómo queda la voz de Nick y la mía juntas. Digo, mucha gente me ha dicho que sintió *escalofríos* al escucharnos. —Ríe—. ¿No es gracioso?

—Muy gracioso.

—En fin. —Sonríe—. Estaba pensando… ¿qué te parece si incluimos a Nick en nuestro grupo de música?

Hago una pausa y entrecierro los ojos.

—¿Qué?

—Podríamos agregar una línea armónica a las vocalistas, o quizás rearmar nuestra lista de canciones para incluir algunos duetos. Y, obviamente, él podría tocar la guitarra.

—Tenemos a Nora.

—¡Claro, por supuesto! Pero ¿y si tuviéramos dos guitarristas principales? Solo creo que agregaría una dimensión extra al sonido, ¿sabes? Y por supuesto, tener a un chico en el grupo agregaría un rango vocal mucho más amplio.

—Sí, pero estamos en un grupo solo de chicas. Ese es el quid de la cuestión.

Taylor asiente con efusividad.

—Ah, totalmente. Lo entiendo, de verdad. Pero también estaba pensando que sería genial tener un grupo de chicas con un cantante hombre. Eso nunca se ve. Siempre vemos grupos de chicos con una cantante mujer, así que esto sería al revés, ¿entiendes?

Ay mierda. Habla en serio. Quiere a Nick en nuestro grupo de chicas. De modo que ahora me pregunto con cuánta intensidad puedes fulminar a alguien con la mirada antes de que esa expresión quede fija en tus ojos. De forma permanente. Esa mirada quedará genial con mi cara de perra.

—En fin, quizás podríamos discutirlo en el ensayo. Nos vamos a reunir hoy, ¿no?

Mierda. Me había olvidado. Y *de verdad* que no estoy de humor para una tarde con Morgan. En absoluto, definitivamente no.

♫

Pero no soy una imbécil total. Así que, al final del día, cuando Anna me busca en mi taquilla, la sigo sin protestar.

Todas se encuentran ya en la sala de música cuando llegamos. Nora está en el suelo con las piernas cruzadas, afinando su guitarra. Taylor también, en una postura mariposa de yoga, y Morgan se encuentra sentada, muy rígida, en una silla de plástico azul. Mira sus rodillas cuando entro en la sala.

—Bueno —dice Anna despacio—. Estamos todas aquí.

Me coloco cerca del piano y doblo las piernas hacia el pecho. Nora se muerde el labio, los ojos viajan de Morgan hacia mí. Nadie habla.

Anna sacude la cabeza.

—Bueno, todas queréis hacer lo del silencio incómodo, ¿verdad? Está bien. Dejadlo salir. —Toma su teléfono móvil—. Cinco minutos. Ya.

—¿Qué? ¿Estás controlando una cuenta atrás?

—Cuatro minutos y cuarenta y ocho segundos. —Anna levanta el teléfono.

—Esto es ridículo —murmura Morgan.

Anna asiente de forma breve.

—Estoy de acuerdo. Estáis siendo ridículas.

—¿Lo dices en serio?

—Cuatro minutos y diecinueve segundos.

Parpadeo.

—Guau. Entonces, Morgan dice algo abiertamente racista, la reprendo, pero de alguna forma, ¿las dos somos igual de ridículas? ¿Como si solo fuera un drama tonto de chicas?

—Leah, estás exagerando y lo sabes. Fue solo un comentario estúpido —dice Anna.

—Un comentario racista. —Con el rabillo del ojo veo que Morgan hace una mueca.

—Ya, no me des lecciones sobre racismo —protesta Anna.

Mi cuerpo entero se tensa.

—¿Sabes qué? Ni siquiera sé si quiero seguir estando en el grupo.

—Ay, venga. —Anna pone los ojos en blanco—. ¿Por Morgan?

Me encojo de hombros, las mejillas encendidas.

—¿Así que me estás diciendo —dice Anna— que echarás a perder un año de trabajo en conjunto solo por un comentario?

Anna me está mirando como si acabara de estrangular a un cachorro. Nora y Taylor están en silencio y no me atrevo a mirar a Morgan. Miro al suelo.

—Yo solo...

—Estás enfadada. Lo entiendo. Pero mierda, ¿dejar el grupo?

—Ni que el grupo fuera a durar para siempre. —Río, pero la risa suena sin expresión—. Nos vamos a graduar en menos de tres meses.

Y en ese momento, durante una fracción de segundo, lo *siento*. Lo poco que queda. Lo rápido que todo cambia. Es extraño, porque las despedidas son algo que comprendo de manera intelectual, pero casi nunca parecen reales, lo que hace que sea difícil prepararse para el impacto. No sé cómo extrañar a las personas cuando están justo frente a mí.

—Mirad, fue bonito mientras duró. —Se me forma un nudo en la garganta—. Pero no podemos forzar esto. No estoy de acuerdo en hacer música con...

La alarma del móvil de Anna suena, y hace que todas nos sobresaltemos.

Después Morgan se pone de pie.

—¿Sabéis qué? Hagamos esto. Yo soy el problema. Yo soy la que arruinó el grupo. —Se le quiebra la voz—. Así que, claramente, soy yo la que debería irse.

Anna suspira.

—Vamos, Morgan...

—No, está bien. Me doy cuenta cuando no me quieren. Estoy superacostumbrada. —Se repasa el rabillo de los ojos con los dedos. Luego arruga la boca, camina rápidamente hacia la puerta y la cierra con un golpe detrás de ella.

—Guau. Espero que estés contenta —dice Anna.

—Vale, ¿puedes parar? —dice Nora, volviéndose para encararla—. Esto no es culpa de Leah.

Anna abre la boca para responder, pero Taylor la interrumpe.

—Bueno, ¿alguien puede explicarme lo que acaba de suceder?

Todos la miramos.

Taylor parece perpleja.

—¿Morgan acaba de dejar el grupo?

—Al parecer, sí —dice Anna.

—Bueno. —Taylor hace una pausa y aprieta los labios. Casi es posible ver cómo trabaja su mente—. Guau. Bueno, supongo que necesitamos un quinto integrante.

Dios.

—Taylor, no queremos a Nick en el grupo.

—Está bien, pero...

—Nick ni siquiera toca el teclado—dice Nora.

—No, no lo toco —confirma Nick, y mi cabeza se vuelve de pronto hacia la puerta. Está allí quieto, franqueado por Bram y Garrett, todos vestidos con pantalones cortos de fútbol. Y también está Abby, con ropa deportiva. Me cogen por sorpresa. Ni siquiera los he escuchado llegar.

Taylor sonríe de oreja a oreja.

—¿Qué hacéis aquí?

—Bueno —dice Bram—. Tengo que pediros un favor...

—Espera —interrumpe Garrett, sonriendo de forma casi tímida—. ¿Acabáis de decir que necesitan un teclista?

—¿Eres teclista? —pregunta Taylor.

—Bueno. Soy pianista.

Nora lo mira sorprendida.

—¿Disculpa?

Garrett ríe.

—Pia-nis-ta —pronuncia, y entra en la sala con tranquilidad. Se desploma junto a mí y sonríe—. Pianista, es decir...

—Sí, ya lo hemos entendido —digo.

—De verdad necesitamos un pianista —dice Taylor en voz baja—. Morgan acaba de dejar el grupo.

—¿Qué? ¿En serio? —pregunta Garrett.

—Sí, porque Leah está siendo una imbécil una vez más —murmura Anna.

—Ah. —Garrett nos lanza miradas nerviosas a Anna y a mí—. ¿Esto tiene que ver con lo de la UGA?

—Te refieres a que Morgan pensó que me aceptaron porque soy negra —dice Abby.

—Ella no lo piensa en serio. —Anna se sonroja—. Nadie piensa eso.

Abby suelta un resoplido.

—Te sorprenderías.

Y luego nadie habla durante lo que parece una hora.

Al final, Taylor se dirige hacia Bram.

—¿Qué querías pedir?

—Cierto. —Bram le dedica una sonrisita y cierra la puerta detrás de él con suavidad—. Bueno, creo que ya decidí como quiero que sea mi *promposal*.

—¿Qué? ¡Ay, Dios! —exclama Taylor—. ¿Le harás un *promposal* a Simon?

Bram asiente ligeramente, y ella chilla de alegría.

—Pero os necesito, a ti, Nora, en especial. ¿Te llevará mañana en coche, verdad?

—¿Al instituto? —Nora asiente—. Sí.

—¿Piensas que sería posible traerlo aquí exactamente a las ocho y cuarto?

—¿Le vas a hacer el *promposal* en la sala de música? —pregunto.

—Sí. Eso espero. Y también tengo una pregunta para ti.

—Dime —digo, espiando por encima del hombro de Bram hacia donde Nick está colocado en el suelo junto a Taylor. Es difícil saber cómo interpretar eso. Quizás signifique que no se ha reconciliado con Abby. No es que me importe. Solo es extraño.

Bram se muerde el labio.

—¿Crees que podrías prestarme tu batería?

Lo difícil es coordinar los tiempos. Llevar a Simon al instituto alrededor de las ocho y cuarto es fácil. Llevarlo *exactamente* a las ocho y cuarto requiere un poco más de precisión. Gracias a Dios Nora me ha convencido de pasar la noche con ellos, porque quién se hubiera imaginado que Simon Spier era tan exageradamente puntual por las mañanas. Necesitamos todos nuestros esfuerzos combinados para retrasarlo.

—Chicas —vocifera Simon hacia las escaleras a las 07:44 a. m.—. ¡Vamos, vamos!

—¡Solo un minuto! —grita Nora.

—¿Qué estáis haciendo?

Nora asoma la cabeza al pasillo.

—Tranquilízate.

—¿Siempre está tan entusiasmado por ir al instituto? —murmuro.

Nora pone los ojos en blanco.

—Sí. Le gusta hacer los deberes por las mañanas con Bram.

—Los deberes —digo haciendo comillas en el aire.

—Exactamente.

Simon trepa las escaleras y merodea cerca de la puerta de Nora.

—Chicas. Llegaremos tarde.

—No, no va a ser así. —Nora cierra con tranquilidad el estuche de su guitarra—. Quieres llegar temprano solo para ver a tu novio.

Simon resopla.

—Tengo deberes. Vamos. Ahora. —Coge la mochila de Nora.

—Espera —dice Nora. Simon parece exasperado, pero Nora se encoge de hombros—. Creo que llevo puestos dos calcetines izquierdos.

—No. Qué va. Eso no existe —dice Simon—. Vamos.

Luego se cuelga la mochila del hombro, ya con las llaves en la mano. Este pequeño inocente… Es como si estuviera decidido a arruinar su propia *promposal*.

Nora y yo intercambiamos miradas pícaras en cuanto Simon sale de la habitación.

—Está bien. Podemos retrasarlo en el aparcamiento. —Coge el estuche de su guitarra.

Los Spier viven a cinco minutos del instituto, creo que técnicamente podrían llegar caminando. Simon se detiene en el aparcamiento para estudiantes de último curso y revisa su teléfono en cuanto apaga el motor del coche. Miro el reloj del salpicadero: las 07:57 a. m.

—Necesito un consejo —suelto.

Es una frase infalible, a Simon le encanta que lo necesiten. Y, dicho y hecho, su rostro se ilumina.

—Sí. Está bien, sí, seguro. Solo déjame avisar a Bram… está bien. ¿Qué sucede? —Gira todo el cuerpo hacia mí.

—Se trata de Garrett —digo, y me inclino hacia adelante entre los asientos.

Diez minutos más tarde, Simon sigue hablando de lo mismo.

—Entonces, ¿simplemente no apareciste?

Me encojo de hombros con vergüenza.

—Claro.

—Pero Garrett piensa que fuiste al partido.

Asiento.

—¡Leah!

—¿Soy lo peor?

—Bueno, no —dice Simon—. Ese es Voldemort.

—Pero estoy cerca, ¿verdad? Es decir, Voldemort está aquí. —Levanto la mano, casi hasta el techo del coche—. Y yo estoy aquí. —Bajo un poco la mano—. Y la siguiente peor persona está por aquí. Como el dentista que mató a ese león. Él está justo aquí.

Nora ríe.

—Guau.

—Tienes que decírselo —dice Simon.

Se me contrae el estómago.

—¿Eso crees?

—Sí. —Asiente—. Deberías ser honesta. Solo explícale lo que sucedió. Garrett es un buen chico. Lo entenderá. —Simon se restriega la mejilla, pensando—. O… podrías decirle que te pusiste enferma. Bueno, eso en realidad suena más creíble. Podrías decir: «Ey, estaba a punto de salir, pero me encontré realmente muy mal y ni siquiera pude coger mi teléfono».

Las comisuras de mi boca se elevan.

—Entonces, debería ser honesta… pero también debería mentir.

—Sí —asiente Simon.

—Simon.

—Yo podría decírselo en tu lugar. Podría dar a entender que tuviste una diarrea espantosa y que estabas demasiado avergonzada como para contárselo. Garrett, de todas las personas, *definitivamente* lo entendería —suelta Simon con una risita.

—¡No le voy a decir a Garrett que tuve diarrea!

—Correcto, se lo diré yo.

—Te mataré.

—Yo también —dice Nora.

—¿Por qué las chicas son tan violentas? —pregunta Simon.

Ni siquiera respondo. Solo le lanzo una mirada fulminante.

—Quizás no deberías decir nada —dice Simon un minuto más tarde—. Es probable que se olvide de todo el asunto.

—Entonces, ¿ahora estás diciendo que ella no debería mencionar el tema? —pregunta Nora.

—Definitivamente, no. —Asiente con firmeza.

Así que, definitivamente debería decir la verdad y definitivamente debería mentir y, también definitivamente, debería evitar por completo la conversación. Agradezco esta lógica clásica de Simon.

—Ey, entonces, ¿qué piensas de Garrett? —pregunta Simon con picardía.

—¡Ah, mirad! ¡Son casi las ocho y cuarto! —exclamo. Mi mano ya se encuentra en la puerta.

Ahora solo tengo que llevar a Simon a la sala de música. Podría pedirle que me escuche tocar la batería. ¿Sería extraño? No creo que sospeche nada, pero ¿qué sucedería si me responde *naaa*? Entonces sí que se acabaría todo, a menos que quiera parecer insistente y obsesiva. Pero no puedo decepcionar a Bram, así que…

—Tengo que ir al baño. Toma. —Nora le entrega de golpe el estuche de la guitarra a Simon y se dirige con prisa al instituto.

—Diarrea —dice Simon, asintiendo con sabiduría. Le echa un vistazo al estuche—. ¿Qué hago con esto?

Nora, maldita heroína.

—Podríamos dejarlo en la sala de música —propongo con mi voz más casual.

La sala de música entera está iluminada con lucecitas de Navidad. En marzo. Y Simon ni siquiera se da cuenta.

—Alguien ha dejado tu batería afuera —comenta, y apoya la guitarra de Nora junto a ella.

—En realidad no es mía. —Echo un vistazo al depósito para instrumentos antes de volverme hacia Simon—. Cualquiera puede usarla.

—¿En serio? —Su rostro entero se ilumina.

—Totalmente. —Asiento—. Deberías intentarlo.

Simon se acomoda en la banqueta. Parece un niñito a punto de volar un avión. Le alcanzo las baquetas y él levanta la mirada hacia mí con una gran sonrisa.

—En serio, siempre he querido hacer esto.

—¿De verdad?

Asiente.

—Entonces, ¿solo tengo que…?

Vuelvo a mirar el depósito, conteniendo una risita.

—Adelante. Toca.

En cuanto lo hace, comienzo a grabar con mi teléfono. Se escucha un ruido fuerte que viene del depósito, seguido por una melodía suave.

—¿Qué ha sido eso? —pregunta Simon.

Alguien sube el volumen, la puerta del depósito se abre de pronto y deja al descubierto a Bram, que sostiene un cepillo para el pelo.

—*Ohhhh I… don't want a lot for Christmas…*

Retrocedo con prisa para hacer una toma de la reacción. Simon está sentando en la banqueta de la batería, las manos sobre la boca, los ojos como platos. La música avanza y Bram da un paso adelante, y lo siguen Garrett, Nick y Abby.

Es todo un espectáculo. Abby y los chicos mueven los dedos, levantan los brazos y los dejan caer despacio mientras Bram hace un *playback* impecable con el cepillo como micrófono, una sola palabra dispuesta de forma valerosa en el centro de su pecho con letras negras adhesivas.

Joaquin.

Mientras tanto, Simon permanece sentado en la batería, perdiendo la cabeza en silencio.

Ni siquiera sé a dónde mirar. Es jodidamente maravilloso. El fanfiction de Simon hecho realidad. No puedo creer que Bram haya pensado en esto. No puedo creer que lo estén haciendo.

Por supuesto, Abby es una verdadera profesional; entra en los momentos exactos y sonríe como si estuviera en Broadway. Nick canta con humor y sonríe con un poco de timidez. Es gracioso, se los ve totalmente naturales juntos. Al observarlos, uno pensaría que nunca han peleado en su vida.

Garrett, sin embargo, es un caos deslumbrante. Brazos y piernas por todos lados, saltando de costado en un pie. Y casi se cae en dos ocasiones.

Cuando la canción termina, Bram señala a Simon, sonriendo sin aliento.

—Simon Spier, ¿quieres venir conmigo al baile?

Simon asiente y salta para abrazarlo, riendo con tanta fuerza que apenas puede hablar.

—Te odio tanto. Ay, Dios. Sí —dice, y coge la cara de Bram con las manos. Luego le da un enorme beso de película.

Garrett aúlla de alegría, y Simon le muestra el dedo del medio por encima del hombro de Bram.

—No me lo puedo creer, chicos —dice Simon cuando se recupera. Clava un dedo en el pecho de Bram, sonriendo—. Joaquin.

Bram sonríe.

—¿Cómo lo descubriste?

—Ha sido un esfuerzo colectivo —dice Bram.

—Os odio tanto a todos.

Abby aparece, de la nada, a mi lado.

—Esto ha sido realmente épico —murmura.

—Ni siquiera puedo soportarlo.

Sonríe levemente.

—Lo sé.

Y luego mi boca se desconecta de mi cerebro. Es la única explicación. Porque lo estoy diciendo. Lo haré.

—Es probable que hayas hecho otros planes o algo así, pero... —Las palabras se desvanecen en mi garganta. ¿Por qué demonios es tan difícil?

—¿Me estás invitando al baile, Leah Burke?

—Sí —respondo sin emoción—. Estamos literalmente a un metro y medio de tu novio, y te estoy invitando al baile.

Levanta las cejas, como si no pudiera decidir si estoy bromeando o no. Es un doce en una escala de diez de incomodidad. ¿De verdad tengo que aclararle que no la estoy invitando al baile?

—No te estoy invitando al baile, Abby.

—Ah, bueno.

Me sonrojo. Durante un minuto, ninguna de nosotras habla.

—Bueno, pero en serio —digo al final—. Este *road trip* a Atenas...

Abby se queda boquiabierta.

—¿Estás diciendo que quieres ir al *road trip* a Atenas?

Me encojo de hombros.

—Es decir, si todavía quieres hacerlo.

—¿SI TODAVÍA QUIERO? —grita, y arroja los brazos sobre mí. Y lo siento en mi estómago, como un teléfono diminuto que vibra.

Al parecer, la fiebre de graduación sí existe.

Literalmente, lo único que Simon quiere hacer es mirar el vídeo de su *promposal*, una y otra y otra vez. Hasta se lo envió a su madre. Y Nick y Abby han vuelto a esa normalidad feliz y molesta, se cogen de las manos en la clase de Inglés y debaten acerca de ramilletes en el almuerzo. Es como un apocalipsis acechante, pero con vestimenta formal.

Y luego está Garrett, que no deja de mirarme con esa expresión extraña y chispeante. Atrapo a Bram en su taquilla el jueves y lo obligo a que me diga la verdad.

—¿Garrett me quiere invitar al baile?

—Eh —dice Bram.

—Por favor, dime que no está planeando algo público.

Dios, me moriré. Simplemente no puedo. No es que tenga problemas con Garrett. Honestamente, ni siquiera me importaría ir al baile con él. Pero las invitaciones públicas son en realidad mi peor pesadilla. Ya tienen la incomodidad suficiente sin el público.

—En serio, necesito saberlo.

—Bueno… —Bram se muerde el labio.

—Ya lo he entendido. —Hago una mueca—. Y… ¿cuándo va a suceder?

—En el almuerzo —dice—. Eh. ¿Quieres que…?

Le doy una palmadita en el hombro.

—Yo me encargo.

Quiero decir, sí. Iré con Garrett al baile. No tengo problema. Iremos como amigos. Como compañeros. Como bros. Será divertido. Nos tomaremos esas fotografías espantosas en las escaleras, y con suerte no le clavaré el alfiler del ramillete. O quizás lo haga de forma accidental.

Lo encuentro acampando en la biblioteca.

—Hola, ¿podemos hablar?

Levanta la mirada con sorpresa.

—Sí. ¿Qué sucede?

—En privado. —Me sigue hasta el sector de revistas, y no dudo ni un instante—. Bueno, sucede lo siguiente. Sé lo que estás planeando.

Alza las cejas de pronto.

—¿Qué?

—Escucha. Iré contigo al baile, ¿vale?

Se queda boquiabierto.

Me sonrojo.

—Si tú quieres. Es decir. No tenemos que…

—Sí, Burke. Sí, quiero —dice lentamente—. Pero, eh, me estás robando el protagonismo.

—Sí. —Pongo los ojos en blanco—. Esa es la idea.

—¿No quieres mi protagonismo?

—Ni un poco.

—Pero… —Se restriega la frente y dibuja una sonrisa en el rostro—. ¿Vas a venir al baile conmigo? ¿De verdad?

—Sí.

—Guau. —Sonríe. Luego me envuelve en un abrazo de oso y tengo que admitir que es un tanto dulce. Este chico. Este chico de ojos azules que me llama por mi apellido y que nunca se calla. Mi cita para el baile de graduación. Acaba de suceder.

Acabo de invitar a un chico. O él me ha invitado. Supongo que ha sido una invitación mutua.

En fin, está hecho, yo lo hice, y supongo que iré al baile. Con una cita. Soy un verdadero cliché de bachillerato. Una parte de mí siente que debería anunciar esto. De hecho, la gente anuncia esta mierda en los «Secretos de Creek» de Tumblr. Incluso hay una lista actualizada de las parejas que asistirán al baile en la sección de notas. Supongo que es para ahorrarle a la gente tener que pasar por una situación tan humillante como la de Harry cuando invitó a Cho al baile de Navidad. Aunque, seamos realistas: si Katie Leung rechazando con dulzura a Daniel Radcliffe con acento escocés no fue tu despertar sexual, ni siquiera quiero conocerte.

Solo me gustaría saber cómo sentirme con respecto a Garrett. Esto no debería ser tan complicado. Tiene que ser más fácil para las personas con pene. ¿Esta persona te la pone dura? ¿Sí? Listo. Solía pensar que las erecciones literalmente apuntaban en dirección a la persona que te atraía, como una brújula. Eso sería útil. Humillante como la mierda, pero al menos aclararía las cosas.

Llego a casa antes que mi madre y encuentro una nota en la nevera que dice que la llame al trabajo cuando llegue. Y de la nada recuerdo una cosa que Abby me dijo justo después de haberse mudado aquí. En ese momento, su padre todavía estaba en DC y supongo que pensaba que Shady Creek era un lugar bacanal arrasado por la droga, porque no quería que Abby fuera a *ningún lado* después de que oscureciera. Incluso la llamaba al teléfono fijo, para asegurarse de que realmente estuviera en casa. Una maniobra infalible de padre, excepto por la parte en la que Abby redirigía todas las llamadas fijas a su teléfono móvil. Pero no es que esté pensando de la nada en Abby Suso, otra vez.

Me desplomo en el sofá y marco el número de la oficina de mi madre. Atiende después del primer tono.

—¿Cómo puede ser que no me hayas contado que había un vídeo de un *promposal*?

Sonrío.

—¿Quién te lo ha contado?

—Alice Spier lo ha compartido del Facebovale de Simon.

Dios, tenéis que querer que mi madre no sea amiga de los padres de mis amigos. Es amiga de sus hermanos.

—Necesito detalles —pide mi madre.

De modo que le cuento todo. O eso intento. No estoy segura de que sea posible poner en palabras cómo está Garrett cuando baila.

Y… vale. Supongo que debería contarle sobre la invitación de Garrett al baile. Casi me asusta lo feliz que eso la hará. Siente algo por los bailes del instituto. Fue a todos: cuando era estudiante de primer curso, e incluso al baile de tercero, cuando estaba embarazada de cuatro meses y medio. Tiene esta teoría de que cada película de adolescentes debería terminar con una escena en un baile de graduación.

—Creo que cada película de adolescentes *termina* con una escena en el baile de graduación —le dije entonces.

Piensa que es romántico. Me lo explicó una vez.

—Es la noche en la que todo el drama cotidiano se suspende. Todos parecen diferentes. Y todos son un poquito más generosos entre sí. —Recuerdo que hizo una pausa después de decir eso y, durante un instante horrible, pensé que era un eufemismo. Pero luego añadió con suavidad—. Recuerdo sentir que estaba bien que las cosas me *importaran*. No mostrarme tan indiferente. Hay algo muy sincero sobre los bailes del instituto.

Ante eso, nunca supe qué responder. *Genial, mamá. Me alegro de que haya funcionado para ti.* No lo sé. Quizás a algunos nos gusta ser indiferentes.

Cierro los ojos con firmeza, temiendo su reacción.

—He invitado a Garrett al baile.

Mi madre suelta un grito ahogado.

—Leah.

—Y no es gran cosa, ¿vale? Es solo Garrett. No es nada. Solo iremos como amigos.

—Ajá —dice. Incluso la puedo escuchar sonreír.

—Mamá.

—Solo me estaba preguntando... ¿Sabe Garrett que vais a ir como amigos?

—*Mamá.* Sí.

Excepto que... mierda. No lo sé. Es decir, creo que iremos como amigos. Nadie dijo que era una cita romántica. Pero quizás el baile de graduación sea romántico por defecto. ¿Es algo que tengo que especificar? ¿No pueden las situaciones sociales ambiguas irse simplemente al carajo?

Por supuesto, en cuanto cuelgo el teléfono, hay un mensaje de Garrett esperándome. ¡Hablaré con Greenfeld y arreglaremos el tema de la limu y de la cena y todo! La de este año será una graduación de pelotas, no puedo esperar

Garrett diciendo *de pelotas.* Ahora mi mente no puede desescucharlo.

♫

Para el viernes, la fiebre de graduación colectiva del bachillerato de Creekwood ha mutado a fiebre de universidad. Lo juro por Dios, no existe nada más tóxico que un bachillerato de las afueras en marzo. Los pasillos parecen una captura de pantalla de *Jeopardy!* versión universitaria, con camisetas de universidades atacando desde todas las direcciones. Es como si el instituto entero se hubiera convertido en Taylor de un día para el otro.

Anna ha entrado en Duke. Morgan, en Georgia Southern. Simon y Nick entraron en Wesleyan y Haverford, y a ambos los rechazó la Universidad de Virginia. Abby los miró con incredulidad al enterarse.

—¿Sois literalmente la misma persona?

—Solo saben que venimos en combo —dijo Simon.

—Eso sí que es extraño —dijo Abby.

Nuestra mesa de almuerzo también es zona de guerra, pero de guerra silenciosa. Morgan y yo nos colocamos en extremos opuestos y nos comunicamos solo con miradas fulminantes. Pero no somos solo nosotras. Abby y Nick también están peleando de forma discreta una vez más. Y luego está Simon, en el medio, que mira de un lado a otro como si fuéramos una calle que tiene que cruzar. No creo haber conocido alguna vez a alguien tan sensible al conflicto.

Garrett, por el contrario, permanece en un estado de ignorancia perfecta. Se desploma en la silla frente a mí, junto a Abby, y sonríe.

—Bueno, chicas, necesito vuestra ayuda. —Hace un gesto hacia la mesa—. Soy el encargado de hacer la reserva de la cena de la noche de graduación para toda esta gente preciosa. Así que acepto sugerencias.

—¿Tal vez algo cerca? —dice Abby de forma distante.

—Algo barato —añado.

Garrett me sonríe.

—Bueno, no te tienes que preocupar por *eso*, Burke. Creo que tu cena está cubierta.

—Ah, está bien. —Me sonrojo—. Gracias.

Abby se vuelve de pronto para mirarme.

—Esperad, ¿vosotros dos vais a ir juntos al baile?

—Sí —dice Garrett. Yo asiento y miro para abajo.

—¿En serio? ¿Cómo puede ser que no me haya enterado? Garrett finge sorpresa.

—¿No te lo ha contado?

—No —dice Abby. Todavía me está mirando.

¿Tenía que contárselo? ¿Me he perdido el momento en el que eso se volvió una expectativa? No la entiendo. De verdad que no la entiendo. Todos piensan que Abby es muy divertida y adorable y alegre, pero en realidad es la chica más confusa del universo.

Alzo la mirada hacia ella, y me mira directo a los ojos. No puedo interpretar su expresión.

—En fin —dice—, deberíamos arreglar lo de las vacaciones de primavera.

—¿Qué sucederá en primavera? —pregunta Garrett.

Los ojos de Abby viajan con rapidez hacia los lados.

—Ah, nada. Solo el mejor *road trip* de la historia. —Es extraño. Su voz suena perfectamente tranquila. Pero algo brilla en sus ojos como si estuviera desafiando a alguien.

A Garrett. A mí. No tengo idea.

—Soy bastante flexible —digo lentamente.

—Bien, yo también. Dios, estoy tan lista para esto. Estoy tan lista para la universidad.

—Ah, ¿vais a visitar la UGA? —pregunta Garrett.

—Sip —responde Abby, y desliza la mano por la mesa, la palma hacia arriba, como si quisiera que le choque los cinco. De modo que eso es lo que hago.

Y entrelaza nuestros dedos.

Justo aquí en la mesa del almuerzo. Ni siquiera sé qué está sucediendo.

—Ya sabes lo que dicen —murmura Abby, mirando de reojo a Garrett—. Lo que sucede en Atenas se queda en Atenas.

Garrett enarca las cejas, sonriendo.

—No digas más.

Y de pronto, estoy enfadada. No, en realidad estoy furiosa. Retiro con brusquedad mi mano de la de Abby y echo la silla hacia atrás de forma abrupta.

—Espera, ¿qué acaba de suceder? —pregunta Simon.

Cuando estoy enfadada, escapo. Es lo que hago. Salgo corriendo de cualquier lugar y camino furiosa por los pasillos y desaparezco en cubículos de baños. Porque si me quedo, perderé los estribos con alguien. Lo haré. Lo juro por Dios. Ni siquiera sé con quién estoy más molesta. Si con Abby, por provocarme; o con Garrett, por hacer que todo se trate de él cada jodida vez. *Porque para eso existen las chicas bi, Garrett.* Para tus fantasías masturbadoras. Quiero gritarle a la cara. Ey, si te gusto —si de verdad te gusto—, entonces, ponte celoso. Preocúpate. Haz *algo*. Si fuera Nick el que estuviera coqueteando conmigo, Garrett pensaría *vale: competencia*. Pero al ser Abby, no significa nada. Es como si no contara.

No es que Abby estuviera coqueteando conmigo. Lo más probable es que ese no fuera el caso.

No, definitivamente no lo ha sido. Y definitivamente no me importa.

Creo que estás enfadada conmigo, me escribe Garrett después del instituto. Por lo de Abby. Lo siento, Burke, estaba bromeando, de verdad, pero no lo haré más, en serio. Lo siento.

Miro la pantalla. No sé por dónde empezar. Pero ¿cómo le replico si ni siquiera sabe que soy bi?

Me hundo en el sofá, exhausta. Está bien. Solo prométeme que vas a dejar de ser un idiota, ¿vale?

¡Lo prometo!, responde de inmediato, carita sonriente y todo. Entonces, ¿estamos bien?

Estamos bien.

Excepto que me siento todo lo contrario a bien. Estoy enfadada durante todo el fin de semana porque Garrett se ha disculpado, pero Abby no. No es que piense que lo hará. Solo que no la entiendo. No entiendo lo que está haciendo. Y ni siquiera se trata del comentario de *lo que sucede en Atenas*. Eso podría significar algo. Podría significar chicos de la fraternidad y barriles de cerveza y basura hetero durante días.

Pero… La mirada en el rostro de Abby cuando dije que iría al baile de graduación con Garrett. Lo sorprendida que se mostró porque no se lo hubiera contado, pero ¿por qué le contaría? Ella tiene novio. ¿Qué importa si están peleados? Ella. Tiene. Novio. Por lo tanto, nada de esto importa, y la graduación puede irse a la mierda.

Por supuesto, mi madre está completamente enloquecida con el baile. Se toma dos horas de permiso del trabajo el miércoles para recogerme después del instituto.

—Sube. Iremos a comprar un vestido.

Me quedo mirándola.

—¿Es necesario?

—Sí, señora. Porque irás al baileeee. —Arrastra intencionalmente la última vocal—. Estoy muy emocionada.

Es como si fuéramos de dos planetas distintos. Cada poco, me asalta un mismo pensamiento: si hubiera conocido a mi madre en bachillerato, creo que no hubiéramos sido amigas. No es que ella haya sido una idiota. Era un poco como Abby. Presente en todas las obras, en todas las fiestas, calificaciones perfectas. Siempre tenía novio, en general un jugador de fútbol con abdominales muy definidos. Pero a veces salía con raritos, o músicos, como mi padre, que al parecer solían fumar mucha marihuana. Supongo que eso no bajó su número de espermatozoides.

—Sabes, la última vez que fuimos a ver vestidos para un baile de graduación estabas aquí adentro.

—Ja, ja.

—Mi pequeño feto de graduación.

—Qué asco.

—Es bonito. Tú eres bonita. —Entra en el aparcamiento del centro comercial y encuentra un espacio libre cerca del ascensor. Mi madre tiene demasiada suerte con los sitios libres del aparcamiento. Es básicamente su superpoder—. ¡Y tienes una cita!

—Sí, *Garrett*.

—Garrett es encantador. —Hace una pausa para sonreírme—. Bueno, aquí estamos. ¿Dónde están los vestidos formales?

Las tiendas por departamentos son como cafeterías. Es difícil concentrarse. Demasiadas opciones. Me abruma el solo hecho de estar aquí. Mi madre se detiene junto a una escalera mecánica y examina el mapa de la tienda.

—Ajá. Arriba. —La sigo por la escalera—. Y bien, ¿qué es lo típico estos días? Cuando yo estaba en bachillerato, todos asistían con vestido largo, pero creo que eso ya ha pasado de moda.

—¿Sí? —Trago saliva.

—O quizás estoy pensando en el baile de bienvenida. No sé. Venga, allá vamos.

Perchas y perchas de vestidos. Creo que nunca había visto tanto satén en mi vida. Todos son de colores eléctricos, sin tirantes y cargados de brillos. No tengo nada como esto en mi armario. No tengo nada que se acerque a un vestido apropiado para un baile de graduación. Me he saltado todos los bailes desde que dejamos atrás los bat mitzvá. Y claramente fue la decisión correcta, porque estos vestidos son una basura y el baile es estúpido de todas formas.

Excepto que no lo siento como algo estúpido.

Me avergüenza admitirlo, pero quiero vivir todo lo relacionado con la graduación. El vestido, la limusina, todo. Incluso me duele imaginar la graduación sin mí. Yo, sola, en pijama, pasando la noche entera entre Instagram y Snapchat. Viendo todo a través de una pantalla. Mirando, finalmente, lo poco que me perdí.

Mi madre comienza a pasar las perchas, siente la tela entre los dedos y observa las etiquetas de las tallas.

—Estos son geniales, Lee. Estoy buscando uno de dos piezas.

—¿Estás bromeando?

—Es como una falda y un top. Es diferente. Me gusta. —Sacude la cabeza—. Deja de mirarme así.

Mi mano roza un vestido, un corsé con un patrón intricado de mostacillas y una falda voluminosa de tafetán. Es lo peor.

Pero también es extrañamente bonito. No puedo dejar de acariciar la tela.

Está bien, es estúpido, pero siempre he querido vivir uno de esos momentos de *¡ay, mierda!* de las películas de adolescentes. Como cuando la delgada chica nerd baja las escaleras con su vestido rojo. O Hermione en el baile de Navidad. O incluso Sandy y sus pantalones ajustados en el final de *Grease*.

Quiero sorprender a todos. Quiero que todas las personas que alguna vez me gustaron deseen no haber perdido la oportunidad de estar conmigo.

—Ese es muy mono —dice mi madre con cuidado, sin dirigirme la mirada, como si yo fuera un ciervo y no quisiera espantarme. Es demasiado molesto.

—En realidad no —digo.

—¿Por qué no te lo pruebas? No hay nada que perder, ¿verdad?

Excepto mi dignidad. Y mi racha impecable de no usar espantosos vestidos de baile durante dieciocho años.

Bueno, aquí tenéis un dato sobre mí: soy cabezota. Lo admito. Pero siempre subestimo lo cabezota que es mi madre también. No termina siendo una perra como yo, pero puede ser muy persistente. Razón por la cual, veinte minutos más tarde, estoy en un probador llevando puesto ese vestido de tafetán de mierda. La talla más grande de todas y ni siquiera me sube la cremallera. Siento la espalda desnuda y se me eriza la piel, y cuando echo un vistazo al espejo, quiero vomitar. La falda se infla como un globo alrededor de mi cadera y cuelga más allá de mis tobillos. Esta quizás sea la peor idea que ha tenido mi madre nunca.

—¿Cómo va todo ahí adentro? —Mi madre merodea afuera de la puerta de mi probador—. ¡Quiero verte!

Sí, pero eso no va a suceder.

—Este es el que vas a elegir para el baile, ¿verdad? El color va a quedar fantástico con tu pelo. Tienes que creerme.

—Es horrendo.

—Estoy segura de que no es así.

—No. Quiero decir, es un puto desastre.

—Guau, está bien. No te guardes nada. —Ríe—. Pasemos al próximo.

Ya estoy poniendo los ojos en blanco mientras lucho por entrar en una pesadilla de raso púrpura. Es una talla más grande que el anterior, así que cierra. Pero me ajusta en la cadera y casi se amolda a mi estómago. Sé que suena horrible, pero no lo es. Es como si fuera maravillosamente cruel. Pero el vestido en sí es una basura para viejas, y no pienso aparecer en el baile pareciéndome a la abuela de alguien.

—¿Y bien? —pregunta mamá.

Río con sarcasmo.

Alguien suelta una exclamación en el probador de al lado.

—¡Jenna! Ay, Dios, me encanta.

—¿No hace que mis brazos parezcan gordos?

—¿Qué? Cállate. No estás gorda. Estás fantástica.

Mi cuerpo entero se tensa. Lo único peor que probarse vestidos es escuchar a un grupito de chicas delgadas probándose vestidos en el probador de al lado. Escucharlas criticarse a sí mismas. Es como si ni siquiera importara que me gustara mi cuerpo, porque siempre hay alguien allí para recordarme que no debería hacerlo.

No eres gorda. Estás fantástica.

Porque gorda es lo opuesto a fantástica. Ya lo he entendido. ¡Gracias, amiga de Jenna!

—¿Debería probarme la talla cuatro o será enorme? —pregunta Jenna. Dios.

Pero mi madre sigue insistiendo, y vuelvo a la realidad.

—¿Te has probado el amarillo?

Es apenas amarillo, más oro pálido. Y estampado con flores brillantes multicolores, pequeñas en el corsé y más grandes hacia el borde de la falda.

Odio el amarillo. Y las flores.

Debería odiar este vestido.

Pero no puedo explicarlo. Es, simplemente, demasiado genial. Nadie lleva un vestido de flores al baile. Es un tanto ceñido, tiene un escote con forma de corazón y supongo que la falda tiene un corte en *A*, pero cuenta con una capa de tul blanco bajo ella.

No lo sé. Me encanta. Estoy segura de que no me quedará bien. Estoy segura de que lo han cosido para una chica como Jenna, la del probador vecino. A quien definitivamente me imagino como Zoey Deutch. No tengo dudas: este vestido sería increíble en el cuerpo de Zoey Deutch. Pero supongo que de todas formas le daré una oportunidad.

Bajo la cremallera, meto las piernas en la falda con cuidado y la subo por mi cadera. Es extraño estar usando un vestido como este un miércoles por la tarde, con mis calcetines TARDIS asomando por debajo.

Es extraño llevar puesto este vestido, punto.

Cierra. Es un comienzo. A pesar de que estoy segura de que pareceré una idiota con los tirantes de mi sujetador a la vista. Me miro los pies. No quiero mirarme al espejo. Mejor imaginar que el vestido me queda genial.

—¿Qué piensas? —pregunta mi madre.

Respiro hondo. Levanto la mirada.

Me lleva unos minutos acostumbrarme a la imagen de mí misma en el vestido. Yo en amarillo. Presiono las manos sobre los muslos y simplemente me miro.

No es horrible.

Los tirantes del sujetador son ridículos.

Pero me gusta la forma en la que cae la falda, rozando mi cadera y acariciando el suelo. Creo que realmente podría llevarlo puesto. No sé si alcanza los niveles, *ay, mierda,* de provocación de erecciones, pero no importa. Es lo más bonita que me he sentido jamás.

Abro una rendija en la puerta y espío hacia afuera, y mi madre levanta la cabeza de golpe.

—¿Puedo ver este?

Me encojo de hombros y salgo lentamente. Siento como si estuviera sobre un escenario. Mi madre no dice una sola palabra. Quizás esté conteniendo las lágrimas. Quizás esté conmocionada por la transformación. Creo que parezco diferente. Tal vez parezca mayor. Mi cabello parece muy rojo. Jugueteo con el satén de mi falda.

Mi madre inclina la cabeza hacia un lado.

—Eh —dice por fin—. No me gusta.

Me desinflo.

—Ah.

—Creo que te opaca. Es un tanto chillón.

—Guau. Está bien. Este me gustaba realmente.

—¿En serio? —Mi madre arruga la frente—. Digo, no está mal, pero no creo que sea el indicado, Lee.

—Por supuesto que no. —Siento que se me cierra el pecho.

Mi madre parece afligida.

—¿Qué se supone que significa eso?

Le lanzo mi mirada más fulminante e intento no llorar. Ni siquiera tengo una respuesta para eso. No sé qué he querido decir. Solo sé que me siento como una mierda y que odio a todos en el mundo entero.

Sacudo la cabeza.

—Se ha terminado.

—Leah, vamos. ¿Qué sucede?

Suelto una risa sin sonreír. Ni siquiera sabía que eso era posible.

—Simplemente me he cansado. Y esto es estúpido. —Me vuelvo a meter en el probador y dejo a mi madre boquiabierta afuera.

Suspira en voz alta.

—¿De verdad?

Bajo la cremallera del vestido, me lo quito y lo cuelgo del gancho de la pared. Lo juro por Dios, me está mirando. Me apresuro a ponerme los vaqueros.

Mientras tanto, mi madre sigue intentando hablar conmigo.

—Leah, si te gusta ese, lo compramos. A mí también me gusta.

Entreabro la puerta y la miro con furia.

—No, no te gusta.

—Sí me gusta. La verdad es que es bonito. Y sabes, creo que será perfecto una vez que te arreglemos el pelo. En serio.

—Da igual.

—¿Lo puedo ver una vez más?

—Ya me he cambiado.

—Está bien. Entonces, nos lo llevamos. Lo pago ahora mismo.

Y cuando dice eso, me doy cuenta de que no tengo idea de cuánto cuesta. No he pensado mirar la etiqueta, lo que *verdaderamente* es algo inusual en mí. Miro el precio y el calor me sube a las mejillas.

—Cuesta doscientos cincuenta dólares.

Mi madre hace una pausa.

—No te preocupes.

—¿Qué? —Inhalo de pronto—. No podemos pagar eso.

—Está bien, cariño. No es un problema.

—¿Qué, robarás un banco o algo por el estilo? ¿O utilizaremos el dinero de Wells? —El estómago se me retuerce con fuerza ante la idea.

—Leah, no te atrevas a mirarme así.

—Solo digo...

—No quiero escucharlo —suelta. Su voz parece resonar en el techo.

Siento un nudo en el estómago. Ninguna de las dos dice una palabra.

—Ni siquiera te gusta el vestido —digo al final.

—Leah, me gusta el vestido. —Cierra los ojos durante un instante—. Y esto es algo que me gustaría hacer por ti. No tiene que ser tan complicado.

—¿Hablas en serio?

—Sabes, siento curiosidad, Leah. ¿Cuál era tu plan para pagar un vestido para la graduación? Explícame.

Ni siquiera sé qué decir. Obviamente, no tengo idea. No puedo pagar un vestido de doscientos cincuenta dólares. No puedo pagar un vestido de cincuenta dólares. Y quizás podría haber buscado algo de segunda mano, pero esos lugares nunca pasan de la talla dos. Que es el espacio suficiente para una de mis piernas.

Durante un minuto insoportable, nadie habla. Incluso Jenna y su amiga se han quedado en silencio en el probador de al lado.

—No me importa el vestido —digo en voz baja.

Mi madre se restriega la frente.

—Leah.

—Solo quiero irme a casa.

—Está bien.

Durante todo el camino hacia el coche permanecemos en silencio, pero mi mente da tumbos en todas direcciones. *No tiene que ser tan complicado.* Claro. Imaginemos que no lo fuera. Imaginemos que fuera Jenna... *Ay, Dios, mis brazos parecen gordos.* Las chicas como Jenna salen de los probadores y la gente aplaude y deja escapar gritos ahogados. Estoy segura de que tiene la tarjeta de crédito de sus padres... Sus padres, quienes están casados, tienen cuarenta y cinco años y no están saliendo con tipos que tienen nombres en plural.

—Cariño, lo siento. —Mi madre aparca en la entrada de nuestra casa—. Me gusta el vestido, de verdad. No tenía idea de que te gustara tanto.

—No es así. —Mi voz sale temblorosa.

Mi madre hace una pausa.

—Está bien.

—Ni siquiera quiero ir al baile.

—Leah. —Mi madre sacude la cabeza—. Tienes que dejar de hacer eso.

—¿Hacer qué?

—Arrojar todo por la borda cuando algo sale mal.

Durante un instante, la cuestión queda suspendida allí. No sé qué decir. No hago eso. *Creo* que no.

—¿Sabes qué quiero para ti? —dice mi madre al final. Sonríe, casi con tristeza—. Quiero que dejes que las cosas sean imperfectas.

—Está bien —frunzo el ceño—. Pero lo hago.

—No, no lo haces. ¿Sabes? Acabas de pasar un mal momento intentando comprar un vestido y ya no quieres ir al baile. No quisiste ir a las audiciones para la obra porque no eres la mejor actriz del universo.

—Soy la peor actriz del universo.

Mi madre ríe.

—¡No lo eres! En absoluto. Simplemente quieres ser la mejor. Y tienes que dejar de buscar eso. Acepta lo que apesta. Deja tu interior un poco al descubierto.

Sí, que maldita broma. *Deja tu interior al descubierto.* Ni siquiera entiendo qué ha querido decir. ¿Por qué alguien querría vivir así? Como si vivir al borde del derrumbe no fuera suficiente. ¿Se supone que debo derrumbarme bajo un foco?

Es demasiado. Y no quiero aceptar lo que apesta. Quiero que las cosas no apesten. No creo que eso sea demasiado pedir.

Paso el jueves flotando por las clases como la niebla. A duras penas digo una palabra en el almuerzo, y no me quedo en el instituto después de que el timbre suene. No busco a Simon ni a Nick durante la mañana del viernes. No merodeo por las taquillas. Solo me meto en la biblioteca y me adueño de un ordenador. Tecleo sin pensar.

Simon me encuentra de todas formas.

—¡Ah, hola! ¿En qué estás trabajando? —Acerca una silla a mi lado.

—La Paz de Viena.

—Genial —dice, y puedo escucharlo sonreír.

—Vale, ¿por qué estás tan alegre? —Me vuelvo para mirarlo y me quedo boquiabierta—. Simon.

Su camiseta. Es nueva y de un violeta brillante, completamente lisa excepto por tres letras blancas: NYU.

—Esta no es una broma del Día de los Inocentes, ¿verdad? ¿Te han aceptado?

—¡Me han aceptado!

—¡Simon! —Le pego en el brazo—. ¿Por qué no me has escrito?

—Quería sorprenderte.

—¿Lo sabe Bram?

Sonríe de oreja a oreja y asiente.

—Ay, Dios, Simon. Vais a estar juntos en Nueva York.

—¡Sí!

—¡Viviréis en Nueva York!

—Es extraño, ¿no? —Acerca un poco más la silla. Luego exhala y ríe al mismo tiempo, los ojos relucientes detrás de sus gafas.

—Digo, literalmente vas a estar en Manhattan. Ni siquiera puedo procesarlo.

—Lo sé.

—¿Te das cuenta de que vivir en Nueva York es quedar casi a un paso de ser famoso? —pregunto.

—Claro.

—En serio. Ni se te ocurra olvidarte de mí.

—Eh, te acosaré online mil veces al día.

—Esa parece una buena manera de pasar el tiempo.

Ríe.

—Da igual. Sabes que iremos a visitaros a Abby y a ti, ¿verdad?

—Sí.

—Todavía no puedo creer que viajaréis juntas. Si termináis siendo compañeras de habitación, juro por Dios...

Lo interrumpo.

—¿Juras por Dios qué?

—No lo sé. Juro por Dios que sonreiré de la aprobación.

—¿Me estás amenazando?

Sonríe.

—Es solo que de verdad me gusta la idea de que vosotras dos seáis amigas.

Algo me oprime el pecho. Me siento extrañamente disonante.

Intento liberarme de esa sensación.

—Entonces, ¿todavía irás al tour de universidades o ya no tiene sentido?

Suena el timbre de la primera clase, y Simon se pone de pie y tira de las asas de su mochila.

—Sí, iré. Mi madre quiere que visite las últimas universidades antes de tomar la decisión. —Se encoge de hombros—. Da igual. Será divertido. Bueno, tengo que encontrar a Abby para volver a intercambiar nuestros teléfonos.

—¿Habéis intercambiado los teléfonos? —Camino junto a él—. ¿Por qué?

—Está enviándose fotos. Mira.

Sostiene en alto el teléfono de Abby, con su funda floral, y efectivamente hay una cadena masiva de fotos. En su mayoría de Simon y Abby, pero yo también estoy en algunas de ellas. Para ser sincera, no sabía que algunas de estas fotos existieran. Como la de Abby, Bram y yo medio dormidos en el sofá del señor Wise después del examen de Literatura del año pasado. Estamos todos descalzos y vestidos con camisetas y pantalones de pijama. Básicamente, llegaron los exámenes y, de pronto, el resto de las cosas nos empezaron a importar una mierda. Me gusta bastante cómo estoy en esa, de todas formas. Tengo el pelo suelto y enmarañado, y estoy bostezando, pero los tres tenemos una expresión apacible en los ojos y estamos adormecidos y felices.

—Va a hacer un *collage* para su futura habitación universitaria —explica Simon—. Yo debería hacer lo mismo. —Toca algunas fotografías.

Camino a su lado mientras observa una suya.

—Estoy tan borracho en esta —dice. Y agrega, un instante después—. Nick tiene que aprender a abrir los ojos en las fotos. —Espío la pantalla, y mi estómago se retuerce con suavidad. Es solo una selfie al azar de la parejita, ni siquiera es nueva, porque claramente fue hecha en un ensayo de la obra. Una foto clásica de Nick y Abby: Abby sonriendo de manera dulce con la cabeza un tanto inclinada, y Nick pareciendo como si acabara de recibir un puñetazo.

—Estoy un poco preocupado por Nick y Abby —dice Simon después de un minuto.

—Ah, ¿sí?

—Sí, no están... Guau —dice de pronto, mostrándome el teléfono—. ¿Tú has dibujado esto?

Me quedo helada.

—Es precioso —añade, y el corazón me da un vuelco en el pecho.

Porque... Vale. Mierda.

No puedo formular ni siquiera una palabra. Simplemente me quedo mirando el teléfono.

Abby todavía conserva la foto, un año y medio más tarde. Está en su álbum de favoritos. No sé qué significa eso. O si significa algo. Tengo la mente en blanco.

—¿Cuándo lo dibujaste? —pregunta Simon.

Siento que me arden las mejillas.

—El año pasado.

El penúltimo curso. Había regresado de la fiesta de pijamas de Morgan sintiéndome demasiado confiada. Y sin importar lo que intentara, no podía quitarme esa sensación. Así que cogí mi bloc de dibujo y dibujé sin un plan en concreto. Dos chicas acostadas boca abajo, mirando un teléfono. Puros trazos suaves y curvas y cuerpos pegados. Nos coloreé con lápices, el color café de la piel de Abby, el rosado de mis mejillas, el rojo oscuro de mi pelo. Dibujé como si estuviera sumida en un trance. Sentí como si hubiera volcado mi corazón en la hoja.

Debí haberlo escondido, pero supongo que me sentí valiente. Estábamos en el patio cuando se lo mostré. Solíamos esperar allí juntas, después del instituto, cuando el autobús se retrasaba. Era diecinueve de septiembre —un viernes, el día anterior a mi cumpleaños— y se sentía el aire fresco y nuevo. Ni siquiera había llevado mi bloc de dibujo ese día, pero había tomado una fotografía con mi teléfono.

—No te rías —le había dicho. Rio en cuanto dije eso. Apenas podía estar quieta, mi corazón latía demasiado rápido. Le alcancé mi teléfono y luego miré mis rodillas. Se quedó callada durante algunos insoportables minutos y luego, por fin, se volvió para mirarme.

—Leah.

Levanté la mirada y la encontré observándome, sonriente. Tenía las comisuras de la boca levantadas.

—Todavía es un boceto, obviamente.

—No puedo creer que hayas dibujado esto —dijo—. Es… guau.

—No es nada.

Pero parecía nada. Parecía una carta de amor. Parecía una pregunta.

—Estoy sin palabras. —Suspiró—. Me fascina. Leah. Me voy a poner a llorar.

—No llores —dije. Me sentía como un globo demasiado inflado. Repleta de aire y tensión, anclada y flotando al mismo tiempo—. Me alegra que te guste.

—Me encanta. —Se acercó un poco más. No había nadie más en el patio. Olía a vainilla y sus pestañas eran como dos gruesos paréntesis negros. Eso fue todo. Mi cerebro solo tenía espacio para esos dos detalles.

Abby está esperando fuera de la clase de la señorita Livingstone con el teléfono de Simon en la mano. No puedo mirarla sin sonrojarme.

Todavía tiene mi dibujo. Lo guardó.

—Hay algo que quiero saber —dice Abby—. ¿Cómo tienes tiempo para hacerte literalmente trescientas dieciséis selfies con Bieber?

Simon ríe.

—Encontraba el momento para hacerlo.

—Aparentemente.

Simon le hace una mueca.

—¿Cómo tienes tiempo para contar mis selfies?

—No tengo idea. —Sonríe, y sus ojos viajan hacia mí—. Ah, y Leah.

Toca mi codo.

—¿Sí?

—Tenemos que arreglar algunos detalles del *road trip*. ¿Volverás hoy a casa en autobús?

Asiento con cautela.

—Vale, genial. —Sonríe—. Tengo el coche de mi madre y me preguntaba si podríamos ir a la Casa de los Gofres después del instituto. Nos ocuparemos de los planes y luego te llevaré a tu casa.

—Eh. Sí. —Trago saliva—. Está bien.

—¡Sí! Bueno, tengo que ir a Cálculo, pero sí, ¡genial! ¿Te veré fuera del patio?

Asiento, aturdida. Siento que Simon estudia mi rostro, los labios apretados como si estuviera a punto de preguntarme algo. Dios. No quiero hablar sobre el dibujo. O Abby. O el enamoramiento más inútil que he tenido. Es decir, Simon ni siquiera sabe que soy bisexual. Pero no deja de mirarme con esa cara de *Pensador*, la nariz arrugada como la de un conejo.

Lo extraño es que debería ser fácil contarle esto a él. Simon, de entre todas las personas. Es solo que mi corazón y mis pulmones y mi pulso no parecen darse cuenta de eso.

—¿Leah? —dice en voz baja.

Trago el nudo que hay en mi garganta.

Se queda en silencio durante un minuto. Y luego me mira directo a los ojos.

—¿Me hago demasiadas selfies con mi perro?

¿Habéis visto? Ahora no sé si reír o llorar.

Siete horas más tarde, estoy en el coche de Abby Suso.

El coche de su madre. Lo que sea. Estoy en un espacio diminuto y cerrado con Abby, que lleva puesto un maldito vestidito y pendientes pequeños de piedra de luna. Tararea mientras retrocede para salir de su hueco en el aparcamiento.

Me siento sin aire, inestable.

—El apartamento ya está disponible. Lo podemos ocupar cuando queramos. Mi amiga se quedará con su novio.

—Guau. Eso es todo un detalle por su parte.

—¡Sí! En realidad solo la he visto una vez. Es la hermana del amigo de la novia de mi prima.

Río.

—¿Qué?

—Lo sé. Es ridículo. —Hace una pausa y ajusta el aire acondicionado—. Es la hermana mayor de Max…. el amigo de Mina… la novia de mi prima Cassie. Caitlin.

—Y simplemente nos está prestando su apartamento para la semana que viene.

Abby asiente, y gira en la autopista Mount Vernon.

—Literalmente, podríamos ir mañana si quisiéramos.

—Guau.

—Pero creo que deberíamos ir de lunes a miércoles, o algo así, para que no sea todo un caos allí. A menos que quieras ver cómo es el campus un sábado por la noche.

—No, gracias. —Me reclino contra el reposacabezas—. Y el lunes me parece bien. Es el cuatro, ¿verdad? Hoy es uno…

Mi teléfono vibra con un mensaje de Simon. ¡Ah! Mi diosa interior tiene una pregunta para ti.

Miro la pantalla. Todavía está escribiendo.

ESPERA.

Vuelve a escribir.

Estamos para complacerla, señorita Steele.

Y una vez más.

*qué demonios, QUÉ ESTÁ SUCEDIENDO???

Miro de reojo a Abby.

—Creo que Simon me está enviando frases de *Cincuenta Sombras de Grey*.

—Mmm —dice Abby. A veces se le forman esas arruguitas junto a los ojos, como a las personas mayores, pero en ella parecen juveniles. Abby Suso está apropiándose ella sola de las arrugas de los ojos para nuestra generación.

Simon me vuelve a escribir.

Creo que alguien hackeó mi virginidad

*¡¡¡t-e-l-é-f-o-n-o no mi virginidad!!!

¿¿¿¿¿¿Por qué dice virginidad cuando escribo virginidad??????

Quiero decir t-e-l-é-f-o-n-o.

—Espera. —Miro fijamente a Abby—. ¿Esto tiene algo que ver con que hayas usado el teléfono de Simon esta mañana?

Abby se encoge de hombros, los ojos bien abiertos.

—No lo sé. ¿Tú qué crees?

Mierda.

—Eres un maldito genio, Suso.

Mi teléfono vibra de forma insistente.

¿¿¿LEAH POR QUÉ ESTÁ SUCEDIENDO ESTO??? Te juro que no soy yo, es mi subconsciente.

QUÉ, NO, ESPERA, agrega. Es el a-u-t-o-c-o-r-r-e-c-t-o-r. Estamos para complacerla, señorita Steele. CÓMO ARREGLO ESTO.

Suelto una carcajada.

—Voy a guardar capturas de pantalla de todo esto.

Abby sonríe.

—Esta es la razón por la que no deberías prestar tu teléfono durante el Día de los Inocentes, Simon.

Abby Suso. ¿Quién diría que es tan malvada?

Sacudo la cabeza.

—Estoy realmente impresionada.

—Gracias.

—Te he enviado una captura de pantalla —digo cuando nos detenemos en la Casa de los Gofres.

—GENIAL. —Apaga el motor y revisa sus mensajes—. Y… alguien ha hackeado su virginidad. Estoy muerta.

Me restriego la mejilla, sonriendo.

—Ni siquiera sé cómo responderle.

—Es demasiado perfecto.

—Quiero enmarcar estos mensajes y exhibirlos en un museo. —Abby sonríe.

Le devuelvo la sonrisa. Es como si los músculos de mi cara estuvieran fuera de control. Y ahora mi corazón golpea contra mis costillas como un pájaro ciego y borracho.

Sí. No sé por qué he decidido que un *road trip* era algo razonable, porque ni siquiera puedo lidiar estar en el aparcamiento de la Casa de los Gofres con esta chica. Debería haber pedido un certificado médico como excusa para faltar. *A quien corresponda:*

En mi opinión profesional, Leah Catherine Burke debería evitar toda interacción prolongada con Abigail Nicole Suso, cuyo segundo nombre Leah no tiene motivos para conocer pero conoce de todas formas.

Por supuesto que lo sé.

La sigo por el aparcamiento apenas unos pasos por detrás. Me siento mareada. Gracias a Dios, esta chica podría conversar con una piedra, porque mi cerebro no está funcionando. Simplemente se ha detenido, como un coche en medio de la carretera.

Está buscando algo en su teléfono. Abby hace demasiados gestos cuando habla. Incluso ahora, mientras googlea, sigue moviendo su teléfono con énfasis.

—Ah. Bueno, allá vamos —dice, e inclina la pantalla hacia mí—. Estoy muy enamorada de estos. —Creo que está hablando de zapatos para el baile.

Miro la pantalla.

—¿Son sandalias de plástico? —pregunto al final.

Sonríe con entusiasmo.

—¡Sí!

Son las sandalias de plástico más elegantes que he visto… caladas, transparentes y repletas de brillitos plateados. Lo que Cenicienta llevaría si fuera una niña de seis años chupando una piruleta junto a la piscina del vecindario.

—Son realmente geniales —digo.

—Odio los tacones. No los voy a llevar. Necesito poder bailar.

Se acerca un camarero e inmediatamente sucumbe ante el encanto de Abby. Ella sonríe y él ya está atrapado. Es un tanto repugnante con cuánta frecuencia sucede esto. Ambas pedimos gofres, pero estoy segura al cincuenta por ciento de que él solo traerá el pedido de ella. Supongo que ya debería estar acostumbrada.

Lo más gracioso es que Abby ni siquiera parece notarlo. Me mira, las comisuras de la boca hacia arriba.

—Así que, tú y Garrett…

—No es nada.

—¿Por qué no? —Entrecierra los ojos—. Le gustas, definitivamente.

Dios. ¿Qué respondo a eso? Quizás sí le guste. Quizás Garrett y yo deberíamos tener algo. Es probable que me guste besarlo. Y me gusta que me deseen. Me gusta que alguien esté enamorado de mí por una vez.

Es decir, él es dulce. Es lindo. Y sí, es molesto, pero no es un mal chico. Debería gustarme. Quiero que me guste.

Cambio de tema.

—Así que, tú y Nick.

—Yo y Nick. —Exhala. Sale como un suspiro.

Espero a que siga hablando, pero no lo hace. Simplemente se queda allí sentada. Luego, un minuto más tarde, sonríe con alegría y parece volver a ser ella misma.

—En fin, estoy entusiasmada por nuestro viaje.

—Tengo que darte dinero para la gasolina.

Sacude la cabeza.

—No. Mis padres quieren cubrir ese gasto.

—No es necesario.

—Te digo que quieren pagarlo.

Siento las mejillas calientes.

—Debería pagar algo.

Quiero decir, odio no poder pagar mis cosas. Ya tengo transporte y alojamiento gratis. Debería pagar la gasolina. Sé cómo funciona esto. Sé que, en realidad, no puedo pagar la gasolina porque no puedo ganar dinero sin un trabajo. Y no puedo tener un trabajo por aquí sin un coche. Y esa es, en primer lugar, la razón por la que necesito que me lleven.

Odio los asuntos de dinero. Los odio.

—Tú te harás cargo de la música —dice Abby—. Solo encárgate de hacer la lista de reproducción para viajes más épica de todos los tiempos.

—Está bien, pero estaba a punto de hacer la segunda lista de reproducción más épica.

—No quiero la segunda más épica. Eso no es suficiente, Leah.

Es como si alguien me estuviera apretando el corazón, solo un poco. Un pellizco. Es la forma en la que ella dice mi nombre. Soy Lee-ah. Y quizás los extraños me llamen Leia, como la princesa de Star Wars. Pero cuando Abby lo dice, suena como algo intermedio, especial.

Me coge con la guardia baja cada vez que lo hace.

La sala de música cierra durante las vacaciones, lo que no hubiera sido un problema porque, la verdad, no me muero de ganas de volver a presenciar la escenita de mierda entre Morgan y Anna. Pero cometí el error de contarle a Taylor sobre la batería de Nick —la que él ni siquiera puede tocar—, lo que hizo que se diera cuenta de que ensayar en el sótano de Nick era el mayor propósito de su vida.

Así que hoy, sábado, estoy esperando a que me pasen a buscar para ir a la casa de Nick. Garrett es nuestro nuevo teclista. Al parecer, ya es un hecho. Estoy nerviosa, esperando a que llegue. Por un lado, Garrett y yo no hemos estado a solas desde que lo invité al baile, pero me ha estado enviando mensajes con bastante frecuencia. Definitivamente más de lo usual. Supongo que Garrett es un interrogante que en algún momento tendré que responder. Como si hubiera un asterisco junto a su nombre.

El día está soleado y fresco, así que lo espero en los escalones de la entrada. Estoy bastante deseosa, en parte, por saber si Morgan dejó el grupo por mi culpa. Dios sabe que Anna no me permitirá olvidarlo. Pero ¿cómo voy a hablar con Morgan, y tocar música con ella? ¿Qué pensaría Abby de mí entonces?

Garrett llega pronto en el monovolumen de su madre. Aparca y sale de inmediato para abrir la puerta del acompañante.

—¿No sabes cómo quitar el seguro para niños? —pregunto, porque tengo que burlarme de él. Tengo que hacerlo. Es Garrett.

—¿Qué? Chica. Estoy siendo un caballero.

Un caballero. Que me llama *chica*. Definitivamente no debería sentirme atraída por ello. Me abrocho el cinturón.

—¿Qué hay en el sobre? —Mira mi regazo.

—Un dibujo, para el cumpleaños de Taylor.

—No sabía que era su cumpleaños —dice.

Hay que admirar a Taylor, la verdad. Sabe exactamente lo que quiere y hace que se cumpla. No sé qué quiere con Nick, pero claramente quiere pasar su cumpleaños en su casa. Y *bum*. Aquí estamos.

—Así que Morgan de verdad dejó el grupo, ¿eh? —pregunta Garrett después de un momento.

—Sip.

—Raro. Me pregunto por qué.

—Yo sé por qué. Para no tener que lidiar conmigo.

—¿Por qué alguien no querría lidiar contigo, Burke? —Me clava el dedo en el brazo, y mi estómago se sacude. ¿Cómo respondo a eso?

—No le gustó que le echara la bronca —digo al final.

Se detiene en una luz roja.

—¿Te refieres a lo que dijo sobre Abby?

—No se trata de Abby. Se trata de Morgan siendo racista.

—¿Piensas que es racista?

—Tú estabas allí.

—Quiero decir, no debería haber dicho eso, pero ¿no piensas que solo estaba resentida? La acababan de rechazar.

Giro la cabeza hacia él con rapidez.

—Claro, tú ni siquiera lo entiendes.

—Bueno. —Levanta las manos—. Explícamelo.

—Morgan afirmó al cien por cien que Abby fue admitida en Georgia porque es negra.

—Correcto. Y claramente está equivocada.

—Está muy equivocada. —Junto las manos—. Sabes que Abby ha tenido una puntuación perfecta en la sección de lectura del SAT, ¿no? Y siempre obtiene las mejores notas.

—¿De verdad?

—Sí, la única razón por la cual no está entre los diez primeros puestos es porque viene de otro instituto, y las clases de su instituto anterior no valen lo mismo.

—Eso es una mierda.

—Y mira cómo le va en las extracurriculares. Dios. ¿Y Morgan dice que no merecía entrar a Georgia? A la mierda.

Durante un instante, Garrett no habla, solo gira en la calle de Nick. El vecindario de Simon y Nick parece salido de la ilustración de un cuento: jardines mantenidos con cuidado, persianas pintadas y brotes en todos los cerezos. Se detiene junto al bordillo de la casa de Nick y apaga el motor.

—¿Alguna vez te ha dicho alguien que maldices mucho? —dice al final.

—Ay, vete a la mierda. —Pero las comisuras de mi boca se levantan.

—Mira. Tienes razón. Morgan fue una imbécil —dice. Luego se gira hacia mí y me mira de frente—. ¿Cómo sabes tanto de Suso?

—¿Qué? No sé tanto. —El corazón me sube a la garganta.

Garrett me mira de forma extraña.

—Está bien.

Salimos del coche y allí se encuentra Taylor, sentada en los escalones de entrada junto a dos estuches de guitarra.

—Hola, cumpleañera —grito, y camino hacia ella. Me dedica una sonrisa eléctrica y resplandeciente que sus ojos no acompañan.

Me siento a su lado y le propino un golpecito suave en el brazo.

—¿Estás bien?

—¡Por supuesto! —Asiente—. Ey, ¿sabéis algo de Nick?

—Bueno, no, pero, eh. Estamos en su casa.

—Claro. —Taylor asiente—. Pero… aquí no hay nadie.

—Quizás sus padres estén en un congreso. Es decir, son médicos. Es lo que hacen.

—Ah, seguro que sí —dice Taylor, pero parece poco convencida—. Pero Nick debería estar aquí. Hablamos por mensaje esta mañana.

—Qué extraño —dice Garrett.

—¿Creéis que se encuentra bien?

—Estoy segura de que está en el sótano jugando con los videojuegos. —Me encojo de hombros—. Es probable que no te haya escuchado.

—Tal vez. —Taylor inclina la cabeza a un lado—. Anna y Nora han ido a mirar.

—O quizás esté en el séptimo sueño, dormido. Se encuentra bien.

Taylor asiente y enrolla un mechón de cabello con el dedo. Un instante después, Nora y Anna aparecen dando zancadas desde el patio trasero.

—El sótano está cerrado —dice Anna—. ¿Qué queréis hacer? ¿Deberíamos dejarlo para otro momento? —Mira a Garrett, a Taylor y luego a mí.

—No lo sé —dice Taylor.

—Podría enviarle un mensaje —agrega Garrett.

Taylor suspira.

—Hemos estado enviándole mensajes durante toda la mañana, y también lo hemos llamado. No responde. Es muy extraño.

—Seguro está bien. Nos hablará más tarde —afirma Garrett—. Burke, ¿por qué no almorzamos algo?

—Esperemos algunos minutos —comienza a decir Taylor, pero después su voz se desvanece. Porque, de pronto, el coche de Nick está en la entrada, y la puerta del garaje se abre con un estrépito. El rostro de Taylor se ilumina. Pero Nick no conduce, ni sale del coche, ni nada. Solo se queda sentado allí, congelado, como si estuviera en un trance.

De forma que me pongo de pie.

—Voy a hablar con él.

Corro hasta su coche. Es como si ni siquiera me viera al acercarme. Le golpeo la ventanilla y la baja despacio.

—Hola —saluda de forma sombría. Tiene los ojos rojos y húmedos.

—Mierda. ¿Estás bien?

Se encoge de hombros y mira derecho hacia adelante.

—¿Nick?

—No quiero hablar.

Ahora sí estoy un poco atemorizada. Quizás un poquito más que un poco. No creo haber visto nunca a Nick así y, definitivamente, nunca lo había visto llorar. A decir verdad, nunca sé cómo actuar en estos momentos. No tengo ese instinto. De verdad no puedo descifrar si quiere que me vaya o quiere que entre en su coche y le dé un abrazo de oso. De modo que no hago ni una cosa ni la otra... y me quedo rondando por allí.

—No tienes que hablar si no quieres.

Suspira y entierra el rostro entre las manos.

—¿Por qué estáis todos aquí? —pregunta con la voz ahogada.

—Para el ensayo...

No responde.

—¿De Emoji? ¿El grupo?

—Mierda —dice al final.

—¿Mal momento?

Me lanza una mirada rápida.

—Sí.

—Me encargaré de todos. Solo métete adentro. —Trago saliva—. En serio, ¿estás bien?

—No lo sé. Es solo que… quiero estar solo. —Suspira—. En fin. Gracias.

—No hay problema. —Hago una pausa. Luego, antes de que pueda pensarlo demasiado, meto la mano por la ventanilla abierta y le revuelvo el cabello. Porque soy así de rara. Pero él sonríe un poco, así que ha valido la pena.

Desliza la ventanilla hacia arriba en cuanto retrocedo. Luego conduce directamente hacia el garaje, apaga el coche y cierra la puerta sin mirar atrás.

Camino de regreso a los escalones de entrada y Taylor se pone de pie de un salto.

—¿Qué ha sucedido? ¿Se encuentra bien?

—Estará bien. —Me muerdo el labio—. Dijo que quería estar solo.

—Ah. —Taylor parece abatida.

Anna se encoge de hombros.

—Por mí no hay problema.

Garrett hace ruido con las llaves de su camioneta.

—¿Estás lista, Burke?

Pero Nora apoya una mano en mi brazo.

—Espera. Simon dice que me matará si no te llevo de vuelta a nuestra casa. —Sostiene en alto el celular—. Dice que es una emergencia.

Me quedo helada.

—¿Una emergencia?

—Estoy segura de que no es una *emergencia* emergencia. Solo está siendo Simon.

Asiento, pero ahora estoy pensando en los ojos brillantes y rojos de Nick. Tengo una sensación fría en el pecho, lo mismo que sentí cuando mi padre se fue, justo antes de que mi madre diera la noticia. Es como si mi cuerpo lo hubiera anticipado. Así que, quizás sea realmente una emergencia. Quizás sí haya sucedido algo malo.

Sigo a Nora calle arriba, y dejo a Garrett visiblemente desanimado. Pero no puedo preocuparme por él ahora mismo. Casi le pregunto a Nora si debería regresar, solo por un minuto. Solo para ver cómo se encuentra Nick. Pero luego pienso en lo rápido que cerró la puerta del garaje. Y en que recalcó que quería estar solo. No quiero interrumpir su tiempo a solas.

Dios. Todo esto de la amistad. Uno podría pensar que ya debería tenerlo dominado.

Simon está esperándonos en la entrada de su casa, sentado en el capó de su coche. Se desliza hacia abajo en cuanto me ve.

—Gracias a Dios que estás aquí. —Me abraza con fuerza—. Uhh. Leah. Todo va mal.

Me da un vuelco el corazón.

—¿Qué ha sucedido?

—Sube. —Ya está abriendo la puerta del acompañante. Nora se queda allí parada, preocupada.

Simon la despide con la mano.

—Te contaré más tarde. —Nora pone los ojos en blanco.

Me deslizo al asiento del pasajero.

—¿Qué sucede? —Mi estómago se retuerce con nerviosismo cuando me vuelvo hacia Simon—. Sí, parece como si fueras a llorar.

—Podría hacerlo. —Suspira y enciende el coche—. ¿Te lo ha contado Nick?

—¿Contarme qué?

—Abby lo ha dejado con él.

El mundo entero parece detenerse.

—¿Abby lo ha dejado?

Asiente, lentamente, y retrocede para salir.

—¿Cuándo?

—Esta mañana. Hace unos treinta minutos. Acabo de hablar con ella por teléfono.

—Ay, qué mierda.

—Sí. —Suspira débilmente.

Durante un instante, permanezco en silencio. A veces, lo juro, siento que hay una pequeña manivela junto a mi corazón. Y que alguien la alcanza y la gira muy despacio hacia la derecha, un poco más rápido.

—Está bien —digo al final—. Guau. ¿Sabes por qué?

—Más o menos —dice Simon—. Todavía no he hablado con Nick, pero por lo que dice Abby, ella no quiere vivir en una relación a distancia.

Hago una pausa.

—Claro.

—Lo cual… Lo siento, pero es ridículo, ¿verdad? —dice Simon con voz ronca—. ¿En serio? ¿Ni siquiera le va a dar una oportunidad? Es como si dijera, «ey, mira, tengo esta relación increíble, pero es un poquito inconveniente, así que mejor terminémosla». —Gira en la autopista Mount Vernon, los labios apretados con fuerza.

Me vuelvo hacia la ventanilla con el corazón en la garganta.

—Tal vez no tengan una relación increíble —comento.

—¿Qué? Son Abby y Nick.

—Está bien.

—Son como una leyenda. Son perfectos. —Resopla—. Son a los que más *shippeo*.

—Tal vez no sea así —digo en voz baja. Y quizás esto me resulta inesperado, pero me encuentro pensando en Taylor. En cómo Nick y Taylor estaban, quizás o definitivamente, coqueteando en la fiesta del elenco en la casa de Martin. En la nueva obsesión de Taylor de que Nick se sumara al grupo. Tal vez sí haya algo entre ellos. Excepto que… no lo sé. No creo que Nick la engañara. En especial a Abby. Dios. Está tan encandilado por ella. Nunca olvidaré cómo estaba durante las primeras semanas que salieron. Tenía ese andar particular de chico raro, ese ida y vuelta entre fanfarroneo y asombro.

—Y por supuesto sucede justo antes del baile de graduación.

—Uff.

Simon sacude la cabeza.

—¿Qué vamos a hacer?

—Bueno, ¿cómo han quedado las cosas entre ellos?

—Abby dice que todo está bien, que todavía son amigos, etcétera, ya sabes —dice Simon—. Pero… ¿Nick? No lo sé.

—Él… eh… no parecía feliz —digo.

—¿Piensas que debería llamarlo? —Simon exhala—. En realidad, tal vez debería dejarte en tu casa e ir hacia allí.

—Me parece bien.

—Todo saldrá bien. —Asiente con rapidez, casi como si lo creyera. Luego me echa un vistazo—. Pero necesito un pequeño favor.

—¿Cómo de pequeño?

—Está bien, no tan pequeño. Tienes que hablar con Abby.

Se me retuerce el estómago.

—¿Qué?

—Vosotras os vais el lunes, ¿verdad?

Asiento lentamente.

—Leah, tienes que hablarle. Esto es… no sé. —Sacude la cabeza—. No es que esté intentando entrometerme, pero esto es simplemente innecesario, ¿no? Literalmente, no hay ninguna razón para que lo dejen ahora. Abby solo está asumiendo que no funcionará. —Gira en mi calle y sujeta el volante con fuerza—. ¿Por qué no pueden intentarlo simplemente y ver cómo resulta?

—Simon, nosotros no tenemos que tomar esa decisión por ellos.

—*Ya lo sé.*

—Bien.

Se detiene en la entrada de mi casa y aparca el coche.

—Solo estoy diciendo que podrías hablarle —dice, después de unos minutos—. Estoy seguro de que te escucharía.

—Shhh.

—En serio, ella te respeta mucho. Aunque se siente un poco intimidada por ti.

Entrecierro los ojos.

—¿Por qué?

—No lo sé. ¿Porque eres intimidante? —Le doy un empujón y él sonríe—. En serio. Ella piensa que eres genial, con el grupo y todo. Así que creo que te escuchará.

—Eso no… —Mi voz se desvanece y me sonrojo.

—Solo háblale, ¿vale? —Simon se reclina contra el asiento y vuelve la cabeza hacia mí—. Solo… quizás puedas recordarle lo genial que es Nick y lo increíbles que son juntos. Y yo haré lo mismo con Nick, y nos mantendremos informados.

—*De verdad* creo que no deberíamos entrometernos en esto.

—¡Esto no es entrometerse! Solo estamos cuidando a nuestros amigos. Quieres que estén juntos, ¿verdad?

La pregunta me golpea como un puñetazo, siento que todo mi cuerpo se contrae. Es decir, por supuesto que quiero que estén juntos. Quiero que sean felices. No quiero que el baile de graduación sea un drama. Pero solo pensar en mencionarle el tema a Abby me provoca arcadas.

—Por favor. Solo habla con ella.

—Lo intentaré —respondo en voz baja. Miro hacia todos lados excepto a sus ojos.

—¿Y estás segura de que tienes el cargador del teléfono?

—Sip.

—¿Y el cargador para el coche?

—Sí.

—¿Y me llamarás cuando llegues?

—Mamá. Sí.

Camina de un lado a otro de la cocina, restregándose la frente. No sé por qué está actuando de esta manera. Es como si de pronto pensara que me voy a la luna.

—Mamá, es una hora y media. Es como conducir calle abajo durante una hora y pico.

—Lo sé. Es raro. Este es tu tour por la universidad. Creo que debería ir contigo. —Se desploma en una silla y apoya el mentón en su bolso—. No me gusta perderme estas cosas.

—Pero voy a estar bien. Estaré con Abby.

—Mejor que no sea como *Girls Gone Wild* —dice mi madre con seriedad—. Nada de acostarse con universitarios.

—*Mamá.*

—Solo te estoy advirtiendo. —Me pellizca la nariz—. A ti y a Garrett.

—Ay, Dios. Nunca más te contaré algo, nunca.

—Está bien, pero llámame a la oficina. —Se pone de pie y se alisa la falda—. Lo digo en serio, en cuanto llegues. Y diviértete, ¿vale?

Me recuesto en la silla, la cabeza inclinada hacia el techo. Faltan dos horas para que llegue Abby, y no sé qué esperar. No sé si estará llorando por Nick o queriendo salir con cualquier chico que aparezca. Y por supuesto, Simon cuenta conmigo para que encuentre las palabras mágicas que arreglen todo. Como si yo, de alguna forma, fuera capaz de convencerla de retractarse y vivir así feliz para siempre. Con Nick.

Estoy comenzando a pensar que esta es la peor idea en la historia de las malas ideas.

No lo sé. Solo estoy muy ansiosa y nerviosa, y no puedo descifrar por qué. Es como cuando una canción cambia de tonalidad, o comienza a destiempo, o cambia la métrica a mitad de camino. Es ese hipo que te atraviesa el pecho. Ese pequeño momento de incomprensión. Como que algo no está del todo bien.

O que quizás algo está a punto de cambiar.

Abby llega quince minutos antes. Y no me envía mensajes desde la entrada. Llama a la puerta.

Sabía que lo haría.

Por esta razón he pasado todo el fin de semana quitando pilas de ropa y papeles de la sala de estar, apilando todo dentro de mi armario en una montaña gigante y precaria. Desde la entrada, la sala de estar parece casi normal, aunque el sofá está un poco viejo y desgastado, y el empapelado es de los noventa. Al menos ahora se puede ver el suelo.

La espío por la ventana y definitivamente no está llorando. En realidad, parece bastante alegre. Hasta tal punto que pensaría que ella y Nick están juntos otra vez si no fuera porque Simon me ha dado un deprimente informe esta mañana. Pero supongo que Abby es la clase de persona que sonríe ante cualquier circunstancia. Hasta donde yo sé, tiene el corazón roto en secreto.

Salgo por la puerta antes de que ella pueda entrar. El día está nublado y fresco, hace el frío suficiente para que pueda llevar puesto mi cárdigan de Hogwarts.

—Por fin los estoy leyendo —dice Abby, señalando el escudo de Slytherin—. Me han obligado.

—¿Simon?

—Y mi prima Molly. Me bombardeó con citas de los libros durante una semana.

—Mi heroína.

Abby sonríe.

—Por ahora me gustan. Estoy en la mitad del tercero.

—¿Te gustan? —Casi escupo. A Abby *le gusta* Harry Potter. Eso es como decir que el señor Rogers solo era agradable. Que Reece King solo está bien. No te puede solo gustar Harry Potter. Tienes que estar completamente obsesionada.

La brisa le levanta el pelo mientras busca las llaves del coche. Hoy es Abby Casual, rizos y vaqueros ajustados y un abrigo azul holgado. Abre el maletero y coloco mi bolso junto a su pequeña maleta con rueditas. El coche de su madre es viejo y el maletero está repleto de libros y pilas de papeles. Es extrañamente reconfortante ver el desorden. Siempre supongo que las vidas de los demás son inmaculadas.

—Déjame poner la dirección de Caitlin en el GPS —dice—, y luego prepararemos la maldita segunda lista de canciones más épica y de nivel más bajo en la que solo trabajaste a medias. —Me sonríe.

—Guau. Me has disparado, Suso. —Me acomodo en el asiento del acompañante.

Ella se encoge de hombros de manera muy animada, las palmas en alto y todo.

La miro de reojo, pero estoy sonriendo.

—Bueno, en realidad tengo dos listas. Tú eliges.

—Yo elijo, eh. —Enciende el motor—. Me siento en mitad de un examen.

—Ah, por supuesto. Te estaré juzgando.

Abby ríe.

—Lo sabía.

—Música alegre o melancólica. Venga.

Se burla de mí.

—Como si eso fuera una pregunta.

—Asumo que eso significa «Soy Abby Suso y quiero música alegre».

—En oposición a «Soy Leah Burke y quiero llorar todo el camino a Atenas».

—Shhh. Yo no lloro.

—Mira, ahora acabas de retarme a un desafío.

Le sonrío.

—Ya veo.

Guau. Esto es extraño. Definitivamente no está llorando por Nick. Está actuando como si nunca hubiera llorado en su vida. Y esta actitud burlona… Ni siquiera cuando solíamos ser amigas éramos así. Nunca había sido capaz de mantener el control lo suficiente como para hablarle como una persona normal, y conversar con ella no estaba siquiera en el reino de las posibilidades. Pero es como si una pequeña puerta acabara de abrirse dentro de mi cerebro. Me siento extrañamente lúcida. Por primera vez puedo seguirle el ritmo.

Esto es real y jodidamente increíble.

Nos sumimos en un silencio pacífico en la carretera. Miro por la ventanilla y lo único que escucho es Vampire Weekend, la voz de Ezra Koening haciendo un *decrescendo*. Y luego, Rilo Kiley. Un instante más tarde, Abby ríe.

La miro.

—¿Qué?

—Esta canción de ruptura. Guau. Qué coincidencia.

—Ay, no. —Dentro de mi pecho siento como si un ascensor estuviera cayendo sin control—. No me he dado cuenta. Lo siento.

—¿Por qué lo sientes?

—Porque no quiero hacer que las cosas se vuelvan incómodas para ti. —Trago saliva.

—No lo estás haciendo.

—¿Quieres hablar?

—¿De Nick? —Aprieta los labios.

—No si no quieres —añado.

—No, está bien. Es solo que… —Asiente, mirando hacia la carretera—. Bueno, esto queda entre nosotras, ¿vale?

—Por supuesto. —Sonrío—. Lo que sucede en Atenas se queda en Atenas.

—Todavía no estamos en Atenas.

Echo un vistazo a los carteles de salida de la carretera.

—Bueno, lo que sucede en Lawrenceville…

—¿Lo prometes? —Estira la mano hacia mí, el meñique extendido.

Lo engancho con el mío.

—Lo prometo.

Creo que no había hecho un juramento de meñique desde que tenía diez años.

—No sé qué hacer, Leah.

—¿Con Nick?

Toma un rizo, lo coloca detrás de la oreja y exhala.

—Sí. Algo así. Es decir, he hablado con Simon y él piensa que obviamente estoy cometiendo un gran error, pero… no sé. ¿Me siento como una mierda? Sí. Pero no porque quiera volver con él.

Me quedo mirándola. No sé qué se supone que tengo que decir. Sé que Simon querría que le preguntara, o que al menos consiguiera detalles. Pero es como si me hubieran empujado a un escenario a recitar líneas que nunca ensayé. ¿Se supone que debo saber qué se siente en una separación? Si ni siquiera he besado a alguien.

Al final, Abby suspira.

—Me siento una zorra. Estuvimos saliendo durante un año. Lo quiero. De verdad. Es solo que… —Da unos golpecitos en el volante—. No quiero una relación a larga distancia. En absoluto. Pero una parte de mí cree que le debo eso, dado que no lo voy a seguir a Nueva Inglaterra o adonde sea. Es ridículo, lo sé, pero me siento muy culpable.

—¿Porque no estás renunciando a tu beca para pagar préstamos estudiantiles durante el resto de la eternidad?

—Eso mismo. —Abby suspira—. Es decir, sí. ¿Por qué esto tiene que ser un problema?

—Mira, si él hubiera querido simplificar las cosas, debería haber solicitado entrar en Georgia.

—Sí. —Abby se muerde el labio—. Aunque me alegro de que no lo haya hecho.

Ah.

—Está bien.

—¿Soy tan mala persona? Él es un chico increíble. Ha sido un novio increíble. Es Nick. Es solo que no puedo… —Ríe con amargura—. ¿Sabes?, no dejaba de querer imaginar que había algo entre él y Taylor, porque entonces habría tenido un motivo para romper con él.

—¿Por qué necesitas una razón?

—Porque es una mierda que ni siquiera haya una. Simplemente ya no siento cosas. Al menos no tantas como debería. Quiero decir, estoy triste, pero no *destrozada*, y realmente creo que esto debería destrozarme.

La miro de soslayo.

—¿Quieres que te destroce?

—¿Si quiero quererlo lo suficiente para que terminar con él me destroce? Claro.

Y de alguna forma, esa sola palabra se infla como un globo. Llena todo el coche. Claro.

—Entonces, creo que hiciste lo correcto —digo después de un instante. Me siento extrañamente recargada. Si alguien me tocara, le soltaría una descarga eléctrica.

—Lo sé —dice en voz baja.

Durante un minuto, nos quedamos en silencio.

—Dios. Me siento tan mal. Se acerca su cumpleaños. El baile es en dos semanas. Estoy muy segura de que acabo de arruinar la graduación para todos. —Ríe con sarcasmo—. Tendremos un viaje en limusina divertidísimo.

—No puedes mantener una relación solo para que el baile no sea incómodo.

Abby sonríe.

—Suena tan ridículo cuando lo dices así.

Me encojo de hombros.

—Es una sensación extraña. Nunca he roto con alguien antes.

—¿En serio?

—Bueno, solo he tenido un novio real antes de Nick, y él me dejó. —Se pasa una mano por el cabello, sonriendo con tristeza—. ¿Cómo funciona esto? ¿Tengo permitido sentirme bien?

—Bueno… quizás no enfrente de Nick. O de Simon.

—Sí. —Ríe en voz alta—. Dios. Los chicos son tan… uff. Nunca volveré a salir con uno.

—Quizás deberías salir con chicas —digo.

Sonríe.

—Quizás debería.

Me vuelvo con rapidez hacia la ventana, el rostro me arde. Dios. Mierda. Lo he dicho.

No planeaba hacerlo. No sé de dónde ha salido. Pero lo he dicho, y está allí afuera, espesando el aire entre nosotras. Tengo esta imagen mental repentina de nuestro coche llenándose de humo. Pero quizás esté todo en mi cabeza, porque de pronto Abby está cantando al compás de Wham! como si no hubiera sucedido nada.

Estoy segura de que no es nada. Igual que el dibujo no fue nada.

Excepto que lo guardó, y no me imagino el porqué. Me pregunto qué piensa de él… o si piensa en él. Es probable que solo le guste cómo coloreé el fondo. O tal vez solo se haya olvidado de que lo tenía en el teléfono.

Pero esto es lo que Simon no sabe: el dibujo también está guardado en el mío.

El tráfico de la carretera 29 de pronto me resulta fascinante. Hay un monovolumen frente a nosotras y tiene una de esas pegatinas que representan a los miembros de la familia en un rincón del parabrisas trasero. Una familia hetero de ensueño, mágica y perfecta: mamá, papá, dos niñas y un niño. Ahora estoy imaginando mi propia familia en pegatinas. Mi madre y yo pegadas en el rincón izquierdo; mi padre en la esquina superior derecha, mayormente fuera de cuadro. Y, por supuesto, Wells intentando colarse por un costado. La típica historia de amor norteamericana.

La canción cambia, ahora suena Passion Pit. Demasiado animada. Debí haber elegido la lista melancólica. Conducimos y conducimos, y siento como si estuviera tambaleándome sobre el borde de algo. Han pasado diez minutos desde que hablamos por última vez. La música parece demasiado alta y demasiado baja al mismo tiempo, y tras la línea del bajo escucho a Abby respirar.

Y estamos en Atenas. Abby avanza por Prince Avenue y yo contemplo la colorida mezcolanza de tiendas y cafés. Hay una pequeña librería *indie* que tiene ventanales altos y arqueados, un pequeño supermercado en una esquina y dos chicos caminando por la acera cogidos de la mano. No creo haber caído en la cuenta de que viviré aquí. No estaré solo de visita. No miraré solo de pasada por la ventanilla de un coche. Definitivamente, esto no parece la vida real.

La amiga de Abby vive en un edificio de apartamentos sutil y moderno, cerca del centro de la ciudad y con su propio aparcamiento cubierto.

—Caitlin dijo que aparquemos en cualquier espacio —comenta Abby—. Nos presta su permiso de aparcamiento.

—Esto es una locura.

—Lo sé.

Miro por la ventanilla mientras damos vueltas alrededor de cada fila del aparcamiento. Hay una mezcla extraña de coches, algunos recién lavados y de aspecto caro, y otros abollados y maltrechos. Muchas calcomanías de la Universidad de Georgia. Al parecer, casi todos los que viven aquí son estudiantes.

Encontramos un lugar en el tercer nivel, cogemos un elevador hacia el vestíbulo y firmamos un papel en la recepción. Luego cogemos otro elevador hacia el sexto piso, donde se encuentra el apartamento de Caitlin, en mitad de un largo pasillo alfombrado.

Cuando ella y Abby se encuentran, chillan y se abrazan en la puerta, aunque estoy segura de que se han visto literalmente una sola vez. Hablando en serio, ¿cómo de bien puedes conocer a la hermana del amigo de la novia de tu prima? Pero es Abby, así que quién sabe.

—Y tú debes ser Leah —dice Caitlin—. Dejadme ayudaros con el equipaje. —La seguimos hacia una cocina abierta y soleada que tiene encimeras de mármol, electrodomésticos de cromo y vajilla de cerámica guardada con cuidado. Todo parece perfectamente adulto. Sabía que Caitlin vivía fuera del campus, así que no esperaba un dormitorio universitario, pero este apartamento parece salido de un programa televisivo de decoración. No sabía que los estudiantes de segundo año de la universidad podían vivir así.

—Esto es todo. Habitación, baño, la contraseña del wifi está escrita, y tenéis mi número. Mañana hacéis el tour, ¿verdad?

Abby asiente.

—Por la tarde.

—Genial. Bueno, si tenéis ganas, mi amigue Eva invitó gente mañana por la noche. Vive abajo, literalmente debajo de este apartamento, pero en el quinto piso. Leah, la *querrás*. Toca la batería.

Siento el uso de la *e* como un abrazo. Porque si Caitlin utiliza esa clase de lenguaje no binario para referirse a Eva, es probable que no se inmute por el hecho de que yo sea bi.

—En fin, te puedo enviar toda la información.

—¿Es una fiesta? —pregunta Abby.

Caitlin se encoge de hombros.

—¿Supongo? En realidad no. Creo que será algo muy tranquilo. —Se recoge el cabello con las manos y luego lo suelta—.

Deberíais ir un rato. Y aquí está el permiso de aparcamiento. Lo podéis colocar cerca del parabrisas.

—Lo haré ahora —dice Abby.

—Perfecto. Te acompaño al aparcamiento. Y creo que eso es todo.

—Gracias —digo—. En serio.

—¡Ay, por supuesto! —Me abraza, y es como abrazar una flor. Es así con la gente delgada. Siempre tengo el temor de destrozarla.

Las dos se marchan, y de pronto estoy sola en el apartamento de una extraña. Pero escucho la risita de Abby por el pasillo.

Llamo a mi madre a la oficina.

—¡Aquí estás! Estaba comenzando a preocuparme. ¿Cómo ha ido el viaje?

—Bien.

—¿Solo vas a decir eso? ¿*Bien*?

—Ha sido genial —digo—. Ha sido como unicornios vomitando rayos de luz solar. —Hago a un lado dos cojines mullidos blancos y me desplomo en el sofá.

—¿Y Abby está bien?

—Sip.

—¿Ya se encontró con algún bombón?

—Mamá.

—Solo estoy preguntando.

—Bueno, antes que nada, hemos estado aquí durante apenas cinco minutos. Segundo, no digas *bombón*. —Pongo los ojos en blanco—. Y yo no me estoy acostando con nadie.

—Vale, pero ya conoces el procedimiento. ¡Protector bucal! ¡Condones! —Las reglas de oro de mi madre. No son demasiado relevantes, considerando que no tengo nada de acción. Y si la tuviera, estoy segura de que no sería en este viaje. No en el apartamento de Caitlin, y definitivamente no frente a Abby. No me imagino trayendo a una chica. Abby ni siquiera sabría qué estaría sucediendo. Estoy segura al noventa y nueve por cien de que piensa que soy hetero. Incluso Simon piensa que soy hetero.

A veces me siento extraña al respecto. Simon me dijo que es gay pero yo todavía no le he podido contar que soy bi. Es como cuando Leia dice «Te amo» y Han Solo responde «Lo sé». Todo está un poco desequilibrado. Y me fastidia. Pero la idea de contárselo ahora me hace querer vomitar. Debí habérselo contado hace un año. No creo que, en ese entonces, hubiera sido algo del otro mundo, pero ahora parece infranqueable. Es como si hubiera fallado un tempo y ahora toda la canción estuviera a destiempo.

Y así me siento cuando termino la llamada con mi madre. Me acurruco contra el reposabrazos del sofá de Caitlin, pero siento los miembros nerviosos e inquietos. Quiero explorar el apartamento, pero algo parece incorrecto. Quizás es el hecho de que moriría antes de dejar a alguien a solas en mi espacio. Me dan náuseas de solo pensarlo. Toda mi ropa sucia y mi fan art a medio terminar. No entiendo cómo las personas caminan por la vida con todas sus ventanas abiertas.

Escucho el picaporte de la puerta. Abby ha regresado del aparcamiento. Se desploma junto a mí.

—Este lugar es fascinante.

—Lo sé.

—Y es un apartamento con una habitación. ¿Cómo puede pagarlo? —Se quita las sandalias y apoya los pies sobre el sofá—. No creo que algún día lo quiera.

—¿Te refieres al dinero?

—No, a una sola habitación. Definitivamente quiero una compañera de apartamento. O de *suite*.

—Una compañera de apartamento sería más barato.

—Lo barato es lo mejor —asiente. Se sienta derecha y me mira a los ojos—. ¿Has pensado en ello?

—¿En compartir apartamento?

Asiente, y luego hace una pausa.

—Tú y yo podríamos vivir juntas.

—Eso es lo que Simon quiere.

—Sí, lo sé. Lo ha mencionado. Pero no es una mala idea, ¿sabes?

Tiene que estar bromeando. *¿No es una mala idea?* Abby viviendo en mi apartamento. Perdería la cabeza en una semana.

—O sí —se apresura a añadir—. Solo es una idea. Ni siquiera tenemos que decidir ahora.

Asiento, me quedo sin palabras.

—Le he preguntado a Caitlin sobre la fiesta.

—¿Y bien? —Frunzo el ceño.

—Al parecer, solo van a ir unas pocas personas. Es solo algo de martes por la noche. —Se muerde el labio—. Ni siquiera creo que sea una fiesta de verdad.

—Déjame adivinar. Quieres ir.

—Solo si tú quieres.

—Sí, no lo sé.

—Quizás podríamos ir un ratito. —Se acerca con las manos entrelazadas—. ¿Solo para animarme después de mi ruptura?

Río.

—¡Tú has sido la que ha roto con él!

—Pero de todas formas me siento como una mierda.

—¿Y una fiesta arreglará todo?

—Definitivamente.

Hago una pausa y suspiro.

—Por estas cosas no podemos ser compañeras de apartamento.

—¿Qué? ¿Por qué?

—Porque me obligarías a ir a fiestas. Pondrías ojos de gacela hasta que yo accediera.

—Ah. —Abby sonríe—. Sí, es probable que eso sea cierto.

Desvío la mirada, sonriendo.

—Da igual. Es mañana, ¿verdad?

—Sí.

Pongo los ojos en blanco.

—Muy bien, pero no beberé nada.

—¡Ahhhhh! —Presiona las manos contra las mejillas—. No puedo esperar. Leah, ¡iremos a una fiesta universitaria!

—Mmmm.

—No. En serio, será increíble. ¿Te das cuenta de que este es el comienzo?

—¿El comienzo de qué?

Se recuesta sobre el sofá, sonriendo de forma soñadora.

—De la vida real. De la adultez.

—Eso es aterrador.

—Es fascinante.

Pongo los ojos en blanco, pero cuando me sonríe, no puedo evitar devolverle la sonrisa.

Pasamos la tarde recorriendo el centro de Atenas, bares de música y tiendas de ropa *vintage* donde Abby ha gastado su dinero para la comida en un par de botas cortas de cuero sintético. En el exterior hay folletos por todos lados que promocionan noches de DJ, de teatro universitario y a un grupo llamado Motel/Hotel que tiene programado tocar este fin de semana. Y adonde sea que miremos hay restaurantes. Abby dice que se está muriendo de hambre y, por suerte, tiene la tarjeta de débito de sus padres, de modo que nos detenemos en un ATM.

—Cuando era pequeña, cada vez que mi madre retiraba dinero, pensaba que habíamos ganado la lotería —dice Abby—. Pensaba: *mamá es la mejor en este juego.*

—A mí me encantaba lo nuevos que salían los billetes —digo.

—A mí todavía me encanta.

—Creo que ahora me gusta porque es dinero.

Abby sonríe.

—Eso es muy dulce, Leah. Te gusta por lo que es.

Nos detenemos en un restaurante a comer sándwiches de queso y mantequilla y luego tomamos un helado antes de regresar al apartamento de Caitlin. Y durante todo el camino de vuelta siento este zumbido alegre en mi estómago. Quizás esto sea así. Quizás así es la universidad.

De regreso al apartamento, nos colocamos en los extremos opuestos del sofá con nuestros teléfonos: Abby habla con sus primas mientras yo le envío un mensaje a Simon.

¿¿¿Cómo está???

Parece estar bien.

¿En serio? Uh. Bueno, Nick está destruido.

Abby me da un empujoncito.

—¿Quieres ver una foto de mis primas? —Se acerca e inclina la pantalla hacia mí. Echo un vistazo a la fotografía: Abby en medio de dos chicas blancas, ojos puros e iluminados, sonrisas amplias y cabelleras un tanto onduladas—. Molly es la morena y Cassie, la rubia —explica Abby—. Esta es de la boda de sus madres.

Pasa algunas fotografías más hasta llegar a una toma iluminada de dos mujeres sonriéndose bajo un arco floral. Una tiene el cabello color rubio miel y un aire casual, aun con el vestido de novia. La otra mujer lleva pantalones y tiene el rostro de Abby. Quiero decir, es literalmente una versión mayor de Abby. Es bastante confuso.

—No sabía que tenías tías gays —digo al final.

—Sí, mi tía Nadine es lesbiana. Creo que mi tía Patty es bi.

Vuelvo a mirar la fotografía.

—¿Nadine es la hermana de tu padre?

—Sí. Tiene dos. Ella es la más joven.

—¿Le parece raro que ella sea lesbiana?

—Para nada.

—Me sorprende un poco.

—¿En serio? —Sonríe vagamente.

Se me encienden las mejillas.

—No lo sé. Siempre dijiste que tu padre era muy estricto y tradicional.

163

—Sí, lo es. Pero no tiene problema con eso. Vaya, no sé qué haría si mi hermano o yo anunciáramos que somos gays... —Se detiene de pronto, ruborizada.

Y después ninguna vuelve a hablar. Jugueteo con el mando de la televisión. Abby se queda mirándolo durante unos minutos.

Entonces, su móvil comienza a vibrar y vuelve a ser ella misma.

—Es Simon —dice. Me mira mientras responde. Luego se dirige sigilosamente al dormitorio de Caitlin, el teléfono pegado a la oreja.

Durante un minuto, solo miro el ventilador del techo. Mi teléfono suena un par de veces más. A veces pienso que los mensajes son el peor avance tecnológico de la historia. Porque sí, son convenientes, pero en momentos como este, es como si alguien estuviera clavándote el dedo en el brazo repetidas veces, diciéndote *ey, ey, ey*.

Por supuesto que es Nick, el rey de las casualidades.

Hola, ¿cómo está yendo todo por allí? Me preguntaba si tenéis algún plan interesante. Seguro que hay muchos universitarios allí, eh. Abby probablemente no me eche de menos demasiado.

¿Me ha mencionado? LOL.

Miro el teléfono. No sé qué decir. Mierda. Me siento mal por Nick. De verdad. Pero esto me supera tanto que no sé ni por dónde empezar. Así que me rindo. Dejo a un lado el teléfono y busco mi bloc de notas y mis lápices. Necesito entrar en mi zona. Es lo que sucede a veces cuando dibujo. Es como si el mundo dejara de existir. Todo desaparece, excepto la punta de mi lápiz. Nunca puedo explicárselo a la gente. Algunas veces hay una imagen en mi cabeza y lo único que tengo que hacer es plasmarla en curvas y sombras. Pero otras no sé lo que voy a dibujar hasta que lo dibujo.

Me reclino en el sofá, comienzo el boceto, al instante, mi cuerpo se calma. Cuando dibujo, casi siempre se trata de cosas de fandoms. A la gente de Tumblr parece gustarle.

Pero hoy dibujo una caja.

No, no una caja, un ATM.

Lo dibujo como si fuera un juego de arcade, rodeado por máquinas de Skee-Ball y caza peluches. Hago que algunos dólares salgan por la ranura del cajero automático y vuelen por el aire. Dibujo a Abby soltando una exclamación de felicidad, como si acabara de ganar la lotería. Luego me dibujo a mí misma, junto a ella, con las manos cubriéndome la boca.

Es la primera vez que dibujo a Abby en un año y medio. También es la primera vez que me dibujo desde entonces.

—¿Qué estás escribiendo? —pregunta Abby. Levanto la mirada y la encuentro sonriendo con entusiasmo. Se deja caer de nuevo en el sofá y apoya su teléfono en la mesilla de café—. Me encanta cómo estás aquí sentada riéndote sola.

—Estoy dibujando.

—¿Puedo verlo? —Se acerca.

Inclino el bloc hacia ella, y suelta una risa.

—Ay, Dios. ¿Somos nosotras?

Asiento.

—¡Estamos jugando al ATM!

—Y estamos ganando.

—Por supuesto que estamos ganando. Somos muy buenas en eso. —Sonríe—. Dios. Eres tan talentosa, Leah. Estoy celosa.

—Anda ya. —Miro mi bloc de notas y dejo que mi pelo caiga hacia adelante para ocultar mi sonrisa.

—En serio. Podrías hacerlos a demanda o algo así. La gente pagaría sin pensar por tu trabajo.

—No, no lo harían.

—¿Por qué no?

—Porque no. —Me encojo de hombros.

Porque no soy lo suficientemente buena. Porque en cada dibujo hay algo que *no encaja*. Siempre hay una oreja más alta que otra, dedos demasiado cortos o marcas visibles de goma de borrar. Nunca es perfecto.

—Lo juro, tienes mucho más talento del que piensas. Yo definitivamente pagaría por esto.

Me ruborizo.

—Te lo puedes quedar.

Inspira.

—¿En serio?

—Sí. —Arranco la hoja con cuidado y se la entrego.

Observa el dibujo durante un instante y luego lo abraza contra el pecho.

—Sabes, todavía tengo el otro dibujo que hiciste de nosotras.

Todo se paraliza: mi corazón, mis pulmones, mi cerebro.

Alza la mirada hacia mí.

—¿Puedo hacerte una pregunta?

—Sí.

Hace una pausa. Cierra la boca. La vuelve a abrir. Y luego dice en voz baja.

—¿Por qué dejamos de ser amigas?

El estómago me da un vuelco.

—Somos amigas.

—Sí, pero el año pasado. No lo sé. —Se muerde el labio—. Nunca he dejado de preguntarme qué hice, o si dije algo que te molestó. Es decir, fuiste mi mejor amiga durante un tiempo, pero después solo dejaste de hablarme.

Dios. Definitivamente hay un idiota diminuto e invisible dándome puñetazos en los pulmones. Y dándole cuerda a mi corazón para que lata a toda velocidad. Y utilizando mi estómago como trampolín. No puedo alinear mis pensamientos. Todo lo que sé es que no quiero hablar de esto. De verdad, podría hablar de cualquier otra cosa, pero no de esto.

Hago una pausa.

—No fue mi intención.

—Entonces, ¿qué sucedió? ¿He hecho algo?

—No, es solo… —Comienzo a decir, pero la frase muere en mis labios.

Es solo que era graciosa. Y hermosa. Y yo me sentía más despierta cuando estaba cerca de ella. Todo se amplificaba. Esperábamos los autobuses o ella hablaba de su antiguo instituto, y yo me encontraba de pronto sonriendo, sin ninguna razón. Una vez soñé que besaba mi cuello. Suave y rápido, apenas un roce. Desperté dolorida. Y no pude mirarla en todo el día.

Y su voz entrecortada al mostrarle mi dibujo.

Me fascina. Leah. Me pondré a llorar.

Me había mirado entonces, los ojos prácticamente líquidos. Si hubiera sido un poco más valiente, lo juro por Dios, la habría besado. Habría sido fácil. Solo un mínimo movimiento hacia adelante.

Pero luego había levantado las piernas, las había apoyado en el borde de la acera y había entrelazado las manos.

—¿Puedo contarte un secreto? —Estudió mi rostro durante un minuto y luego se llevó las manos a las mejillas—. Guau, estoy muy nerviosa.

Fue extraño. Parecía que se había quedado sin aliento.

—¿Por qué estás nerviosa?

—Porque sí. No lo sé. —Luego tocó el borde de mi dibujo—. Dios. De verdad me encanta. Sé *exactamente* qué momento fue este.

—De acuerdo —dije en voz baja.

Luego su mano rozó la mía, y mis órganos se recolocaron. Así lo sentí, literalmente. Como si alguien me estuviera revolviendo desde el interior. Me llevé las rodillas al pecho, incómoda y alerta. Abby me lanzó un vistazo durante un segundo, se tocó la boca y parpadeó.

—Creo que mi autobús acaba de llegar. —Tragó saliva—. Debería cogerlo.

—¿De modo que me dejarás aquí con la intriga, Suso?

Sonrió vagamente.

—Quizás te lo cuente mañana.

Pero no lo hizo. Solo me envió un mensaje una vez.

Feliz cumpleaños 🎈. Le respondí: Gracias 😃.

Y eso fue todo. Ninguna respuesta.

El lunes, todo fue dolorosamente normal. Ya no hubo miradas nerviosas. Ni incomodidad. Abby y Nick se pasaron toda la clase de inglés dándose empujoncitos y jugando a luchar en el asiento. En el almuerzo, Abby y Simon parlotearon acerca del ensayo. Fue como si el secreto se hubiera evaporado.

♫

Y ahora Abby está mirando mi rostro como si estuviera en una película en otro idioma. Como si buscara los subtítulos.

—¿Es solo qué? —pregunta al final.

—¿Perdón?

—Has dejado de hablar en la mitad de la frase.

—Ah. —Me miro las manos.

Hace una pausa.

—Si no quieres hablar de ello…

—Bueno… —me apresuro a decir.

—¿Bueno qué?

—Bueno, no quiero hablar de ello.

Y Abby pone los ojos en blanco, solo apenas.

Pasamos nuestra primera noche en Atenas comiendo patatas fritas y mirando *Tiny House Hunters*. Hoy es el turno de una pareja joven, blanca y hípster, aunque creo que es así todos los días. Se llaman Alicia y Lyon, y Lyon no deja de emplear palabras como *reutilizable* y *sostenible*.

—Esto no puede ser real —comenta Abby.

—Ah, es real.

—¿Cómo es posible que funcione? ¿Dónde guardan el coche?

—Conservan su antigua casa. Van a colocar esta casita en el patio trasero.

—Dios —dice Abby, apretando los labios. Sacude la cabeza hacia la televisión. Después, apenas un segundo más tarde, agrega—: Ey, deberíamos pedir esas galletas que vienen en cajas de pizza.

—Guau.

—¿Te parece? —pregunta Abby.

En este momento, resulta fácil imaginar que esto pueda funcionar. Esta amistad. Quizás sí podríamos ser compañeras de apartamento. Podríamos vivir en pijamas y hablar con Simon por Skype, comer galletas todas las noches y tener notas excelentes todo el tiempo. Ella podría tener un novio, y yo soñar con alguien de segundo; seríamos verdaderas mejores amigas. Al menos no tendría que vivir con un extraño.

Pero después, cerca de las once, Abby bosteza y se estira.

—Creo que estoy lista para dormir.

Y de pronto, me doy cuenta de que Caitlin tiene una sola cama.

—Puedo dormir en el sofá —digo con prisa.

—¿Qué? —Abby me mira como si estuviera hablando de algo sin sentido—. Eso es ridículo. Es una cama de tamaño *king*. Literalmente tiene el tamaño de la casa de Lyon y Alice.

—Es verdad.

Y sí. Estoy siendo ridícula. Abby y yo hemos compartido espacios tan pequeños como este decenas de veces, en la casa de Simon y de Nick y en cada fiesta de pijamas grupal. Incluso el viaje en coche hasta aquí nos ha obligado a estar así de juntas. Si quisiéramos, podríamos tener un metro de espacio vacío entre nosotras.

Y de todas formas, es solo Abby.

Pero tengo problemas con el hecho de que sea una cama.

Observa mi rostro, el ceño fruncido.

—O yo podría dormir en el sofá.

—De ninguna manera. Caitlin es tu amiga.

—Bueno, es la hermana del amigo de la novia de mi prima.

—Claro. —Sonrío un poco—. Da igual. Está bien.

Por supuesto que está bien.

Despierto con el golpeteo de la lluvia en el balcón de Caitlin. Abby ya está despierta. Está sentada con las piernas cruzadas contra la cabecera de la cama leyendo *Harry Potter*.

Una ola de pánico me golpea. Es difícil de explicar, pero la idea de que Abby me observe dormir me provoca náuseas. No es que me estuviera *observando*. Quiero decir, está muy concentrada en el libro. Pero en este momento, mi cerebro está empeñado en recordarme lo fea que estoy cuando duermo. Probablemente tenía la boca abierta. Y estaba roncando.

—¡Ah, estás despierta! —exclama Abby, doblando una esquina de la página.

La miro boquiabierta.

—¿Acabas de doblar una página de *Harry Potter*?

—Ay. —Sonríe—. Debía haber sabido que eras de esa clase de personas.

—¿De esa clase de personas? ¿Te refieres a que no soy un monstruo? —Sacudo la cabeza lentamente. Uno mira a Abby y es la imagen misma de la inocencia: rizos en espiral y pantalones cortos de pijama color lavanda. Pero no—. Bueno, esto puede volverte loca, pero ¿alguna vez escuchaste hablar de...?

—Marcapáginas. Sí, lo sé. —Pone los ojos en blanco—. Nick solía insistirme con lo mismo. Creo que me compró unos cien marcapáginas cuando salíamos.

—¿Y dónde están esos cien marcapáginas ahora?

—Bueno, obviamente he tenido que deshacerme de ellos.

—Por qué…

—¿Por qué lo dejamos? —Se encoge de hombros—. No lo sé. Las cosas de Nick me ponen triste. ¿Es raro?

—¿Por qué sería raro?

Sonríe con melancolía.

—Yo lo he dejado con él. No tengo permitido estar triste.

—Puedes sentirte como quieras.

—Sí, ya lo sé. Pero es complicado.

Y de pronto, parece que va a llorar. Quizás Simon tenía razón. Quizás Abby y Nick nunca debieron dejarlo.

—Así que, está lloviendo —dice Abby.

—Sí, lo escucho.

—¿Crees que deberíamos cancelar el tour?

—No lo sé.

—Es decir, probablemente no, ¿verdad? Quizás se despeje para la tarde. —Suspira y mira su móvil—. En fin, los chicos están saliendo de Boston. Acabo de tener noticias de Simon. Al parecer, Nick acaba de descubrir que ha obtenido una beca en Tufts, y parece que le gusta ese lugar.

—¿A dónde van a ir ahora?

—Wesleyan, se quedarán con Alice. Y mañana NYU.

—Eso va a ser divertido para Simon.

—Sí. —Se despereza—. Es tan gracioso. Insiste demasiado en que no le molesta mantener una relación a distancia con Bram y que haber elegido Nueva York es solo una coincidencia.

—Sí —digo, y Abby apenas sonríe.

Siento que estoy comenzando a calmarme, los latidos de mi corazón vuelven a la normalidad. Nos dirigimos de la cama al sofá, y para el mediodía estamos vestidas y empachadas de Froot Loops. La lluvia ha amainado hasta convertirse en llovizna, así que supongo que podría ser peor. Por supuesto, Abby ha traído botas de lluvia a lunares color verde brillante.

—¿Sabías que llovería?

—No. Solo me gusta llevarlas con este conjunto. ¿Es raro?

—Bastante.

Me da un golpecito en el brazo.

Pero no parece rara. Parece completamente universitaria. Siempre he sentido celos por cómo Abby combina la ropa. Consigue que parezca intencional. Por ejemplo: hoy lleva unos vaqueros ajustados y una camisa a cuadros color azul marino debajo de un jersey gris ajustado y remangado a la altura de los codos. Y las botas. Cuando yo intento vestirme en capas, es como si simplemente estuviera escondiendo algo.

Coloco mi pelo detrás de las orejas.

—¿No deberíamos ir a la oficina de admisiones?

—¡Sí! —Coge un paraguas de la maleta. Por supuesto que ha traído un paraguas.

Es un viaje corto hasta allí, y nos registramos en uno de los mostradores. Luego nos conducen a un auditorio al final del pasillo. Llegamos unos minutos antes, pero los asientos ya se están ocupando.

La verdad es que todos están acompañados por al menos uno de sus padres. Todos excepto Abby y yo.

—Deberíamos inventarnos identidades falsas —susurra Abby, sentándose junto a mí en la fila del fondo.

—¿Por qué?

—¿Por qué no? Somos totalmente anónimas en este momento.

—Te das cuenta de que estas personas serán nuestros compañeros de clase en cinco meses, ¿verdad?

Mira fijamente hacia adelante, sonriendo.

—¿Y?

—Y eres ridícula.

Me ignora.

—De ahora en adelante, tienes que llamarme Bubo Yass.

Río.

—¿Qué?

Me dedica una sonrisita engreída.

—Es un anagrama de mi nombre.

—Eso es muy Voldemort por tu parte.

—Ah, ¡he leído ese capítulo hace una semana! Muy bien. Y tu nuevo nombre es Hue Barkle.

La miro, atónita.

—¿Cómo se te ha ocurrido tan rápido?

—No lo sé.

—Abby SAT vuelve a atacar. —Sacudo la cabeza—. Gracias a Dios que doblas las páginas.

—¿Qué?

—Si no, serías demasiado perfecta. Es repugnante.

Suelta una risa.

—¿Perdón?

—Solo lo digo. —Cuento con los dedos—. Animadora, baile, club de teatro, anuario, consejo estudiantil. Calificaciones SAT perfectas…

—Solo en *Lectura Crítica*.

—Ah, vale, de modo que suspendiste Matemáticas y Escritura.

—Bueno, no.

Sonrío.

—Como dije. Perfecta.

—Bueno, tengo que serlo. —Abby se encoge de hombros.

—¿Por qué?

—¿Qué piensas? Porque así es mi vida. Porque las chicas negras tienen que esforzarse el doble. E incluso cuando lo hacemos… Bueno, ya escuchaste lo que dijo Morgan.

—Oh. Lo siento. —Me restriego la frente—. Morgan es solo…

—Pero no es solo Morgan, ¿vale? ¿Lo que dijo? Eso es apenas una pequeña parte. Siempre recibo comentarios como ese. Todo. El. Tiempo.

—Eso es una mierda.

—Sí, lo es. —Inclina la cabeza hacia mí—. No lo sé. A veces siento como si no pudiera ganar.

Abro la boca para responder, pero no tengo idea de qué decir. Durante un minuto, Abby y yo solo nos miramos. No puedo interpretar su expresión.

Al final, sonríe, casi con melancolía.

—Es lo que es.

—Supongo.

—Pero no vuelvas a llamarme *perfecta*. ¿Trato hecho? —Arruga la nariz hacia mí.

—Trato hecho.

Un hombre de la edad de mi madre se pone de pie para dar un discurso de bienvenida. Luego presenta a los guías del tour, tres chicas y un chico, todos estudiantes de último año de la UGA. Nos dividen en dos grupos y caminamos detrás de ellos hacia el aparcamiento, donde hay unos autobuses esperándonos.

—Me gustaría que este fuera un tour en un autobús de dos pisos.

—O en uno de esos *duck tours*.

La miro.

—¿Qué mierda es un *duck tour*?

—Dilo más alto que no te han escuchado todos —dice Abby.

—Cállate. —Nos dejamos caer en un asiento.

—Bueno, los *duck tours* son esos botes que circulan por tierra y agua. —Algo de mi expresión la hace soltar una risita—. No, en serio, búscalo en Google. Existen de verdad en D. C.

Comienzo a responder, pero luego me doy cuenta de que una de las guías del tour, Fátima, está diciendo algo importante ahora mismo.

—Lo verán a su izquierda —dice— y *es* parte del plan de comidas.

De inmediato, un padre lanza varias preguntas trepidantes acerca de las restricciones alimentarias de su hijo. Fátima se muestra impávida.

—Los comedores contemplan de manera absoluta a los estudiantes que tienen alergias alimentarias —comienza.

—Bueno, mi hija es vegana —interrumpe una madre y le lanza una mirada fulminante a Fátima como si estuviera presentándole un desafío.

—No hay ningún problema. Hay muchas opciones veganas…

La madre vuelve a interrumpirla.

—Apreciaría algo un poco más específico que «muchas opciones veganas». —Hace comillas con los dedos mientras lo dice. La hija vegana en cuestión se encoge en su asiento como si estuviera intentando desaparecer.

—Ahora sabes por qué no quería a mis padres aquí —murmura Abby.

—Ni lo menciones.

—Te lo aseguro, en este momento mi padre estaría preguntando cómo van a separar los dormitorios de acuerdo al género.

—Eh… no lo van a hacer —digo, y esbozo una sonrisita—. Porque es la universidad.

—Sí, no le llegó ese folleto.

Es decir, esa es la manera de evitar que la gente se acueste, señor Suso. Totalmente infalible, excepto por el hecho de que los gays existen. ¿Cómo puede ser que el padre de Abby no se dé cuenta de eso? En serio, ¿cómo una persona que tiene una hermana lesbiana no considera esa posibilidad?

No que *sea* una posibilidad. No por Abby de todas maneras. Porque Abby es lo más hetero que existe.

♫

Horas más tarde, estoy en el baño de Caitlin intentando delinearme los ojos. Ya me he rendido con mi pelo. Mi pelo es un imbécil.

—Mierda.

—¿Estás bien? —pregunta Abby, espiando por la puerta.

—Herida de delineador.

—He pasado por eso. —Hace una mueca de dolor—. Ey, ¿puedo pasar?

—Por supuesto. —Doy un paso al lado para hacerle lugar. Apoya un envase que tiene algo pegajoso y blanco junto al lavabo y comienza a mojarse el cabello—. ¿Qué es eso? —pregunto.

—Crema para rizos —dice. Luego vuelca un poco en su mano—. Hace que mantengan su forma.

De verdad me encanta tu pelo, pienso.

—Es bueno saberlo —digo.

—¿Cómo piensas vestirte? —pregunta, pasando las manos entre el pelo.

—Eh. ¿Con esto? ¿Y mis botas? No he traído ropa extra.

—Eso servirá.

—¿Tú sí has traído otra ropa? —La veo sonreír en el espejo—. Mírate, qué lista. —Destapo la máscara de pestañas.

Abby me observa durante un momento.

—Tus ojos son muy verdes.

Me sonrojo.

—Es la luz.

—Mmmmm. Son realmente bonitos.

177

Mi estómago da un salto. Intento concentrarme en mis pestañas. Que no se parecen en nada a las suyas. Las pestañas de Abby deberían tener su propio código postal.

Sale, y luego regresa con un bolso de maquillaje. Ni siquiera sabía que usaba maquillaje. Por lo que sé, no lo hace normalmente, al menos no en el instituto. Pero sabe lo que hace, empolva y difumina hasta que su piel brilla y sus ojos parecen grandes y suaves.

—Será divertido, ¿verdad? —dice, mirándome.

—Si tú lo dices.

Encuentra mi mirada en el espejo y sonríe antes de dirigirse al dormitorio para cambiarse.

♫

La fiesta comienza a las ocho y media, pero Abby no quiere llegar allí sino hasta después de las nueve.

—*De verdad* no podemos ser las primeras en llegar —dice.

Nos hacemos unas selfies mientras esperamos, y nos lleva aproximadamente mil intentos conseguir una que satisfaga a Abby. Eso es extrañamente reconfortante. Siempre pensé que las chicas mágicas como Abby conseguían sus selfies en el primer intento. Se la envía a Simon, y él responde de inmediato.

Guau.

Con un punto. Y es extraño cómo ese punto hace pensar que habla en serio. Me miro las rodillas.

Abby me propina un empujoncito, sonriendo.

—¿Deberíamos ir yendo?

—Sí.

Caminamos hasta los ascensores y, antes de presionar el botón del quinto piso, Abby coge mi mano y la aprieta con rapidez.

Es extraño e irreal estar aquí, estar haciendo esto. Es como un pequeño viaje en el tiempo. Estas podríamos ser nosotras el próximo año, yendo a fiestas de los martes por la noche fuera del campus.

No estoy al cien por cien segura de cómo me siento al respecto.

O de cómo interpretar el hecho de que todavía me está cogiendo de la mano. ¿Por qué las chicas hetero hacen eso?

Revisa el número de apartamento una vez más, y luego toca la puerta.

Se abre de inmediato.

—¡Abby! —exclama Caitlin. Está sosteniendo una bebida, algo rosa en un vaso de plástico transparente—. Chicos, ¡venid a conocer a Abby y a Leah! Son amigas de mi hermano.

—Solo para que lo sepas, nunca conocí al hermano de Caitlin —murmura Abby en mi oído. La sigo por el apartamento, el corazón latiéndome con fuerza en el pecho.

La distribución es idéntica a la del apartamento de Caitlin —los mismos ambientes, los mismos electrodomésticos cromados— pero la decoración es tan diferente que me desorienta un poco. Está iluminado solo por unas lámparas de pie de luz tenue y una maraña de luces navideñas colgantes. Hay un gigantesco tapiz batik rojo y violeta desplegado sobre una pared y cojines tejidos en todas las superficies. Estoy segura de que no hay televisión.

Hay solo ocho o nueve personas además de nosotras, todas amontonadas en el sofá y alrededor de la mesa de la cocina. Un chico con barba toca la guitarra mientras dos chicas lo acompañan cantando en armonía. Conocemos a Eva, quien es absolutamente preciosa, alta, un tanto andrógina, de piel color café claro y pelo muy corto. Caitlin apoya las manos en nuestros hombros y pregunta si queremos algo para beber.

Abby dice que sí, y supongo que eso me molesta un poco. A veces pienso que soy la única persona en el mundo que no bebe alcohol.

—¡Ay, Abby, amo tus botas! —exclama Caitlin, después de regresar unos minutos más tarde con un vaso de plástico. Todos nos sentamos en el suelo con las piernas cruzadas.

Abby lleva puestas las botas que compró ayer y una falda corta estampada, y el efecto es apabullante. Es demasiado perfecta. Casi me molesta.

—Ey. —Abby me clava el dedo en el brazo—. ¿Por qué me estás mirando así?

—¿Así cómo? —*Mierda*. Se me incendian las mejillas.

—Como si quisieras asesinarme.

Durante un minuto, me quedo sin palabras. Nunca le he estado tan agradecida a mi rostro de perra permanente. Nunca.

Eva se deja caer junto a mí.

—Así que… Caitlin dice que eres baterista.

—Eso intento.

—¿Eso intentas? —Abby me propina un empujoncito—. Es una baterista increíble. En serio, *espectacular*.

—Ah —dice Eva, y se vuelve hacia el guitarrista, que está sentado en el sofá—. Tom, la amiga de Caitlin es baterista.

—¿En serio? —pregunta el chico barbudo.

—En serio —responde Eva. Después se vuelve hacia mí—. No sé si Caitlin te lo ha mencionado, pero necesitarán a una nueva baterista después de que me gradúe. Tú estarás en primero, ¿verdad?

Asiento.

—Interesante —dice Eva.

Mientras tanto, Tom y las cantantes armónicas se han acercado. Las chicas se presentan como Victoria y Nodvalea, y me abrazan como si nada. Como si fuera un apretón de manos. También abrazan a Abby.

Es como si alguien desprendiera el cerebro de mi cuerpo. Estoy aquí, pero no estoy aquí. Sonriendo como si fuera un acto reflejo. Asintiendo sin saber por qué.

—Sin presiones, de todas maneras —dice Nodvalea.

Levanto la mirada con un sobresalto y me doy cuenta de que todos me están observando.

—Yo...

—¿Alguna vez has tocado una batería electrónica? —pregunta Eva—. He necesitado un tiempo para acostumbrarme, pero ahora ya la controlo.

—La batería de Nick es electrónica, ¿verdad? —dice Abby.

Asiento lentamente.

—Bueno, si tienes ganas, nos encantaría escucharte tocar —propone Tom.

—¿Ahora mismo?

—Claro.

—Está bien. —Me siento aturdida. Mierda. Estoy en una fiesta universitaria repleta de gente estupenda y creo que acaban de invitarme a una prueba para un grupo de música.

—Voy a buscar mis auriculares —dice Eva.

Cinco minutos más tarde, estoy sentada en la banqueta de la batería en el dormitorio de Eva mientras Abby se sienta en la silla de escritorio, los brazos envolviendo sus rodillas. Mientras tanto, Eva, Nodvalea, Tom y Victoria se desparraman en la cama. El corazón me golpea contra las costillas. Ni siquiera sé por qué me molesto en tocar. Simplemente podría conectar un micrófono a mi pecho.

Coloco los auriculares de Eva sobre mis orejas y doy unos golpecitos de prueba contra el redoblante. Las baterías electrónicas siempre me desconciertan durante un segundo. Por no mencionar el hecho de que estoy siendo observada por un grupo de músicos de verdad que tocan en un grupo universitario.

Y por Abby.

A veces soy muy *consciente* de su presencia.

Pero esto es tocar la batería, y sé cómo hacerlo. Si pude tocar tan bien en el show de talentos del instituto dos años seguidos, puedo hacerlo ahora. De hecho, es más fácil con auriculares. Hacen que sienta que mis ritmos son un secreto, que solo viven entre mis oídos. Aunque sé que eso no es verdad. El sonido no es ensordecedor, como con un equipo acústico, pero es posible escuchar cada *pum* y *pam* en el *pad*. Solo tengo que dejar de pensar demasiado.

Tengo que concentrarme. Tengo que encontrar el tiempo de la canción y seguirlo. Cierro los ojos mientras las baquetas encuentran los *pads*. Voy a fingir que estoy pasando el rato en el sótano de Nick. Ni siquiera tengo que tocar una canción real. Solo voy a ir adonde me lleven las manos.

Cuando abro los ojos, Tom está siguiendo el tiempo con la cabeza, golpeteando las yemas de los dedos como si fueran los trastes de una guitarra, como lo hace Nick. Los ojos de Nodvalea están cerrados. Y veo que Eva articula un *guau* hacia Victoria.

Sonrío, las mejillas ardientes. Y Abby también sonríe.

No diría que Abby está borracha, pero tiene los ojos brillantes y está muy sonriente. Se apoya contra mí durante todo el trayecto de regreso al apartamento de Caitlin.

—Ha sido increíble —dice—. ¿No estás contenta de haber ido?

—Sí —admito.

—Has estado genial. Yo estaba como *guau*. Esta chica está tocando para esta gente universitaria como si nada.

Río.

—Vale.

—Los llamarás, ¿verdad? Serás su baterista y yo iré a todos tus recitales, y cuando seas famosa, les contaré a todos que te conozco. —Se deja caer en el sofá y se quita las botas—. ¿Piensas utilizar un nombre artístico?

—Creo que nos estamos adelantando un poco.

Me quito las botas y me coloco en el extremo opuesto del sofá. Resulta gracioso que habiendo estado aquí menos de dos días ya tengamos establecidos nuestros territorios en el sofá. Yo a la izquierda y Abby a la derecha. Un océano de espacio vacío entre nosotras.

Se recuesta y suspira con alegría.

—Por esto me encanta estar soltera. Porque puedo salir contigo y no tengo que correr arriba a llamar a mi novio. —Estira el pie para darle un golpecito al mío—. Puedo vivir el momento simplemente. Me encanta esto.

—Bueno, bien.

Me mira de reojo.

—Pero tienes que dejar de tener tanto talento. No puedo soportarlo.

—Lo siento.

Sonríe.

—No te disculpes.

Mi corazón late con suavidad. Se encuentra apenas a una mano de distancia de mí.

—En realidad deberías disculparte.

Río con nerviosismo.

—¿Por qué?

—Por hacer que me cuestione cosas.

La miro.

—¿Que te cuestiones qué?

—Cosas.

—No te entiendo.

—Digamos que realmente he disfrutado viéndote tocar. —Esboza su sonrisa más pequeña.

—¿Verme tocar la batería ha hecho que te cuestiones cosas?

—Sí. —Sus ojos viajan al suelo—. ¿Puedo hacerte una pregunta?

Y en un abrir y cerrar de ojos, mi corazón late a toda velocidad. Algo simplemente ha cambiado. No puedo explicarlo, pero lo siento.

—Adelante.

—Quiero saber quién te gusta.

—Pregunta difícil. Odio a todos.

Ríe.

—Bueno, entonces, ¿a quién odias menos?

—No quiero responder eso.

Las comisuras de su boca se elevan.

—Entonces, tienes que escoger Atrevimiento.

—No me he dado cuenta de que estábamos jugando a Verdad o Atrevimiento.

—Por supuesto que estábamos jugando. —Levanta las piernas y se vuelve para mirarme, y parece que está a punto de echarse a reír. Pero no lo hace.

Se me corta la respiración.

—Te reto a que me beses —dice.

Mi cerebro entero entra en cortocircuito. Me quedo mirándola, sin palabras.

—Si quieres —añade, y aprieta los labios.

—¿Tú quieres?

Asiente, sonriendo débilmente.

—¿De verdad?

—¿Tú no sientes curiosidad?

—No lo sé. —Mi corazón está desbocado. Nunca antes he besado a alguien. He pasado demasiadas horas preocupándome por ello. Arruinaré todo. Sé que lo haré. Seré torpe o húmeda o demasiado pasiva o demasiado impaciente.

Abby ríe por lo bajo.

—Leah, relájate.

—Estoy relajada. Es que…

Y de pronto, sus labios están sobre los míos. Y me quedo helada.

Por qué.

Mierda.

Esto es real. Estoy besando a una persona, y esa persona es Abby. No tiene sentido.

Pero sus dedos rozan la línea de mi mandíbula, su pulgar está en mi mentón. Un millón de detalles me sacuden al mismo tiempo. Cómo se tocan nuestras rodillas. Cómo mis labios se mueven contra los suyos. Saben a ponche de frutas y a vodka. No me puedo creer que esto esté sucediendo. Mis manos encuentran sus mejillas y...

Dios. ¿Qué demonios estoy haciendo? No me gusta Abby. No me puede gustar Abby. Y definitivamente no puedo besarla. Ni siquiera quiero besarla. Vale, quizás sí quería hacerlo. Pero eso no fue nada. Un mes de mi vida, años y años atrás. Está enterrado. Asunto cerrado. Y no puedo...

Guau. Mi corazón no deja de golpear con fuerza. Mierda. Mierda. Mierda. Porque tal vez no ha sido años atrás. Quizás es ahora. Quizás ha sido siempre.

Es como una luz parpadeando dentro de mi pecho. En mi garganta. Debajo de mi estómago. No sé cómo explicarlo. No creo que mi cerebro esté funcionando.

Abby se retira del beso y se desploma contra los cojines del sofá. Parece aturdida, casi sin aliento. Durante un instante, nos miramos simplemente.

Luego ríe y dice:

—Somos bastante buenas para ser dos chicas hetero.

—No soy hetero.

Se queda paralizada.

—Espera... ¿qué?

El aire se escapa de mis pulmones.

—Leah. —Abby intenta cogerme de la mano, pero yo la retiro con brusquedad.

—No.

—Lo siento —dice en voz baja, y cierra los ojos—. No... no tenía idea.

—Sí, bueno. —Me encojo de hombros. Como si no fuera nada. Como si no importara.

Excepto que de pronto estoy tan enfadada que estoy temblando.

—Dios, Abby, ¿tan tonta eres? ¿En serio? ¿Hago un dibujo en el que estamos prácticamente una encima de la otra y no se te ocurre que quizás, solo quizás, tú me gustas?

Sacude la cabeza.

—No sabía…

—Y luego dices: «Ah, tengo un secreto, estoy tan nerviosa». ¿Cómo se supone que debo interpretar eso? Pero no importa, porque ¡*tachán!* Está Nick. Y ahora estás coqueteando con él. Y ahora estás saliendo con él. Y en el minuto en el que estás soltera, aquí estás, coqueteando abiertamente conmigo, otra vez. Pero por supuesto, no significa nada, porque eres muy jodidamente heterosexual. ¿Y después me besas? —Se me rompe la voz—. Este ha sido mi primer beso, Abby.

Arruga el rostro.

—Lo siento.

—No importa. —Cierro los ojos de pronto—. Ni siquiera me importa. Simplemente no juegues conmigo. Por favor.

—No ha sido mi intención.

—Entonces, ¿por qué me has besado?

—Porque quería —dice—. Y quería hacerlo en la casa de Morgan.

Mis pulmones se vacían con un solo resoplido feroz.

—¿Qué?

—Ese era el secreto. Era eso. Quería besarte, pero tenía miedo. —Se le corta la voz—. E intenté decírtelo un millón de veces, pero no pude.

—¿Por qué no?

—Porque, Leah, eres aterradora. Dios. La mitad de las veces pienso que me odias.

Ni siquiera puedo mirarla. Es como si me hubieran bloqueado.

Abby está a punto de llorar.

—Solo me siento *tan*... no sé qué hacer. Mi prima Cassie hace poco remarcaba lo egoísta y espantoso que es que las chicas hetero coqueteen con las lesbianas porque están aburridas o sienten curiosidad...

—O porque acaban de terminar con sus novios.

—O eso. —Abby hace un gesto de dolor—. Pero pensé que eras heterosexual. Lo juro.

—¿Y entonces me besaste? Eso no tiene sentido.

—Quiero decir, pensé que éramos dos chicas heterosexuales experimentando.

Mi corazón se retuerce.

—Bueno, no lo somos.

—Ahora lo sé. —Solloza—. Lo siento tanto. En serio. No quería ser la típica chica hetero que usa a la gente. Pero entonces pienso, quizás en realidad no soy hetero. No lo sé. Me he enamorado antes, pero nunca...

—¿Te has enamorado de chicas?

Abby se encoge de hombros.

—Y ahora qué, ¿piensas que eres bi?

—Tú me lo has hecho pensar.

Mi corazón se detiene.

Abby se cubre el rostro con las manos.

—No sé, es solo que. —Respira hondo—. ¿Quieres escucharme hablar de la gente que me gustó? ¿Quieres saber por qué seguí en contacto con Caitlin?

Me da un vuelco el corazón.

—La verdad es que no.

—Leah, no es... Dios. Es heterosexual, ¿vale? Yo he tenido novio, ella tiene novio y es hetero, y yo estoy fastidiando esto. No lo sé. —Exhala—. No me gusta Caitlin, ¿vale? Apenas la conozco.

—Da igual. Es mona.

—Tú también —susurra Abby. No puedo evitar mirarla. Se está abrazando las rodillas, las pestañas repletas de lágrimas—. Y quiero que seamos amigas. O algo. No lo sé. Solo odio esto.

Se enjuga las lágrimas, y mi cerebro se desarma. No puedo lidiar con esta chica. No puedo.

Hace que quiera meterme la mano en el pecho y arrancarme el corazón.

♪

Abby pasa la mitad de la noche intentando convencerme de que no duerma en el sofá.

—Ya me siento una mierda —dice—. En serio, usa la cama.

—Ay, Dios. —Arrastro una almohada y una manta hacia la sala de estar—. Está bien, ¿vale? Solo para ya.

—Dormiré en la silla.

Pongo los ojos en blanco.

—Esa es tu elección.

Y supongo que ambas somos demasiado tercas, porque la cama se queda vacía toda la noche. Cuando despierto, veo a Abby en la silla de IKEA de Caitlin, la cabeza inclinada un poco hacia un lado, como si estuviera durmiendo en un avión. Durante unos minutos, la observo. Quizás eso me convierte en un pequeño vampiro depravado, pero no puedo evitarlo.

Está abrazando una almohada, las manos entrelazadas, y la almohada se eleva y cae con su pecho. Tiene los labios apenas separados. Y de pronto se forma en mi cabeza una imagen mental de ella de niña, lo que me provoca este nudo en el estómago que no puedo explicar. No es atracción, porque obviamente no me atraen los niños. Es más bien melancolía. Solo

189

este extraño deseo de haberla podido conocer por aquel entonces.

Se despierta poco después y guardamos nuestras cosas en silencio. Apenas puedo respirar, me siento demasiado tensa e incómoda. Tengo esta sensación de que mi piel se resquebrajaría si alguien la tocara. No sé cómo sobreviviremos el viaje de regreso a casa.

Caitlin viene a las diez para buscar la llave y despedirse, y cuando la miro, lo único en lo que puedo pensar es en lo que dijo Abby ayer por la noche. *¿Quieres saber por qué seguí en contacto con Caitlin?*

Pero no puedo estar celosa de Caitlin. No soy tan imbécil. Esta chica me ha prestado un apartamento, un permiso para aparcar y, posiblemente, un nuevo grupo de música.

—Me alegra mucho que estemos juntas el año que viene —dice, y nos abraza a ambas.

Mi estómago salta un poquito. Todavía me sorprende que este no sea un fin de semana anómalo cualquiera. Esto es un adelanto de la vida real. Estos lugares, esta gente, esta extraña sensación de libertad.

Llegamos al coche de Abby, y Caitlin nos abraza una vez más a cada una.

—Manteneos en contacto, ¿vale?

Nos ayuda a cargar nuestro equipaje y se retira, y vuelvo a quedarme a solas con Abby. Me paseo con nerviosismo cerca del maletero.

—¿Quieres que conduzca?

—Ah, no te preocupes. —Pero luego duda—. A menos que tú quieras.

—Me da igual.

Me mira.

—Abby, en serio, me da igual.

Asiente despacio.

—Está bien. —Sonríe vagamente—. Conduciré yo. Tú relájate.

Me coloco en el asiento del acompañante y dejo preparada la lista de canciones mientras Abby se incorpora a la autopista. Definitivamente, la lista melancólica esta vez: Nick Drake y Driftwood Scarecrow y Sufjan Stevens. Durante casi veinte minutos, ninguna de las dos dice una sola palabra. Abby claramente está en agonía. No deja de abrir y cerrar la boca y sus ojos viajan de forma constante hacia mí. No creo que Abby Suso sea capaz de estar en silencio.

Dicho y hecho, lo rompe antes de que salgamos de Watkinsville.

—¿Y? ¿Piensas hacer la prueba para entrar en el grupo?

—Probablemente no.

—¿De verdad? —Frunce el ceño—. ¿Por qué no?

—Porque soy una baterista mediocre.

—¿Hablas en serio?

Hago un gesto de desdén.

—Ni siquiera tengo una batería.

—Conseguirás una.

—No puedo pagar una.

Abby sujeta con fuerza el volante.

—¿Cuánto cuestan?

—No lo sé. Un par de cientos de dólares.

—Bueno, entonces quizás podrías conseguir un trabajo. —De inmediato hace una mueca—. Uh, eso ha sonado muy condescendiente. No he querido decirlo de esa forma.

Sacudo la cabeza.

—Está bien. Pero sí, no tengo coche, así que…

—Pero el año que viene. Estaremos muy cerca del centro de Atenas, o quizás encuentres algo en el campus. Yo lo intentaré.

—Puede ser. —Miro por la ventanilla.

—O —dice, y hay un cambio en su voz—. Tal vez podrías ganar dinero con tus dibujos.

—Mmm. No lo creo.

—En serio. ¿Alguna vez has considerado subir algunos de ellos a internet? ¿Solo para ver qué sucede?

—Abby, estoy en internet.

—¿Tienes un blog de arte?

—Te enviaré el enlace si quieres.

—Por favor. —Sonríe—. Leah, esto es perfecto.

—Bueno, son todos dibujos de fandoms. No gano dinero con ellos.

Hace una pausa durante un instante.

—¿Y qué piensas de hacer dibujos por encargo?

Es gracioso, ya he pensado en eso. A veces, incluso recibo mensajes privados pidiéndome encargos. Pero nunca había tomado la idea en serio. Es difícil imaginar que alguien mire mis espantosos dibujos y quiera darme dinero.

—O —Abby me echa un vistazo—, podrías tener una tienda online. Quizás podrías subir algunos diseños y luego la gente podría encargar impresiones o fundas para teléfono o cosas por el estilo.

—Mmmmm.

—De verdad pienso que podrías ganar una cantidad decente de dinero, ¿sabes? Y luego lo podrías usar en comprarte una batería. Sería perfecto.

—No estoy segura de por qué te importa.

Hace una mueca de desilusión.

—Porque me importa.

Dios. Soy tan idiota. Sé que lo soy. Abby solo está intentando ayudar. Y sus ideas ni siquiera son tan horribles. Es decir, ¿no sería genial ganar dinero con mi arte? Ser capaz de comprar algo una vez en mi vida. Quizás hasta podría ayudar a mi madre después de graduarme. No es que me oponga a lo que Abby está diciendo. Solo siento ganas de ser malvada con ella.

Es horrible, lo sé. Pero es lo que sucede.

Cuando llego a casa, hay una bolsa de Nordstrom sobre mi cama. Mi vestido amarillo. Lo sé aun antes de mirar su interior. Mi estómago se retuerce en cuanto lo veo.

Llamo a mi madre por FaceTime al trabajo.

—¿Qué demonios es esto?

—Guau. Esa no es la reacción que estaba esperando.

—No podemos pagar esto. —Siento calor en las mejillas—. Lo devolveré.

—Leah.

—No gastaremos doscientos cincuenta dólares en un…

Me interrumpe.

—Bueno, antes de nada, no costó doscientos cincuenta dólares. Estaba en oferta.

—No te creo.

Levanta las palmas.

—Bueno, es verdad. Tenía un diez por ciento de descuento y conseguí un quince por ciento adicional por suscribirme a la lista de emails.

—Aún son casi doscientos dólares.

—Lee, no tienes que preocuparte por esto.

—¿Cómo puedo no preocuparme? —Una vez más se está formando un nudo en mi garganta. Esto es ridículo. Ni siquiera soy de las que lloran, pero últimamente estoy pasando la mitad de mi vida al borde del colapso.

—Leah, estamos bien. Lo sabes, ¿verdad? —Se restriega el puente de la nariz—. He cobrado todas esas horas extra del mes pasado y tenemos que recibir otro cheque de tu padre...

—No quiero que él pague esto.

—¿Pero estás de acuerdo con que pague tu teléfono? ¿Tus blocs de dibujo? Lee, así es cómo funciona la manutención.

—Bueno, no me gusta.

—Vale, ¿sabes qué? Solo pagará otros dos meses y luego podrás ser tan independiente en lo financiero como quieras, pero ¿podemos decir por ahora, ey, ya está? Ya está pagado. Él puede pagarlo. —Sacude la cabeza—. ¿Tienes que hacer que todo sea difícil?

—¿Perdón? —digo. Y durante un instante solo nos miramos la una a la otra.

Exhala y deja caer los hombros.

—Mira, ¿podemos hablar de esto cuando llegue a casa?

—Eh. Si tú quieres.

—Está bien. De acuerdo. Cariño, por favor no te preocupes por el dinero, ¿vale? Estamos bien, lo prometo.

Aprieto los labios.

—Leah, en serio. Estamos bien. No lo hubiera comprado si no pudiéramos pagarlo. Sabes eso, ¿verdad?

—Sí. —Siento que me ablando.

—Te quiero, ¿vale? Estaré en casa a las seis. Estoy impaciente por saber cómo te ha ido en el viaje.

—Yo también te quiero —murmuro—. Y gracias por el vestido. Supongo.

Resopla.

—Quédate tranquila, Leah. Y de nada.

Pero no estoy tranquila. Ni un poco. Rasgo la bolsa del vestido cuando cortamos la comunicación. Me quedo mirándolo.

Es tan perfecto como lo recuerdo. Quizás más perfecto todavía. Me había olvidado de lo increíble que pueden llegar a ser las flores.

Me quito los vaqueros, me enfundo en el vestido y subo la cremallera de la espalda. La falda acaricia el suelo durante todo el camino hacia el baño. Estamos hablando de un nivel de vuelo digno de *La Bella y la Bestia*. Me encanta demasiado.

Enciendo la luz del baño y contemplo mi reflejo. Es como una especie de milagro: no me veo como una mierda. El amarillo del vestido hace que mi piel parezca cremosa, y mi cabello cae en ondas sueltas por debajo de mis hombros. Incluso mis mejillas parecen redondeadas y con el color de una manzana. Ahora solo quiero mirarme al espejo hasta memorizar mi imagen. Quiero proyectar esta versión de mí misma en cada uno de mis sueños. Esta Leah podría dar patadas a cualquier trasero. Podría dar besos durante *días.*

Cuando regreso a mi habitación, la pantalla del teléfono se ilumina con un mensaje. Me desplomo en la cama, todavía con el vestido puesto.

Es Anna. ¿Estás de regreso?

Quiero responderle que no. Quizás podría desaparecer durante el resto de las vacaciones de primavera. Podría encerrarme en mi habitación y no hablar con nadie y pasar los próximos cuatro días inmersa en mi repertorio infinito de sueños. Como ese en el que estoy tocando la batería bajo una luz estroboscópica, llevando mi vestido de graduación y siendo un completo éxito; después Abby encuentra mi mirada desde la audiencia y la música se vuelve más lenta, y me sonríe con esa media sonrisa tranquila que solo me dedica porque está intentando literalmente hacerme añicos.

¡Te echo de menos! Agrega Anna. ¿Quieres ir al Starbucks el viernes?

Sí. Y ahora me siento una idiota, porque ni siquiera he pensado en Anna durante días. A duras penas recordaba que existía. Y a pesar de que estoy enfadada con Morgan, Anna no ha hecho nada malo. Solo soy una amiga negligente de porquería.

¡Sí! ¿Solo nosotras?

Me responde con un emoji sonriente.

♪♩

Por suerte, Anna se despierta temprano, de modo que voy directa al Starbucks después de dejar a mi madre en el trabajo. Pero me he olvidado de lo jodidamente horrible que es este lugar los viernes a la mañana. La fila de coches para pedidos es tan larga que apenas consigo entrar en el aparcamiento, por lo que termino aparcando en el club de estrípers de al lado. He llegado cinco minutos antes, pero el coche de Anna ya está aquí, y en cuanto entro la veo de espaldas, el cabello oscuro recogido en una coleta bien hecha.

Está sentada frente a Morgan.

Estoy tan furiosa que podría vomitar. Mi estómago literalmente se revuelve. Morgan encuentra mi mirada y le murmura algo a Anna, quien se vuelve para sonreírme. Me hace un gesto para que me acerque.

Solo me quedo allí, mirándolas.

Anna vuelve a girarse, se inclina hacia Morgan, apoya la mano sobre la de ella y se pone de pie. Luego camina directa hacia mí.

—¿Es una broma? —le pregunto.

—Leah, no. Vamos. Tenéis que hablar.

—No puedo creer que me hayas mentido.

Anna hace una mueca.

—No te he mentido.

—Dijiste que seríamos nosotras dos.

—Técnicamente, te respondí con un emoji muy ambiguo.

—¡Era uno sonriente! Eso no es ambiguo. —Miro por encima de su hombro a Morgan, quien dibuja una sonrisa vacilante. Sí, no. Desvío la mirada con rapidez—. Sabías que no quería hablar con ella.

Anna pone los ojos en blanco.

—Está bien, ¿te das cuenta siquiera de lo ridícula que estás siendo? Es el último curso. Nos quedan dos meses de instituto. Y listo. Y vosotras habéis sido amigas desde primaria. ¿Vais a echar todo por la borda? ¿Eres así de cabezota?

—No te atrevas a sugerir que todo esto es mi culpa.

—Dios, solo para ya. —Anna suspira—. Leah, ella sabe que la cagó. Ha estado muy triste. Dijo algo estúpido. ¿No puedes simplemente dejar que se disculpe?

—Debería disculparse con Abby.

—Bueno, tú eres la que está enfadada por esto.

—¿Piensas que Abby no? —De pronto siento las mejillas ardientes. Ni siquiera puedo decir su nombre sin sonrojarme.

—Sí, me he estado preguntando eso. ¿Cómo sabe Abby lo que dijo Morgan? —pregunta Anna con los ojos entrecerrados.

—¿Me estás preguntando si fui yo la que se lo contó?

Anna se encoge de hombros.

—Ay, Dios. ¿En serio te estás concentrando en eso ahora?

—Leah, no hagas esto. —Suspira—. ¿No puedes hablar con Morgan? ¿Por favor? —Su voz se vuelve más suave—. Realmente estoy harta de estar en medio.

—Entonces, deja de meterte en medio.

—¿Puedes parar? ¿Sí? Solo quiero que las cosas sean normales. No tenemos mucho más tiempo.

La miro, y de pronto tengo once años. Un desastre pecoso de sexto año sin amigos. Literalmente ninguno. Iba al instituto, regresaba a casa y veía la televisión con mi madre. Pasaba los almuerzos leyendo manga en el baño. Fue justo después de que mi padre se fuera, así que mi madre siempre estaba enfadada o triste, y lo que sucede con Morgan y Anna es que fueron las primeras a quienes les importé. Fueron mis amigas incluso antes de conocer a Simon y a Nick. Así que, tal vez sí soy una idiota. Quizás mi reacción sea exagerada.

Lo juro por Dios, alguien ha atado un nudo en mi estómago.

Anna sacude la cabeza con lentitud.

—¿Qué viene después? ¿Encontrarás una razón para odiarme a mí? ¿A Nick? ¿A Simon? ¿Nos apartarás a todos porque no puedes lidiar con las despedidas?

—Eso es una tontería y lo sabes.

—¿Lo es?

—Esto no se trata de mí —suelto—. Morgan dijo algo racista. Y no le pidió disculpas a Abby. Es eso. Esta conversación ha terminado.

Giro sobre mis talones y salgo del Starbucks a las zancadas. Y dejo a Anna quieta enfrente del mostrador con la boca abierta.

Simon me envía un mensaje incluso antes de que me suba al coche. ¿Puedes venir a la Casa de los Gofres? ¿Ahora?

Le respondo al instante. Qué coincidencia siniestra. Justo estaba saliendo del Starbucks. Casi me pregunto si él lo sabía. La Casa de los Gofres se encuentra tan cerca que podría ir caminando.

Ah genial, estamos al fondo, ¡búscanos!

Mi estómago se retuerce. ¿Búscanos?

A mí y a Nick, responde.

Mierda. Una mierda estelar.

Dios, no puedo lidiar con la idea de enfrentarme a Nick ahora mismo. Ni siquiera sé cómo lo voy a mirar a los ojos. ¿Qué sucederá si simplemente lo descubre? ¿Y si se entera por mi expresión? *¡Adivina qué, Nick! ¡Adivina lo que hice! ¡Con tu exnovia! ¡De quien todavía estás enamorado!*

Lo que quiero decir es que esta no es una cagada menor. Esto es directamente un delito de amistad.

Miro la pantalla de mi teléfono y me pregunto cómo podré salir de esto. Quizás ahora sea el momento para uno de esos ataques de diarrea ficticios que a Simon, extrañamente, le gustan tanto.

O no. No lo sé. Supongo que en algún momento tendré que encarar a Nick.

Estaré en cinco minutos, respondo.

Eres la mejor, escribe Simon.

El clima es tan cálido y ventoso fuera que creo que elijo caminar. Dejaré el coche en el aparcamiento del club de estrípers. No sería la primera vez que un coche aparcase allí durante horas.

Cuando llego, están desplomados en lados opuestos de un reservado, compartiendo un gofre. Es una escena jodidamente triste.

—Hola —digo, y me deslizo junto a Simon.

Nick levanta la cabeza.

—¡Hola! Bienvenida. ¿Cómo os ha ido en el *road trip*?

Mi corazón se retuerce cuando lo pregunta. Quizás algún día las palabras *road trip* no me recuerden a Abby. Levanto las piernas, las cruzo sobre el asiento y aprieto los labios.

—Bien.

—Bien. —Asiente con rapidez—. Eh, me estaba preguntando...

—Allá vamos —murmura Simon.

Una camarera aparece en el reservado y pido un gofre y un café negro. Sin rodeos. Pero en cuanto se retira, Nick vuelve al ataque.

—¿Cómo estuvo Abby? Eh, estuvo bien o, digo, no sé. ¿Actuó de forma extraña?

Mierda.

—A mí me pareció...

—¿Cómo si estuviera llorando?

—Eh. ¿Un poquito?

Bueno, es verdad. Lloró un poquito. Justo después de que la increpara. Que fue justo después del beso.

—¡Ah! Bueno. —Los ojos de Nick se agrandan—. Eso es... bueno, es bueno saberlo.

Salto con pánico a otro tema.

—¿Y cómo os fue a vosotros durante el viaje?

—Fue genial —dice Simon. Se le corta un poco la voz.

Pero antes de que pueda preguntarle qué sucede, Nick está hablando otra vez.

—Simplemente la echo de menos, ¿sabéis? No hemos hablado en una semana. Siempre estoy a punto de llamarla. Es demasiado automático. Es solo que. Uff. —Se restriega la frente—. Fue un error, ¿no? No deberíamos haberlo dejado.

—Bueno —dice Simon con cuidado—. Ella fue quién lo dejó.

Es como si Nick ni siquiera lo escuchara.

—Debí haber luchado por ella. —Le tiembla la voz—. Fue lo mejor que me pasó y simplemente la he dejado ir. ¿En qué estaba pensando?

Simon me lanza una mirada.

—Bueno, tú no has hecho nada malo —digo al final.

—No he luchado lo suficiente. —Sacude la cabeza—. Debí haber solicitado entrar en Georgia.

—Pero a ti te gusta Tufts —dice Simon con incertidumbre.

—A mí me gusta Abby.

Me siento casi mareada. No puedo ordenar mis pensamientos. Lo único que sé es esto: Nick quiere a Abby. Yo he besado a Abby. Y si él lo descubre, no creo que vuelva a estar bien alguna vez. Nunca lo superaría.

—Espera. —Me mira de pronto—. ¿Ha estado con alguien?

—¿Qué?

—Lo ha hecho, ¿verdad?

—Nick —suspira Simon.

—Solo dímelo. —Se inclina hacia adelante—. ¿Quién fue, algún tipo de alguna fraternidad?

—Eh.

—Mierda. Lo sabía. —Se reclina contra el reservado—. Mierda. No puedo creerlo.

Lo juro por Dios, estoy a punto de morir. Mi estómago se retuerce en veinte direcciones. No creo poder hablar aunque quiera.

—Vamos. —Simon se vuelve hacia mí—. Abby no haría eso. No estuvo con ningún tipo. ¿Verdad, Leah?

Asiento despacio.

—¿Lo ves? Todo va a ir bien. —Simon apoya el mentón en la mano—. Solo ha sido una semana confusa.

—¿Eh? —digo.

Simon se queda sentado allí, asintiendo, mientras Nick observa el vacío con la mirada perdida.

—¿Simon?

—¿Mmmmm?

No sé qué hacer con Simon cuando se comporta así.

A veces tengo la sensación de que quiere que le lea la mente. Está sentado allí, intentando volcar sus pensamientos directamente en mi cerebro para no tener que decirlos en voz alta.

Lo apunto con el tenedor.

—Ey.

—¿Sí?

—Habla.

Suelta esa risita suave.

—Muy bien. —Escucho que traga saliva—. Creo que me he enamorado de una universidad —dice por fin.

—Bueno.

—Y no es la NYU.

—Claro. Lo he captado. —Hago una pausa y apoyo el tenedor—. ¿Qué universidad?

—Haverford. Es muy pequeña.

—Está cerca de Filadelfia, ¿verdad?

Asiente y se muerde el labio.

—Pero Bram estará en Nueva York —agrega Nick.

Simon suspira.

—Sip.

—Ah.

Simon juguetea con los sobres de azúcar.

—¿Has hablado con Bram? —pregunto.

—No.

—Deberías hacerlo.

—Lo sé. —Hace una pausa—. O no. No lo sé. La NYU también fue genial. Estoy siendo ridículo, ¿verdad?

—¿A qué te refieres?

—Estoy complicando las cosas sin necesidad.

—Sí —asiente Nick.

—Bueno, no necesariamente. —Hago un gesto de desdén—. ¿Qué es eso tan genial sobre Haverford?

—Uff. No lo sé. —Simon hace una mueca pronunciada. Cualquiera pensaría que acabo de pedirle que hable con entusiasmo acerca de Cálculo—. Simplemente me ha gustado.

—Simplemente te ha gustado.

—Voy a ir a hacer pis —anuncia Nick, poniéndose de pie—. Esperadme para seguir hablando.

Pero Simon se vuelve para mirarme.

—No creerías cuánta gente gay asiste allí. No dejábamos de toparnos con ellos. Por ejemplo, hay una chica que organiza un bingo de Orgullo todos los jueves por la noche en su dormitorio. Podría ir allí y solo ser amigo de gays.

—Genial.

—No dejo de imaginarme lo que se sentirá al tener amigos gays.

Mi corazón da un vuelco cuando lo dice. Es difícil de explicar. Los chicos piensan que soy hetero, y me siento rarísima al respecto. Pero aliviada al mismo tiempo. Es complicado.

—Creo que me gustaría eso —añade.

—Pero tú sabes que hay gente gay en Nueva York —digo—. Estoy segura de que la NYU es megagay.

—Lo sé, pero esos son gays hípsters. Necesito a los gays raros.

—¿Y Haverford los tiene?

—Allí hay noventa y nueve por ciento de raros. Es una estadística real.

Contengo una sonrisa.

—Creo que encontraste a tu gente.

Simon suelta un quejido y se cubre el rostro.

—Es solo que… sentí algo cuando estuve allí. Llegué al campus y todo pareció ir bien. Siento que me ha elegido. ¿Me entiendes?

La pregunta me toma desprevenida, y dejo que mi mente viaje a los últimos días. Es extraño cómo el tour del campus parece lejano. Prácticamente lo único que recuerdo es la mirada en el rostro de Abby cuando dijo: «Quizás, en realidad no soy hetero». Es decir, no parecía tan hetero cuando me besó.

—No lo sé —digo al final—. Creo que es diferente. Yo ya sabía que iría a Georgia. No estaba buscando esa clase de momento.

—Yo tampoco lo estaba buscando —murmura—. ¿Qué estoy haciendo? Todo era perfecto y la he cagado.

—No has cagado nada, Simon. —Mi café y mi gofre llegan al mismo tiempo. Comienzo con el sirope, una gotita en cada cuadrado—. ¿Qué es lo peor que puede ocurrir?

Parpadea.

—Que lo dejemos.

—¿Quieres dejarlo con él?

Me mira como si lo hubiera abofeteado.

—¿Estás bromeando? ¡No!

—¿Y Bram?

—Tampoco. Por supuesto que no. No.

—Entonces, ¿qué me estoy perdiendo? —pregunto, y muerdo el gofre—. Estaréis bien.

—Eso es ridículo. Debería ir a la NYU. Es el plan. Ni siquiera sé por qué esto es un problema. —Simon sacude la cabeza con rapidez—. Debería ir a la NYU, ¿verdad?

—Claro. A menos que prefieras el reino de los gays raritos.

Suelta un quejido.

—No estás siendo de ayuda.

—Vamos a ver, ¿cuánta distancia hay de Filadelfia a Nueva York?

—Como una hora y media en tren —dice de inmediato. Claramente, ha estado buscando—. Un poco menos si cojo el Acela.

—Eso no está tan mal, Simon.

—Lo sé. Pero. —Frunce el ceño—. Sigue siendo una relación a distancia.

—Y no quieres estar en una relación a distancia.

—Bueno, en teoría, no me importa. Aunque no sé si funcionan.

—Mucha gente hace que funcionen.

—Sí, pero mira a Nick y Abby. —Hace un gesto vago hacia el baño—. Es un maldito desastre.

Casi se me detiene el corazón. La gente debería advertirme que va a mencionar a Abby de la nada. En especial si hablan sobre que que ella y Nick son un maldito desastre.

Dios mío. Tengo que detenerme. Clavo el tenedor en el gofre y lo meto en mi boca. Esto es absurdo. Literalmente absurdo. Como si Abby Suso, una verdadera princesa Disney, fuera a correr directamente hacia mis brazos. Y aunque lo hiciera, no podría hacerle eso a Nick. No es que lo vaya a hacer. Digo, ni siquiera es realmente bi.

Pero se está cuestionando las cosas. Yo *hago* que se cuestione las cosas.

—¿Estás… bien? —pregunta Simon, y me espía con nerviosismo a través de sus gafas.

—¿Qué? —Levanto la cabeza de golpe—. Estoy bien. ¿Por qué? ¿*Tú* estás bien?

—Vale, estás muy rara.

—No, no es verdad.

Levanta las cejas. Nos miramos fijamente.

—*Tú* estás actuando de forma rara —murmuro, y al final desvío la mirada.

—Lo sé. —Se cubre la cara—. Solo necesito pensar en esto.

—Creo que deberías hablar con Bram. ¿Cuándo lo vas a ver?

—En el partido de mañana.

—¿El partido de fútbol?

Simon asiente.

—Entonces, habla con él en cuanto termine el partido.

Suspira.

—No lo sé.

—Simon. Te sentirás mejor, lo juro.

Es así, Simon. Sé totalmente honesto y cuéntale todo lo que te está molestando. ¿Vale? Definitivamente deberías hacer caso a mi consejo, porque soy tan jodidamente buena en esto de compartir sentimientos y ocuparme de cosas por mí misma. Sentimientos. Soy la mejor en eso.

—Bien, lo haré. Pero tienes que venir conmigo al partido y mentalizarme.

—¿Iréis al partido? —pregunta Nick, reapareciendo por el extremo del reservado—. Qué bien.

—Eh. —Miro a Simon—. Eso creo.

—Sí. Bien. Genial. —Simon asiente con rapidez—. Luego se mete un bocado enorme de gofre en la boca, las mejillas infladas como las de un hámster.

El partido del sábado es en el campo de fútbol que se encuentra detrás del gimnasio auxiliar. Cuando llego, diviso a Simon, cabizbajo, en las gradas.

Me apresuro a sentarme junto a él.

—¿Cómo estás?

—No quiero decírselo —suelta de pronto.

Vale, en serio, no entiendo a las parejas. Lo siento, pero ¿todo este drama por una hora en el Acela? No es lo ideal, lo entiendo, pero Simon está actuando como si fuera el apocalipsis.

Suspira.

—Es solo que estoy asustado. Por esta misma razón Abby y Nick lo dejaron, ¿sabes?

—Es distinto.

—¿Por qué? ¿Por qué es distinto? —Me mira, casi como si me estuviera suplicando.

—Es muy distinto. —Mis pensamientos dan vueltas en todas las direcciones. Necesito tranquilizarme y concentrarme—. Ni siquiera está cerca de ser la misma situación, Simon. Nick estará en Boston.

—Esto es una porquería —dice Simon, y mira hacia el frente. Sigo su mirada y contemplo el césped recién cortado de los campos de fútbol, los arcos y los chicos. Muchos chicos. Literalmente hay cientos de chicos en este instituto, e incluso más en la Universidad de Georgia. Sería tan fácil enamorarme de uno de ellos.

Más fácil —y más seguro— que enamorarme de Abby Suso.

—¿Está bien Nick? —pregunto después de un minuto.

—Sí, supongo —responde Simon. Me sujeta la mano y la aprieta. Y es extraño lo bien que me siento al estar cogida de la mano con Simon. Ni un indicio de romance. Es como si estuviera en casa—. Ahora dice que quiere que las cosas sigan siendo normales —dice Simon—. No quiere que cambiemos los planes para el baile ni nada.

—Ay, Dios. El baile —digo. Es en una semana. Literalmente una semana a partir de hoy—. Me había olvidado.

—Lo sé.

—¿Ya no… van a ir juntos?

Simon sacude la cabeza.

—Ambos irán a la cena y al baile, pero sin acompañante.

—¿Sin acompañante? ¿La gente todavía dice eso?

Ríe.

—No lo sé.

Me vuelvo hacia el campo de juego justo a tiempo para ver cómo Nick golpea con tanta fuerza una pelota que casi hago una mueca de dolor. Tiene el rostro rojo como un tomate y los ojos ardientes, con una intensidad que nunca había visto. El entrenador asiente desde un lado y aplaude con cautela. Me vuelvo hacia Simon con las cejas en alto.

—¿Estás seguro de que se encuentra bien?

—Esto no está bien —murmura Simon. Pero un minuto más tarde, esboza una sonrisita. Su expresión cuando ve a Bram. Y como era de esperar, Bram sale al campo sonriendo hacia Simon mientras corre.

—LOS OJOS EN LA PELOTA, GREENFELD —grita el entrenador—. Y LAUGHLIN. CONCÉNTRATE. MALDITA SEA.

—Levanto la mirada y veo a Garrett saludándome de forma frenética con ambos brazos.

—Hola, Garrett —digo entre dientes, poniendo los ojos en blanco. Simon ríe. Tengo que admitirlo, me gusta la sensación de ser buscada, aunque venga de Garrett. Me hace sentir bien. Y quizás *bien* es algo novedoso. Abby Suso me hace sentir toda clase de cosas, pero *bien* no es una de ellas.

Basta. De. Pensar. En. Abby. *Santo Dios.*

—Esto es muy extraño —susurra Simon.

Y lo es.

Aquí tenéis una sorpresa: tengo una cita para el baile de graduación, y Abby Suso irá sola.

No sé si debería enviarle un mensaje.

Lo cierto es que no estamos peleadas. Y no tiene que ser incómodo. Ha sido solo un beso. Y estoy segura de que solo sucedió porque ella se había bebido unas copas de más. Tan solo debería enviarle algo amistoso y casual, porque somos amigas casuales que se envían mensajes casuales. Lo que sucede es que cada vez que intento escribir algo, mi cerebro se bloquea por completo. Ni siquiera puedo escribir un «hola» para esta chica sin estallar en llamas.

Estoy segura de que este es uno de esos enamoramientos de los que se puede morir.

Intento distraerme viendo mi propio Tumblr, deslizando mis publicaciones de atrás hacia adelante. Cuanto más viejas, más horribles se vuelven mis dibujos: proporciones desastrosas y sombreado caótico. Supongo que debería estar contenta por haber mejorado, pero me siento extrañamente avergonzada por mis antiguos trabajos. Desearía tener esa clase de talento que aparece completamente formado. No me gusta que la gente me vea «en progreso». Es como bajar de un escenario y darte cuenta de que se te veía la ropa interior. No es que mi ropa interior metafórica esté particularmente bien escondida ahora mismo. Todavía veo fallos mire donde mire. Es agotador y desgasta, es casi insoportable.

Excepto que…

Bueno.

Tengo otro mensaje anónimo preguntándome si acepto pedidos. Me encantan tus dibujos, me muero de amor por ellos, dice.

Y tanto que me pagarían por ellos. Me están *pidiendo* pagar por ellos. Pienso en la batería que no tengo. En el coche que no pudimos arreglar. En mi vestido de doscientos cincuenta dólares.

Pienso en Abby.

Pero no puedo aceptar encargos, porque ¿qué sucede si dibujo algo y es una perfecta mierda? ¿Y si me piden que les devuelva el dinero? ¿Y qué ocurre si publico mis tarifas y la gente solo rompe a reír? ¿Y si nadie se pone en contacto conmigo? Quizás este anónimo solo se esté burlando de mí. Quizás es como uno de esos tipos de las películas para adolescentes que fingen invitar a la chica rarita al baile de graduación.

Se me seca la boca. Es difícil de explicar. Tal vez debería eliminar mi cuenta de Tumblr. Sin embargo …

No lo sé.

Siento curiosidad.

Lo que no significa que vaya a hacerlo. No significa nada en absoluto.

Me bajo del autobús el lunes y, de pronto, Garrett sale de la escalera como uno de esos muñecos sorpresa.

—¡Burke!

Doy un salto.

—¡Dios, Garrett!

—Adivina qué —dice.

Entrecierro los ojos.

—¿Qué?

—Estoy enfadado contigo.

—¿Por qué?

Sonríe y se revuelve el cabello.

—Desapareciste antes de que terminara el juego. Una vez más. ¿Por qué siempre haces eso?

—Porque sí. —Mi mente se queda en blanco. Digo, no en *blanco*, exactamente. Pero definitivamente no me está dando nada útil para responder.

Porque sí.

Porque Abby me besó. Porque quizás no sea hetero. Lo que significa que he tenido que actualizar cada uno de mis sueños para que reflejaran eso. Estamos hablando de una restauración masiva, Garrett. No creo que te des cuenta de cuántas fantasías relacionadas con Abby viven en este cerebro.

—Estas han sido las vacaciones de primavera más aburridas de la historia —comenta Garrett. Ahora camina junto a mí, igualando mis pasos—. Deberías haberte quedado en casa para entretenerme.

—¿Entretenerte? —Lo asesino con la mirada.

—Bueno, Burke, no lo decía con ese sentido —aclara, y me da un empujoncito—. Pero ahora que lo mencionas…

Luego me guiña un ojo, así que, sí. Hemos terminado ya.

—Te veré en el almuerzo, Garrett —digo, y le doy una sola palmada en el brazo antes de volverme con brusquedad por un pasillo lateral.

—¡Hice la reserva para la cena! —grita detrás de mí—. ¡Para el baile!

Le levanto los pulgares por sobre mi hombro. Qué maldito y poco adorable tonto.

♫

No he hablado con Abby desde que bajé de su coche el miércoles, y cuando me doy cuenta de eso, me quedo perpleja. No parece que haya pasado tanto tiempo. Pero a lo mejor es porque he pensado en ella unos diez mil millones de veces al día.

Durante toda la mañana siento que zumbo por lo bajo. No tengo ninguna clase con Abby hasta la tarde. Pero está el almuerzo. Al mediodía. En seis minutos y medio. No puedo dejar de mirar el reloj.

Cuando llego, Bram ya está sentado en la mesa y ocupo un lugar junto a él, frente a la puerta. Se me ocurre que no tengo ni idea de si Simon habló con él, así que el instante se vuelve incómodo. *Eh, Bram, tu novio puede que se mude a Filadelfia, y me lo ha contado a mí primero.*

Y luego caigo en la cuenta. Simon me lo contó a mí primero. Y para ser totalmente honesta, en cierta forma, me alegra. Nadie me elige en primer lugar. Pero él lo hizo. Siento una oleada repentina de afecto por Simon. Creo que es el mejor amigo que alguna vez he tenido.

Y quizás debería contárselo. Decirle que soy bi. Me lo puedo imaginar perfectamente. Creo que se reirá cuando se lo cuente. No de forma estúpida. Solo pienso que se alegrará.

—¿Por qué estás sonriendo? —pregunta Bram.

Me encojo de hombros y desvío la mirada.

Y entonces la veo en la puerta. La discreta Abby, la diosa de la sobriedad. Vaqueros, un cárdigan largo y gafas. Acabo de pasar dos noches con ella y no tenía idea de que usara gafas. Por supuesto le quedan fantásticas.

Entonces, sonríe un poco, en mi dirección, y casi ni puedo mirarla. Realmente no puedo recordar si se supone que debo estar enfadada con ella. Hace un gesto para que me acerque, y al principio vuelvo la cabeza para ver a quién le está hablando. «Sí, tú», articula, sonriendo.

Me levanto de la mesa justo cuando Simon se sienta. Abby está esperando en el pasillo, a un lado de la puerta.

—Hola —dice, y sonríe con vacilación.

—Hola.

—No me puedo sentar allí.

—¿Por Nick?

Se encoge de hombros.

—No me parece correcto.

Durante un instante, ninguna de las dos habla. Solo nos quedamos allí quietas contra la pared, observando cómo los estudiantes de tercero entran en grupos a la cafetería. El pie de Abby golpea contra la moldura y en sus ojos hay una mirada que nunca antes había visto. No la puedo descifrar.

—Bueno, la verdad es que tenemos que hablar —dice Abby al final.

—¿Tú y Nick?

—No. —Pone los ojos en blanco, sonriendo—. Tú y yo.

Mi corazón da una voltereta.

—Está bien.

—¿Estás libre después del instituto esta semana?

—¿Qué día?

—Cualquier día. ¿Qué te parece el viernes? —Abby hace una pausa—. Solo necesito...

Pero de pronto deja de hablar y se aparta de mí de manera casi imperceptible. Levanto la mirada y allí está Garrett.

—Hola, damas.

La vergüenza diaria, protagonizada por Garrett Laughlin. En el episodio de hoy: Garrett no recibió el recordatorio sobre no llamar *damas* a las mujeres.

—Solo estaba informando a todos sobre los planes para la cena antes del baile. Tenemos una reserva para las seis en el American Grill Bistro en el centro comercial North Point. Queda a unos veinte minutos de la reserva natural.

—Me parece increíble que el baile sea en la reserva —dice Abby—. Encaja con nosotros.

—¿Porque somos tan naturalmente fantásticos? —pregunta Garrett.

—Porque nuestros compañeros de clase son en realidad salvajes —responde Abby.

Garrett ríe, y yo sacudo la cabeza, sonriendo.

—En fin, debería irme —dice Abby con rapidez, y mira primero a Garrett y luego a mí—. Recuerda. —Empuja mi pie con el suyo—. Viernes por la tarde. Te buscaré. —Esboza una sonrisa rápida y se aleja por el pasillo. Luego se vuelve en una esquina y desaparece.

Por supuesto, soy un completo desastre durante el resto del día. Estoy tan perdida que ya no resulta gracioso. Mi cabeza es solo gelatina. Gelatina de verdad. Y una cosa sería que solo sucediera ante la presencia física de Abby, pero va mucho más allá. Se extiende a todo lo que hago y a todos los lugares a los que me dirijo. La gente intenta hablarme y ni siquiera la escucho.

Simon me intercepta de camino a los autobuses.

—Vamos. Te llevaré a casa.

—No tienes que hacerlo.

—No es una pregunta. Vamos. —Engancha su brazo alrededor de mis hombros y me hace volverme hacia el aparcamiento. Luego me guía durante todo el camino, como si fuera una bisabuela frágil e inestable.

—Eres ridículo —le informo.

Abre la puerta del acompañante para mí.

—¿También me vas a abrochar el cinturón de seguridad? —añado.

—Muy graciosa.

—¿Dónde está Nora? —pregunto cuando él finalmente se coloca en el asiento del conductor.

—Qué gracioso que preguntes eso.

—¿Gracioso en qué sentido?

—Bueno, con *gracioso* —explica— me refiero a que no es gracioso en absoluto.

—Ah.

Retrocede con lentitud de su espacio de aparcamiento, los labios apretados.

—¿Va todo bien? —pregunto luego de un minuto.

—¿Qué? Ah, sí. No puedo creerlo. —Sacude la cabeza—. ¿Sabes que irá al baile?

—¿Nora?

Simon asiente.

—Ah. ¿Con Cal?

Se detiene en un semáforo y se vuelve hacia mí con incredulidad.

—¿Tú lo sabías?

—No, pero se los veía coquetear bastante durante la obra.

—¡No! Lo hubiera notado. Siempre me doy cuenta de esas cosas. —Suelto un resoplido fuerte, y él entrecierra los ojos—. ¿Qué?

—Nada.

—Agh.

—¿Están saliendo? —pregunto.

Suspira.

—No lo sé.

—¿Quieres que le pregunte? Le puedo preguntar. No me molesta.

—Es extraño, ¿verdad? —dice, asintiendo con ansiedad—. A él le gustaba de yo.

—Y tú tienes novio. Y hablando de novio… ¿has hablado con Bram?

—No. Pero lo haré. Y, Leah, Dios. Tú sabes que no soy celoso, ¿no? Solo creo que es extraño.

—No me parece extraño en lo más mínimo. Tú y Nora os parecéis mucho.

Simon golpea el volante.

—Por eso es raro.

—El chico sigue un patrón.

—No me gusta.

—Creo que no te gusta la idea de que tu hermanita esté saliendo con alguien.

—NO ESTÁN SALIENDO.

Sacudo la cabeza, sonriendo.

—Pero no deja de quedarse con él después del instituto, para el anuario, y ahora él la lleva a casa casi todos los días. O sea, están saliendo.

Simon resopla.

—No, no es así.

Gira en Roswell Road y durante los próximos cinco minutos viajamos en silencio. No digo una sola palabra hasta que se detiene en la entrada de mi casa.

—En serio, ¿estás bien? —pregunto al final.

—¿Qué? Sí.

—Tienes que hablar con Bram.

—Lo sé.

—Pero ahora. Hoy.

Asiente, despacio, la mandíbula apretada.

—Esto es estúpido. Solo debería enviar el dinero a la NYU, ¿verdad?

—Simon, no puedo tomar esa decisión por ti. —Sacudo la cabeza. Luego cojo su mano y tiro de ella—. Muy bien. Vamos.

—¿Quieres que entre? —Frunce el ceño.

—Sip.

—Eh. Claro. —Simon asiente con rapidez—. Guau, creo que hace años no entro a tu casa.

—Lo sé —digo, sintiéndome estúpidamente cohibida. No es un secreto que no soy rica. Y Simon no me va a juzgar por tener una casa pequeña, por el desorden o por tener mobiliario de segunda mano de IKEA. Solo me siento incómoda porque la gente visite mi casa. Es como que no puedo evitar ser sumamente consciente de las manchas de la alfombra y de la disparidad de la ropa de cama. O, incluso, del simple hecho de que mi habitación sea del tamaño del armario de Simon.

Entramos por el garaje, y él me sigue por el pasillo.

—Ni siquiera recuerdo cómo era tu habitación —dice.

—Es muy pequeña. Te lo advierto.

Luego, abro la puerta y entro. Simon se queda en la entrada.

—Es increíble —dice en voz baja.

Lo miro como si estuviera bromeando.

—¿Tú has dibujado todos? —Camina hacia la pared y observa de cerca uno de mis dibujos.

—Algunos de ellos. Otros los he cogido de internet.

Mis paredes están tapizadas de arte, bocetos hechos de lápiz y retratos de personajes cuidadosamente trazados con tinta y chibis y yaoi. Si me enamoro de algo en DeviantArt, lo imprimo. O a veces Morgan y Anna imprimen cosas y me las regalan. Aunque supongo que, últimamente, cada vez más dibujos son míos. Dibujos de Harry y Draco, de Haruka y Michiru, de mis personajes originales. Y el dibujo que hice de Abby y yo en la casa de Morgan. Le ruego a Dios que Simon no se dé cuenta de ello.

—Esta habitación es muy tú —dice sonriendo.

—Eso creo.

Se deja caer hacia atrás sobre mi cama. Eso es lo que tiene Simon. Se siente completamente en casa adonde sea que vaya. Me tumbo junto a él, y ambos observamos mi ventilador de techo.

Luego Simon se cubre el rostro y suspira.

—Ey —digo.

—Ey.

—Sé que estás preocupado.

Suspira y gira la cabeza para mirarme. Hay una lágrima recorriendo su mejilla y deslizándose por debajo de sus gafas. La seca con el talón de la mano.

—Es solo que no me gustan las despedidas.

—Lo sé.

—No quiero tener que dejarlo a él o a ti o a Abby o a cualquiera de los chicos. —Se le corta la voz—. No conozco a nadie en Filadelfia. No sé cómo la gente hace esto.

Siento que mi garganta comienza a cerrarse.

—Creo que incluso extrañaré a Taylor.

—Bueno, ahora sí que no te sigo.

Ríe y vuelve a suspirar.

—Vamos. Sabes que la echarás de menos. ¿Cómo sabremos si su metabolismo todavía es superrápido?

—Probablemente por sus actualizaciones diarias de Instagram.

—Bueno, es verdad.

—Y esa es una estimación conservadora.

—Lo sé. —Se acerca a mí, tan cerca que nuestras cabezas se tocan. Luego suspira despacio en mi oreja, y su aliento me revuelve el pelo. Creo que nunca lo he querido tanto. Simplemente nos quedamos allí, mirando cómo el ventilador se mueve en círculos.

Debería decírselo.

Ahora mismo. No creo que haya existido en la historia un momento más perfecto que este para salir del armario.

Pero no lo hago.

Es muy extraño, de verdad. Estoy acostada en mi habitación con mi mejor amigo gay, quien estará al cien por cien de acuerdo con esto. No hay ningún riesgo con esto.

Pero es como si las palabras no quisieran salir.

26

Y luego está el asunto de Nick. A pesar de su colapso en la Casa de los Gofres, parece totalmente normal el lunes y el martes, tan normal que resulta casi preocupante. Hasta que, en la tarde del miércoles, pierde la compostura.

Estoy caminando hacia los autobuses cuando, de pronto, escucho —sin lugar a dudas— la voz de Nick en el intercomunicador.

—Simon Spier y Leah Burke, por favor preséntense en el patio inmediatamente.

Me detengo y observo el altavoz.

—Repito: Simon y Leah, preséntense en el patio inmediatamente.

No tengo idea de qué se trae entre manos, pero me dirijo hacia allí de todas formas. Encuentro a Simon en las escaleras.

—¿Qué sucede? —pregunta.

Sacudo lentamente la cabeza.

—No tengo idea.

Sigo a Simon al piso de arriba, hacia el patio. Está repleto de gente riendo, dándose empujones y saliendo en masa hacia el aparcamiento. Pero Nick no está por ningún lado. Quiero decir, supongo que debe estar en alguna parte. Para ser sincera, es probable que en este momento ya esté castigado, porque definitivamente no tenemos permitido utilizar el intercomunicador.

—¿Piensas que nos está gastando una broma? —pregunta Simon.

—Bueno. —Inclino la cabeza hacia un lado—. Si es así, no la entiendo.

Pero minutos más tarde, sale disparado de la oficina de enfrente, los ojos salvajes y el cabello despeinado.

—Ey, estáis aquí. Bien, bien.

Simon observa su rostro.

—¿Estás bien?

—¿Qué? ¡Perfectamente! —Asiente con rapidez—. Perfectamente.

Durante un instante, nadie habla.

—Y bien, ¿qué es lo que sucede? —pregunto al final.

Nick mira a su alrededor. Y luego hace una pausa.

—¿Estáis libres ahora?

—Yo sí. —Asiente Simon.

—Bueno, bien. Porque necesito que tú. —Me señala—. Tú. —Señala a Simon—. Y yo vayamos a mi casa y comamos comida basura y juguemos videojuegos. Como en los viejos tiempos. Sin Abby, sin Bram, sin Garrett.

—Mira, Garrett y yo no estamos…

Me interrumpe.

—Solo nosotros. El trío original.

—Solo nosotros —repite Simon—. Vale, déjame enviarle un mensaje a Nora. Si tú me llevas, le dejaré el coche a ella.

—Excelente —dice Nick, y nos sujeta con fuerza por los hombros. Los ojos de Simon viajan hasta mí con nerviosismo.

Ninguno de nosotros habla mientras caminamos por el aparcamiento. El cielo está oscuro y encapotado, las nubes grises cuelgan bajo. Trago una espina de temor mientras me deslizo en el asiento del pasajero. Es un viaje corto hasta la casa de Nick, y Simon llena el silencio con un parloteo agitado acerca de Nora y Cal y de esmóquines alquilados. Nick no dice ni una palabra. Se mete directo en el garaje y ocupa el lugar en el que generalmente aparca su madre.

—Están los dos de guardia toda la noche —informa—. Y hay cerveza.

Así que es esa clase de noche.

Nick coge un paquete de seis cervezas y su guitarra acústica y se dirige al sótano. Yo me acurruco en una de las sillas de videojuegos y Simon se desploma en el sofá. Pero Nick ignora todo lo confortable y opta, en cambio, por el suelo, donde se cruza de piernas y comienza a afinar la guitarra. Luego da un sorbo a la cerveza y toca unos rasgueos de prueba; sus hombros al fin se relajan.

—Eh, ¿Nick? —dice Simon después de un instante—. ¿Por qué estamos aquí?

—¿Te refieres en materia de evolución o existencialmente?

Simon frunce el ceño.

—Me refería a tu sótano.

—Porque somos amigos, y eso es lo que hacen los amigos. Pasan el rato en los sótanos. —Rasguea un acorde y bebe otro trago largo de cerveza—. Y además, todos son una mieeeeeeeeerda. —Canta esa última palabra en lugar de decirla.

Luego apoya la cerveza, recoloca su guitarra y comienza a tocar una melodía tan intrincada que mis ojos no pueden seguir el ritmo de sus manos.

Simon se desliza por el sofá y se sienta junto a Nick en el suelo.

—Bueno, la verdad es que esto suena estupendo.

—Suena como una mierda —dice Nick, los dedos todavía rasgueando los trastes. Pero sonríe.

Simon hace una pausa.

—En serio, ¿estás bien?

—No.

—¿Quieres hablar?

—No.

—Muy bien —dice Simon. Me mira con desesperación.

Me inclino hacia adelante en mi silla.

—Nick, nos estás asustando.

—¿Por qué?

—Porque estás comportándote de una forma muy rara.

—No, no es verdad. —Toca un acorde fuerte—. Solo estoy. —Acorde—. Tocando música. —Acorde—. Con mi dos mejores. —Acorde—. Amigos. —Luego, sus manos se quedan quietas—. ¿Sabéis qué es increíble?

Simon parece esperanzado.

—¿Qué?

—El hecho de que, de ahora en adelante, para el *resto de mi vida*, puedo decirle a la gente que me dejaron dos semanas antes del baile de graduación.

Ufff. Miro a Simon. Infla las mejillas y luego exhala con fuerza.

—Divertidísimo, ¿verdad?

Lo miro.

—En realidad, no.

—Estaba enamorado de ella —dice, la voz tranquila pero inquietante—. Y ella lo ha superado por completo. Como si nada. Así de fácil.

—No creo que eso sea… —Comienza a decir Simon.

—Solo digo, ¿sabéis siquiera cómo se siente uno al estar enamorado de alguien así?

Casi me atraganto.

—Amigo, en serio, estoy realmente preocupado por ti ahora mismo —dice Simon. Me vuelve a lanzar una mirada.

—¿Por qué? Estoy bien. —Nick sonríe con alegría—. Estoy muy bien. ¿Sabéis qué necesito?

—¿Qué?

Deja la guitarra a un lado y se bebe el resto de su cerveza. Luego coge otra y se bebe esa también.

—Esto —dice sonriendo—. Dios, ya me siento mucho mejor.

—Vale —dice Simon con incertidumbre—. Bien.

Nick suelta una exclamación ahogada.

—Acabo de tener una idea.

—¿Qué idea?

—¡Deberíamos jugar al fútbol!

—Eh.

—Sí, qué bien. Qué buena idea. Hagámoslo. —Nick asiente con entusiasmo—. Dejadme buscar mis pelotas. Ja. Mi pelota.

Simon encuentra mi mirada y sacude la cabeza sin palabras. Durante un minuto, solo nos quedamos scntados allí, escuchando cómo Nick tararea algo mientras hurga en su armario. Ya está bebiendo su tercera cerveza. Y no es que no haya visto ebrio a Nick antes, pero nunca lo había visto así de descontrolado.

—La encontré —anuncia, y sale triunfante con una pelota de fútbol—. Esto va a ser genial.

—Pero está lloviendo —dice Simon.

Nick sonríe.

—Mucho mejor. —Se escabulle por la puerta del sótano hacia el patio trasero y comienza a pasar la pelota de un pie al otro con suavidad. En realidad, no está lloviendo, pero el aire está pesado y húmedo—. Vamos —dice—. Leah, te la paso a ti.

—Recuérdame por qué estamos haciendo esto.

—Porque sí —dice. Luego, con un golpe seco y firme, me pasa la pelota. Balanceo mi pie sin entusiasmo y fallo por un kilómetro.

—Bueno, bueno. Buen amague —dice Nick, haciendo chocar la palma de su mano contra su puño.

Me vuelvo para buscar la pelota, la levanto y regreso hacia él.

Nick ríe.

—Tienes que golpearla.

—Sí, no creo que esa sea una buena idea.

Apoya la pelota en el suelo.

—¿Sabéis qué? Abby y yo solíamos hacer esto todo el tiempo. Es muy buena jugando al fútbol. —No espera a que respondamos—. De verdad. Es muy muy buena... pero... ¿adivináis qué?

Ninguno de los dos habla.

Sonríe.

—¡Me dejó! —Luego golpea la pelota con tanta fuerza que esta choca la valla del vecino.

—Nick —dice Simon, y da un paso hacia él. Pero Nick se aparta y corre tras la pelota.

Luego regatea mientras regresa hacia nosotros.

—¿Sabéis qué? Está bien, igual. Todo va bien. No iba a funcionar de todas maneras, porque las relaciones a distancia son lo peor del mundo. ¿Verdad?

Simon hace una mueca.

—Es verdad.

—No, no lo son —me apresuro a decir.

—Sí lo son —insiste Nick. Tira la pelota en dirección a Simon—. Están condenadas a terminar incluso antes de comenzar.

—No necesariamente. —Miro directamente a Simon—. Si uno se compromete a que funcione, funcionará.

Simon frunce el ceño y mira hacia adelante.

—Amigo, se supone que tienes que pasármela de nuevo.

—Ah. —Los ojos de Simon vuelven a posarse en la pelota de fútbol, y le da un empujoncito desanimado con el pie. Rueda unos cincuenta centímetros y se detiene—. ¿Has vuelto a hablar con Abby?

—No. No me interesa. —Nick sonríe—. No me importa tanto.

—No te importa… —Simon suena dubitativo.

—¿Sabes cuántas chicas hay en Tufts? —pregunta con calma Nick.

—¿Muchas?

—Millones. Millones y trillones. —Le da un golpecito a la pelota con la punta del pie—. Para ser sincero, Abby me hizo un favor.

Los ojos de Simon viajan hacia los míos.

—En fin, ya lo he superado—añade Nick.

Sí, Nick, *de verdad* pareces haberlo superado. Totalmente normal, sin mencionar que estás teniendo un colapso maldito y épico. Dios. No soy idiota, pero guau: me encantaría creerle. Porque si Nick realmente hubiera superado lo de Abby, entonces quizás yo no me sentiría tan idiota por tener esperanzas. No de que suceda algo pronto, por supuesto. Tal vez algo en el futuro —en un mes o dos—, cuando las cosas no estén tan frescas. Podría besarla de verdad.

Nick golpea la pelota una vez más y la envía volando hacia la casa.

Tal vez no.

Esta vez Simon corre a buscarla.

—Así que, Leah, tú eres la que tiene toda la intriga romántica ahora —dice Nick, y es como si alguien estuviera golpeando un piano con los puños. Mi corazón se desploma en mi caja torácica y se cae del pecho por completo.

—¿De qué estás hablando? —Mi voz sale débil.

—Vamos. —Se restriega el puente de la nariz—. Sabes que Garrett está como loco por ti. Pero no le digas que te lo he dicho —añade de pronto—. Se suponía que no debía decirte nada.

—Está… bien. —Se me retuerce el estómago, y tengo esta repentina sensación de desazón. Quizás me marche a llorar. Lo que sería una locura. Debería estar feliz. O halagada. O algo.

—Deberíais besaros en el baile de graduación. Es como el logro máximo del bachillerato, ¿verdad?

—Quieres decir el cliché máximo del bachillerato—respondo sin expresión.

—Bueno, deberíais hacerlo —insiste Nick.

—No quiero.

—¿No quieres qué? —pregunta Simon, de vuelta y con la pelota debajo del brazo.

—Chicos. ¿Cuántas veces tengo que decirlo? Dejad de coger la pelota con las manos.

Simon la deja caer.

—No quiero estar con Garrett —digo, más fuerte de lo que quería. Sale como una declaración. Y de pronto, me siento tan segura acerca de esto que casi me quedo sin aliento. Apoyo una mano en mi mejilla—. No quiero besar a Garrett.

Simon ríe.

—Bueno, entonces no lo hagas.

Nick da una patada, y la pelota se vuelve lentamente hacia mí. Mis pensamientos también están girando con lentitud.

No quiero besar a Garrett. No quiero besar a nadie.

Excepto a ella.

Lo que sería la idea más alocada, insensata y pésima de mi vida. Para el caso, podría pisotear entero el corazón de Nick y luego pisotear el mío también. No puedo enamorarme de una chica heterosexual. No puedo enamorarme de la exnovia de mi mejor amigo.

Respiro hondo. Y golpeo la pelota… la golpeo con fuerza, como si estuviera golpeando un tambor. La golpeo con tanta violencia que vuela casi hasta la luna.

—Simon está raro —dice Bram el jueves, el mentón apoyado en la mano. Él, Garrett y yo ocupamos una mesa en el rincón de la biblioteca—. Es como si no me estuviera diciendo algo.

—Tal vez es gay —susurra Garrett.

—Sí, he estado preguntándome eso. —Bram lo dice de forma tan inexpresiva que no puedo evitar sonreír. Pero Dios. No puedo creer que Simon no se lo haya dicho ya. ¿De verdad piensa que la distancia entre Nueva York y Filadelfia es un impedimento tan grande? No estamos hablando de París y Tokio. Es literalmente una hora y media en tren—. No lo sé —agrega Bram al final. Garrett me mira y se encoge de hombros. Y me doy cuenta, de pronto, de qué extraño es pasar la mañana con estos dos. Ni Simon ni Nick, ni Morgan ni Anna. Solo Bram, Garrett y yo.

Esto no hubiera sucedido un año atrás. Ni siquiera seis meses atrás.

—Burke, no puedo descifrar si estás mirando al vacío o al trasero de Taylor.

—Definitivamente el trasero de Taylor —digo automáticamente. Parpadeo, y allí está ella, a un par de metros de nosotros. Está en cuclillas y parece estar ayudando a un estudiante de primero a organizar un despliegue de papeles desparramados. A veces me olvido de lo chica *scout* que es.

—Creo que le gusta Eisner —murmura Garrett.

Asiento.

—Coincido.

—¿Y qué sucede con Abby? —pregunta Bram.

Garrett se encoge de hombros.

—Bueno, ella lo dejó a él. Así que es hombre libre.

—Supongo. —Bram se muerde el labio—. El baile de graduación será interesante.

—Sí, ¿Eisner y Suso en la misma limusina? Espectáculo de
mierda garantizado.

—¿Piensas que será malo?

—¿Para ellos? Sí. Pero nosotros la pasaremos genial, Burke.
Lo prometo. —Sonríe, y veo esa suavidad en sus ojos.

Me paralizo.

Y luego suena el timbre. Gracias a Dios.

—Debería ir a clase. —Me pongo de pie tan rápido que casi
hago que se caiga la silla.

Porque, guau. No puedo hacer esto. No puedo lidiar con
los ojos dulces de Garrett y con el corazón roto de Nick. Y, en
serio, no puedo haber perdido la cabeza por una chica hetero de esta forma. Necesito que mi cabeza se quede en su lugar.

Necesito relajarme respecto a esta situación con Abby.

No puede *existir* ninguna situación con Abby.

Pero no puedo dejar de pensar en la tarde de mañana. En este
plan misterioso después del instituto que Abby está elaboran-
do. No dijo ni una palabra con respecto a él durante toda la semana, y estoy empezando a pensar que quizás se haya olvidado
por completo.

Pero justo cuando estamos saliendo de inglés, me sujeta de la manga de mi cárdigan.

—Eh, ¿vas a coger el autobús mañana?

Mi estómago pierde el control.

¿En serio? A la mierda esto. A la mierda las mariposas. Deja de comportarte como si esta fuera una escena de una comedia romántica. *Si cogeré el autobús.* Eso está a un nivel superior de conversar sobre el clima. Pero por alguna razón, mi cuerpo ha decidido reaccionar como si me estuviera proponiendo matrimonio.

Parpadeo y asiento y exhalo.

—Bien. Puedo llevarte a casa. —Sonríe—. Estoy entusiasmada.

Ni siquiera puedo responder. Soy un gigantesco caos.

Durante todo el viaje en autobús a casa, soy como una licuadora en funcionamiento. Un momento creo que finalmente estoy bajo control, y al otro me asalta la anticipación con un estallido de un megavatio. Mañana estaré a solas con Abby. Lo que no significa que vaya a suceder algo. Estoy segura de que soy lo peor solo por *querer* que algo suceda.

Pero, en realidad, quizás esté perdiendo la cabeza. Estoy de un humor muy extraño. Estoy muy cerca de levantar los brazos y empezar a correr por la ladera de una montaña al estilo *Sonrisas y lágrimas.*

Me siento temeraria.

Y quiero *hacer* algo.

Me conecto en cuanto llego a casa e inicio sesión en mi Tumblr de arte. Después de todo, ¿por qué no debería hacerlo? Ni siquiera dudo. Escribo algunas palabras y subo algunos dibujos, y luego contengo el aliento y hago clic en publicar. Listo. Lo fijo en mi barra lateral.

Y es probable que a nadie le importe una mierda y que nunca contacten conmigo, pero en este momento, no me importa.

Realmente no. Porque lo he hecho, y lo he subido, y ahora me siento como *Big Foot*. Como si cada paso que doy dejara una huella.

Está justo allí, en mi Tumblr: estoy oficialmente disponible para recibir encargos.

Pero el sentimiento de *Big Foot* se desvanece tan pronto llego a
la escuela el viernes. Nick se encuentra en mi taquilla, esperándome por supuesto. Reacciona en cuanto me ve.

—Ey, he escuchado que quedarás con Abby hoy.

—Eh. —Dudo—. Sí. ¿Te parece bien?

Asiente.

—Totalmente. Por supuesto. No quiero interponerme en
vuestra amistad. —Suelta esa risa extraña y forzada—. Es
gracioso, porque ni siquiera sabía que vosotras fuerais amigas. ¡Pero ahora lo sois! De todas formas, no tengo ningún
problema.

—¿Estás seguro?

—Muy seguro. Demasiado seguro. —Asiente como un Teleñeco. Ay, mierda.

Quiero decir, está entrando en shock... simplemente con la
idea de que Abby y yo seamos amigas. Amigas platónicas y hetero que se ven después del instituto. Se moriría si lo supiera. De
verdad se moriría. Así que, sí.

—Eh. Entonces. —Me mira la frente—. ¿Me contarás algo
si habla sobre mí?

—Claro.

—Genial. Eso es genial. Ay. Te lo agradezco de verdad.

Mi estómago se retuerce por la culpa.

Por supuesto, es el día más largo en la historia de los días largos. El tiempo se vuelve espeso.

Abby me encuentra en mi taquilla, exactamente en el mismo lugar en el que Nick estuvo esta mañana.

—¿Estás lista? —pregunta sonriendo. Durante un instante, solo la miro.

Tiene el cabello recogido y sus mejillas parecen casi relucientes. Creo que quizás está usando delineador, pero en realidad es difícil saberlo. Sus pestañas son así de intensas. Y lleva puesto un vestido de manga corta con un cinturón sobre unas mallas y unas botas cortas.

—Las botas son las de Atenas —comenta cuando ve que las observo, y casi me ahogo con mi propia saliva.

—Lo sé —digo al final.

—La verdad es que me gusta tu vestido —dice.

Es el del universo, y no voy a mentir. A excepción de mi vestido para el baile, esta es la mejor prenda que tengo.

—El clima es perfecto. Sé exactamente adonde quiero llevarte.

Guau. Vale. ¿A dónde me quiere llevar? No quiero perder la calma ni nada parecido, pero está haciendo que esto parezca una cita.

—Me da igual —logro decir.

—¿Desde cuándo eres tan dócil?

—Soy superdócil. No sé de qué estás hablando, Suso.

—Cada vez que me llamas Suso, siento que en realidad eres Garrett usando una máscara de Leah.

—¿Hay máscaras de Leah?

—Debería haberlas —dice Abby. Luego se vuelve por un pasillo lateral y baja por las escaleras traseras. Hay unas puertas dobles al final del pasillo de música; es extraño, porque he ido por este sitio todo el tiempo y nunca las había visto. Abby empuja y sostiene una puerta abierta con la cadera, y yo salgo hacia el calor suave de la tarde. Estamos en un patio de detrás del instituto donde hay un camino que conduce al estadio de fútbol americano.

—¿Me vas a hacer jugar al fútbol? —pregunto. Porque eso es todo lo que necesito. Otro extraño y tenso juego de pelota. ¿Es este el ritual universal postruptura?

—Por supuesto. Eres defensa, ¿verdad?

—Vale. ¿Puedo hacer una pregunta?

—Claro.

Comienzo a avanzar por el camino e igualo su paso.

—¿El defensa y el *Quaterback* son dos cosas distintas?

—¿Eso es una pregunta siquiera? —Parece divertida.

—Pensaba que todo era lo mismo.

—Bueno. Guau. Eres demasiado adorable.

—No, no lo soy.

—Sí lo eres.

El calor de mis mejillas aumenta de forma desmesurada. Podría asar carne sobre ellas. Podría romper termómetros y alisar cabelleras y ocasionar quemaduras de segundo grado.

—En serio, ¿por qué me estás llevando al campo de fútbol?

—Porque claramente nunca has visto uno.

Contengo una sonrisa.

—Falso. Fui a un partido en la UGA hace cinco años.

—Déjame adivinar… ¿con Morgan?

—Sí. —Pongo los ojos en blanco.

—¿Te he contado que se ha disculpado conmigo?

—¿De verdad?

—Hace unos días. Parecía muy angustiada. —Gira a la izquierda y echa un vistazo por encima de su hombro para asegurarse de que la estoy siguiendo. Luego me conduce por una abertura en las gradas hacia la pista que rodea el campo de fútbol.

—Bueno, debería estarlo. La cagó.

—Sí. —Abby asiente—. Pero me alegra que se haya disculpado.

De pronto, Abby sale corriendo al centro del campo y se deja caer en el césped. Cuando la alcanzo, está acostada boca arriba apoyada sobre los codos.

Me coloco a su lado.

—Entonces, ¿están las cosas bien entre tú y ella?

—Supongo. —Hace un gesto de desdén—. Es decir, no voy a mentir. Ese comentario fue una porquería. Es demasiado doloroso. Y lo escucho *todo el tiempo*. Y luego me obsesiono con la idea de demostrar que la gente está equivocada y con ser perfecta e intachable, lo que resulta muy agotador y probablemente no sea nada sano. Lo odio. —Suspira—. Pero también odio el conflicto, en especial cuando estamos tan cerca de la graduación. Así que no lo sé.

—Está bien.

—Supongo que la perdono, pero no sé con certeza si puedo volver a confiar en ella. ¿Tiene sentido?

—Definitivamente. —Asiento—. Sí, tiene mucho sentido.

Abby inclina la cabeza hacia mí.

—Pero creo que es genial que me hayas defendido.

—No te estaba defendiendo a ti. Estaba defendiendo la decencia.

—Bueno, la decencia me parece genial también —dice, y sonríe. No puedo dejar de mirarle las rodillas, cómo su falda cae sobre ellas y cubre con suavidad el césped—. En fin. —Arruga la nariz hacia mí.

Lo que me hace arrugar mi nariz hacia ella.

—No hagas eso —dice, y se cubre los ojos.

—¿Hacer qué?

—Eso. —Mueve la mano en el aire—. Eso que haces con la nariz y las pecas. Ay, Dios.

—No te entiendo. —Me doy un golpecito en la nariz.

Abby sacude la cabeza, las manos todavía sobre la cara. Pero luego espía entre ellas.

—Eres demasiado encantadora —dice suavemente.

—Ah.

—Y ahora te estás sonrojando.

—No, no es verdad.

—Sí es verdad —dice Abby—. Lo que también es encantador. Detente.

No puedo creer que esté haciendo esto. O me está haciendo una broma, lo que la convertiría en una idiota, o no, lo que… no lo sé.

Me recuesto sobre el césped, levanto las rodillas y apoyo los pies en el suelo. Me mira durante un instante, y luego se acerca a mí. Hay apenas unos dos centímetros entre nosotras. Como en aquel septiembre de tercer curso en el suelo de la habitación de Morgan. Ahora hay una brisa, fresca y suave, y observo cómo le revuelve el flequillo. Es tan preciosa que hace que me duela el estómago. Vuelvo la cabeza con rapidez, la mirada fija en las nubes.

—Todavía no entiendo por qué me has traído aquí —digo al final.

Ríe.

—Lo sé. —Luego respira hondo. Creo que está muy nerviosa—. Quiero abofetearme por haber elegido un viernes.

—¿Por qué?

—Porque he estado queriendo decirte algo desde el fin de semana pasado, y ha sido una tortura. —Echo un vistazo a su rostro. Está mirando directamente hacia el cielo, un atisbo de sonrisa en sus labios.

—¿Querías decirme algo?

—Sí.

—Bueno. —Hago una pausa, expectante, pero ella solo se muerde el labio sin hablar. La miro de reojo—. Entonces, ¿me lo vas a decir?

—Dame un segundo.

Asiento, y mi corazón golpea de forma salvaje.

—Vale. Bueno. —Respira hondo—. He salido del armario este fin de semana.

—¿Saliste… saliste del armario?

—No para todos —se apresura a decir—. No ante mis padres ni ante cualquiera del instituto. Solo se lo he contado a mis primas. Las mellizas. —Gira hacia mí—. Estaba muy nerviosa. ¿No es extraño?

—¿Por qué iba a ser extraño?

—No lo sé. ¿Porque son la familia más gay que existe? —Se encoge de hombros—. Se lo tomaron muy bien, por supuesto. Estaban fascinadas.

—Eso es genial. —Encuentro su mirada—. En serio, felicidades.

Sonríe y no responde, y durante un instante, solo permanecemos allí.

—Espera —digo al final—. ¿Puedo preguntarte algo?

—Mmmmm.

—¿Saliste del armario como qué?

Abby ríe.

—¿A qué te refieres?

—Bueno, hasta donde yo sabía, tú eras hetero.

—No creo que sea hetero —dice, y mi corazón casi se detiene—. No lo sé —agrega al final—. Supongo que soy un poco bisexual.

—No creo que eso exista.

—¿Qué? Sí existe. —Me clava un dedo en el brazo—. Un poco bi.

—O eres bi o no lo eres. Es como estar un poquito embarazada.

—Eso también es un tema. ¿Por qué no puedes estar un poco embarazada?

—Creo que simplemente se llama estar embarazada.

—Bueno, yo soy un poco bi, y me voy a quedar con eso.

Me siento.

—No te entiendo.

—¿Qué?

Sacudo la cabeza.

—Un poco bi, un poquito bi. Solo sé *bi*. Vamos.

—¿Qué? No. —Se incorpora—. Tú no decides mi etiqueta.

—¡No es una etiqueta real!

—Bueno, es real para mí. —Exhala con fuerza—. Dios, a veces, ni siquiera sé…

Se me tensa la mandíbula.

—¿Ni siquiera sabes qué?

—Qué quieres de mí. —Vuelve las palmas hacia arriba—. ¿No puedes simplemente…? No sé. Esto es raro para mí, ¿vale?

—¿Qué quiero de ti?

Asiente, parpadeando con rapidez.

—Dios, Abby. —Presiono las manos sobre mis ojos—. Quiero que dejes de jugar conmigo.

—No estoy…

—¿En serio? ¿Un poco bi? —Suelto una risa fingida—. También conocido como ¿eres bi, pero no lo quieres admitir? No estoy diciendo que tienes que marchar en el desfile del Orgullo. No tienes que salir del armario. Pero *Dios*. Al menos admítelo ante ti misma. —Hago un gesto de desdén—. O no. No me interesa.

—Leah.

Ni siquiera puedo mirarla. Dios. Nada de esto tiene sentido. No es que hayamos tenido una oportunidad, para empezar. ¿Qué clase de amiga de mierda pensaría siquiera en besar a la exnovia de su mejor amigo? Dos semanas después de la ruptura. *El día anterior al baile.* Y el pobre, inocente Garrett, a quien ni siquiera me molesté en rechazar. No puedo hacer esto ahora. Ni siquiera he salido del armario.

Me pongo de pie de forma abrupta y aliso mi falda.

—Vale, sí. No haré esto. Me voy a ir.

—¿Qué? —Abby me mira parpadeando.

—Me voy a ir a casa.

—Déjame llevarte.

—Cogeré el último autobús.

Se abraza las rodillas.

—Estoy intentándolo, ¿vale? —Hay un temblor en su voz.

—¿Estás hablando en serio? —Aprieto las manos—. ¿Estás intentándolo? ¿Intentando hacer qué?

—No lo sé.

—Está bien. ¿Sabes qué? ¿Quieres ser «un poco bi»? Bien por ti. Diviértete. Pero mientras no te decidas, tampoco me fastidies. No te atrevas a llamar a mi puerta con tu crisis de identidad postruptura. —La miro directamente a los ojos—. Tú me diste mi primer beso, Abby. Me lo robaste.

—Lo siento…

—Y todos piensan que tienes todo bajo control. —Trago saliva con esfuerzo—. Pero tú solo haces lo que quieres y todos lo aceptan. Y ni siquiera te importa a quién hieres.

El rostro de Abby parece desolado.

—¿Piensas que no me importa?

—No sé qué pensar.

—Bueno, sí, no soy perfecta. —Una lágrima recorre su mejilla—. ¿Vale? Estoy fastidiando esto por completo. No soy como tú. No lo tengo todo pensado. No tengo idea de qué estoy haciendo y en este momento estoy realmente asustada.

—¿De qué?

—No lo sé. De estar equivocándome. De que me odies.

—No te odio.

—O de herirte. No quiero hacer eso.

El tiempo parece congelarse. Durante un instante, simplemente nos miramos. Me siento sin aliento y mareada.

—Mira, estoy bien —digo al final—. ¿Vale? Ya resolverás esto. Tú puedes. Me siento feliz por ti. Y no me debes absolutamente nada. —Exhalo y me encojo de hombros.

—Eso no es…

—Todo está bien. Somos amigas. Te veo en el baile.

—Está bien —dice con suavidad.

No me molesto en responder. Me voy sin mirar atrás.

29

—Lo vamos a lograr. Lo juro por Dios. —Mamá mira la pantalla de su móvil y luego encuentra mi mirada en el espejo—. He visto este tutorial unas cincuenta veces.

—Estoy segura de que lo has hecho. —Sonrío vagamente.

—Simplemente no está funcionando. ¿Por qué soy un desastre en esto?

—No eres un desastre. —Tengo un pequeño rizo de cabello colgando de forma extraña sobre mi oreja, así que tiro de él. Y ahora tengo un mechón enorme cayendo como si fuera una patilla gigantesca. Genial.

Mi madre suelta un quejido.

He pasado la última hora en su habitación viendo cómo se volvía loca con cada aparato para el pelo que alguna vez se haya inventado. Todavía estoy en pijama y faltan cinco horas para que llegue Garrett. Pero mamá no deja de mirar obsesivamente la hora en el teléfono, como si él fuera a aparecer en cualquier momento.

—Vale. Empecemos de nuevo. —Me peina el cabello con los dedos y quita aproximadamente diez mil horquillas. Luego lo rocía con agua y lo vuelve a alisar—. Lo juro por Dios…

En cuanto a mí, estoy adormecida. Todo esto simplemente me importa una mierda. Entiendo que el baile de graduación sea algo enorme, pero ¿para qué? ¿Para qué tanto esfuerzo?

Para ser sincera, no me importa impresionar a mi pareja. O quizás una partecita estúpida de mí sí quiere impresionar a *alguien*, pero si ese alguien se encuentra fuera de mi alcance, ¿cuál es la motivación?

Mi madre se humedece los labios.

—Déjame que lo seque otra vez.

—Hazlo.

Lo hace.

Es increíble, nunca pensé que iría al baile y aquí estoy, sometiéndome a toda la rutina que eso implica. Nos haremos fotos en la casa de Simon y luego iremos en una limusina de verdad a un restaurante pretencioso en Alpharetta. Es el sueño erótico del bachillerato de las afueras.

Mi madre apaga el secador.

—Odio que estés peleada con Morgan y Anna —suelta de la nada.

—¿Por qué?

—Simplemente, no me gusta que haya tensión. Quiero que tengas la noche perfecta.

—Eso es un mito.

—¿Qué es un mito?

—La noche perfecta en el baile de graduación.

Mi madre ríe.

—¿Qué quieres decir?

—Es como un cliché de una película para adolescentes. Está el número de baile coreografiado y el extraño contacto visual, y luego el beso dulce.

—Eso parece un gran baile —dice mamá.

—Es un chiste.

—Dios, Leah. —Recorre mi pelo con sus manos y enrolla un mechón alrededor de su dedo—. ¿Cómo te has vuelto tan cínica?

—No puedo evitarlo. Soy de Slytherin.

Y soy de la peor clase de Slytherin.

Soy de esas que están tan estúpidamente enamoradas de alguien de Gryffindor que ni siquiera funcionan. Soy la Draco de un *fic* de mierda de Drarry que el autor abandonó después de cuatro capítulos.

—Bueno, mi baile fue increíble —dice mi madre—. Fue una de las noches más románticas de mi vida.

—¿No estabas embarazada?

—¿Y qué? Aun así, fue hermoso. —Sonríe—. ¿Sabías que me hice una ecografía el día antes del baile?

—¿Y eso fue... genial?

—¡Fue genial! Fue la más completa, también. Allí supe cuál sería tu género.

—El género es una construcción social.

—Lo sé, lo sé. —Me clava un dedo en la mejilla—. No sé. Solo estaba muy emocionada. Ni siquiera me importaba cuál fuera tu sexo. Solo quería saber todo acerca de ti.

Resoplo.

—Eso suena bien.

—Recuerdo perfectamente estar acostada en la camilla, viéndote en la pantallita. Eras tan...

—¿Fetal?

—Sí. —Sonríe—. Pero también... no lo sé. Eras como una pequeña luchadora allí dentro. Recuerdo que eso me impactó mucho. Aquí estaba yo, con todos estos líos, el instituto, el baile y tu padre, pero tú solo seguiste haciendo lo tuyo. Creciendo y creciendo. Nada te detenía.

—Creo que ese es el logro mínimo de un feto.

—No lo sé. Solo me pareció increíble. Y todavía siento lo mismo. Mírate. —Levanto la mirada hacia el espejo, encuentro sus ojos y durante un instante nos quedamos en silencio.

Cuando mi madre vuelve por fin a hablar, lo hace casi en un susurro—: Todo el mundo solía decirme lo rápido que pasaría todo. Y de verdad me molestaba.

—Ja.

—Siempre era una señora cualquiera en alguna tienda. Tú pataleabas o te ponías a llorar, y en todas las ocasiones aparecía alguna idiota y decía que algún día lo echaría de menos. «Ay, se irá a la universidad antes de que te enteres. Disfruta de estos momentos». Y yo pensaba, «bonita historia, vete a la mierda». —Enrolla un mechón de mi pelo alrededor del rizador—. Pero tenían mucha razón.

—Suele pasar.

—No puedo creer que te vayas a ir. —Mi madre parpadea demasiado rápido.

—¿Te das cuenta de que estaré a una hora y media de distancia, no?

—Lo sé, lo sé. —Sonríe con tristeza—. Pero sabes a qué me refiero.

La miro arrugando la nariz.

—No te atrevas a llorar.

—¿Por qué? ¿Porque tú llorarás también?

—De ninguna manera. Nunca.

Mi madre ríe con suavidad.

—Todo va a ser muy extraño aquí sin ti, Leah.

—*Mamá*.

—Vale, no voy a seguir. No quiero verte llorar por mí y estropear tu maquillaje para el baile.

—Mi maquillaje para el baile. —Pongo los ojos en blanco y sonrío.

Mi madre me devuelve la sonrisa.

—Leah, te divertirás mucho esta noche.

—Será extraño.

—Aunque lo sea. A mí me encantó mi extraña y caótica noche de graduación. —Se encoge de hombros—. Simplemente disfrútala. Eso hice yo. Recuerdo mirarme en el espejo y decidir que mi baile de graduación no sería una porquería, aun si no salía como yo imaginaba.

—Bueno, el mío será una porquería. —Hago una mueca en el espejo.

—¿Por qué? No tiene por qué ser así. —Se inclina hacia adelante y apoya el mentón en mi cabeza—. Prométeme que intentarás no pensar demasiado.

Entonces recuerdo algo de forma repentina, y lo siento como una patada en la ingle.

—*Mierda.*

Mamá me mira a los ojos a través del espejo, las cejas en alto.

—¿Estás bien?

—Soy muy idiota.

—Lo dudo mucho.

—No tengo sujetador.

—Mmm. —Mamá coloca en su lugar un último mechón de pelo y sonríe—. No está mal, ¿verdad?

Es decir, sí, mi madre ha hecho un trabajo espectacular. No sé cómo lo ha logrado, pero mi pelo está suave y ondulado, recogido a los lados, con pequeños mechones suaves cayendo sobre mis mejillas. Por supuesto, el hecho de estar todavía en pijama hace que mi cabeza y mi cuerpo parezcan pertenecer a dos personas distintas, pero supongo que quedará bien con el vestido.

Excepto por el hecho de que no tengo un maldito sujetador.

—Necesito algo sin tirantes.

—¿No tienes un sujetador sin tirantes?

—¿Por qué debería tenerlo?

Mi madre hace una mueca.

—¿Porque tienes un vestido sin tirantes?

—Vale, no es gracioso. Estoy a punto de desesperarme.

—Lee. —Apoya las manos sobre mis hombros—. Tenemos algunas horas hasta que llegue Garrett. Podemos comprarte un sujetador.

—¿En dónde?

—En cualquier sitio. ¿Qué te parece Target? Ve a ponerte unos vaqueros. —Coge su bolso—. Vamos.

Excepto que el coche no arranca.

—No —dice mi madre mientras las llaves giran sin resultado—. Hoy no, Satán.

—¿Esto es una jodida broma?

—Espera. —Le da un golpecito al volante y abre y cierra la puerta—. Intentaré otra vez.

Nada.

Parece un tanto asustada.

—¿Debería soplarle a la llave?

—Eso no tiene sentido, mamá.

—Ay, vamos —murmura, y ahora golpea con fuerza el volante con ambas manos—. De todos días de mier...

—Bueno, pero no lo digas así.

Me lanza una mirada cohibida.

—Pensaba que nos gustaba maldecir.

—Nos encanta maldecir. Pero maldecimos con todas las letras. De todos los malditos días de mierda.

—No puedo creerlo —dice.

Asiento.

—Es una señal.

—¿De qué?

—De que debería quedarme en casa.

Ahora es mi madre quien pone los ojos en blanco.

—¿No quieres ir al baile por un sujetador?

—Por la *falta* de un sujetador —la corrijo—. Y porque no tengo forma de conseguir uno.

Mi madre no responde, solo mete la mano en el bolso para coger su teléfono. Luego busca entre sus contactos más frecuentes.

—¿A quién estás llamando? —Me ignora—. No, de ninguna manera. —Intento coger el teléfono, pero lo coloca fuera de mi alcance—. ¿Estás llamando a Wells?

No me responde. Presiona llamar.

—Por favor dime que no le estás pidiendo a Wells que me compre un maldito sujetador.

—¿Por qué no? —El teléfono comienza a sonar.

—Porque es un sujetador.

—¿Y?

—Es repugnante.

—¿Qué, un sujetador? ¿Te repugnan los sujetadores? —Abro la boca, pero ella sigue hablando—. Cariño, si no puedes hablar de sujetadores espera hasta que aprendas algo sobre las tetas que… Hola, cariño. —Se interrumpe a sí misma y toda su conducta cambia. Me imagino a Wells al otro lado de la línea, el teléfono pegado a su oreja diminuta.

La golpeo en el brazo, se vuelve hacia mí y me guiña el ojo.

—Leah y yo necesitamos un favor.

Sacudo la cabeza de forma frenética, pero mi madre se vuelve hacia un lado y me ignora.

—El coche acaba de morir y nos hemos dado cuenta de que Leah no tiene…

Me cubro el pecho con los brazos cruzados.

—… algo que necesita —continúa mi madre. Después hace una pausa. Apenas puedo escuchar la voz de Wells a través del celular—. Muy bien. No hasta las cinco. —Vuelve a hacer una pausa, y luego se ríe—. Sí, realmente ha muerto. —Asiente y me mira con una sonrisa en el rostro—. Gracias, cariño. Te quiero.

Vale, antes de nada: puaj. Segundo: qué mierda. Así que mamá y Wells están en el nivel de *te quiero*. Es demasiado vomitivo.

Termina la llamada y se vuelve hacia mí.

—Estará aquí en quince minutos para hacer arrancar el coche.

—Genial.

—Eh, de nada. —Levanta las cejas.

Me sonrojo.

—Gracias.

Y es extraño. No nos bajamos del coche. Ni siquiera nos desabrochamos los cinturones. Es como si alguien hubiera puesto en pausa el universo. Todo huele a laca para el pelo y tengo esta sensación de cambio de ritmo y de destiempo una vez más. Esa pequeña picazón en el estómago. Mamá tamborilea sobre el volante, tarareando.

—¿Tú y Wells estáis comprometidos en secreto o algo así?

Deja las manos inmóviles.

—¿Qué? ¿Por qué dices eso?

—Es solo una pregunta.

Mamá suspira.

—Leah, no. No estoy comprometida en secreto.

—¿Os vais a comprometer?

—Eh. —Sonríe—. No que yo sepa.

—¿Dirías que sí si te lo preguntara?

—Leah, espera un minuto. ¿Por qué me estás preguntando esto?

—Es solo una pregunta hipotética. —Levanto los pies, los apoyo sobre el asiento y me vuelvo hacia la ventanilla. Todo está verde y bañado por la luz del sol. Estúpido y perfecto día de abril.

—¿Si me lo preguntara hoy? No lo sé —dice mi madre—. El matrimonio es algo grande. Sé que lo quiero mucho.

La miro.

—¿Por qué?

—¿Por qué quiero a Wells?

—Entiendo lo del dinero, por supuesto.

—Eh, ¿perdón? —Los ojos de mi madre destellan—. ¿Sabes qué? Eso es hiriente y no es verdad.

—Entonces no lo entiendo.

—¿No entiendes qué?

—Quiero decir, no te vas a casar con él por su aspecto —digo, e incluso antes de que las palabras salgan de mi boca, me arrepiento. Siento que el calor me sube a las mejillas. No sé por qué soy tan mala.

—Vale, ¿en serio?

—Lo siento —murmuro.

—Sabes, yo creo de verdad que es apuesto.

—Lo sé. Lo entiendo. Soy una idiota.

—¿Tú no piensas que se parece un poco al príncipe William?

—Eh, ¿Wells no tiene cincuenta?

—Tiene cuarenta y dos.

—Aun así.

—Es como un príncipe William un poco mayor y un poco más calvo. Solo me refiero a su cara. —Me da un empujoncito en la rodilla—. Lo puedes ver.

Mierda. Lo puedo ver. E incluso su nombre encaja a la perfección.

—¿Entonces toda esta relación está basada literalmente en tu fetiche de toda la vida por el príncipe William?

—Vale, no es un *fetiche*. Pero creo que es sexi.

—No puedo creer que hayas dicho que el príncipe William es sexi.

—Lo he hecho. Había que decirlo. —Sonríe, casi con tristeza—. Sabes, creo que él te gustaría si le dieras una pequeña oportunidad.

—No me tiene que gustar. Estoy a punto de graduarme, ¿recuerdas?

—Ay, sí. Claro que lo recuerdo.

Y algo en la forma en que lo dice hace que se me forme un nudo en la garganta. Miro la guantera y me abrazo las rodillas.

—Lo siento —murmuro.

—Cariño, está bien, ¿sabes? Es solo que…

Deja de hablar cuando Wells se detiene junto a nosotras en su Beemer. Está demasiado golfista hoy, una camiseta polo metida dentro del pantalón y, Dios, ahora no puedo dejar de ver su parecido al príncipe William, lo que es un tanto perturbador. Abre el capó de su coche y mi madre hace lo mismo. El juego previo para esta relación automovilística. Mi madre sale del asiento del conductor y coge del maletero un juego de cables con pinzas.

Observo desde el asiento del acompañante mientras colocan sus pequeñas pinzas dentadas en algún lugar de ese caos de partes de la batería y del motor. Un instante después, Wells enciende su coche y mi madre se asoma por la puerta del asiento del conductor.

—Lee, intenta encenderlo.

Lo hago, e inmediatamente ruge de regreso a la vida.

—¿Eso es todo? —pregunto—. ¿Lo habéis logrado?

—Bueno, ha arrancado, lo cual es algo, pero necesitamos mantener la batería encendida durante un rato. ¿Por qué no te sientas atrás?

—¿Por qué?

—Porque Wells nos va a llevar a Target para poder mantener el coche encendido mientras nosotras compramos.

—Ah. Vale. —Dios. Compras para el baile con Wells. Pero supongo que, técnicamente, él nos ha rescatado, y que, técnicamente, debería estar agradecida. O algo así.

Mi madre le cuenta a Wells todos los chismes del baile durante el camino a Target. Recuerda cada detalle que alguna vez le he mencionado.

—Bueno, Abby ha dejado a Nick, así que eso es lo más importante, pero Morgan también está generando problemas —explica mi madre—. Y Garrett está enamorado de Leah.

Me inclino hacia adelante.

—Eso es solo un rumor.

—Pero —continúa mi madre, y gira para sonreírme—. Creo que a Leah le gusta alguien más.

—Mamá.

Mierda. Será mejor que no esté implicando lo que pienso que está implicando.

—Solo lo creo. —Sonríe—. Será una noche interesante.

Ni bien nos detenemos en el aparcamiento, el teléfono de mi madre comienza a sonar.

—Ay, maldita sea. Tengo que coger esta llamada. —Responde, arruga la cara hacia mí y articula la palabra *trabajo*.

Qué momento tan oportuno.

Durante un instante, Wells y yo simplemente nos quedamos allí sentados mientras mi madre asiente y dice:

—Ajá. Vale. Sí. Ajá. —Tantea dentro su bolso en busca de un bolígrafo y garabatea algunas cosas en el dorso de un recibo—. Bueno, realmente, ah. *Ah.* Vale. No, no. —Me lanza una mirada que es mitad culpable y mitad desesperada—. Mmmmm —murmura. Luego desabrocha su cinturón y se vuelve para mirarme.

Le devuelvo la mirada y alzo las cejas.

—Sí. Vale. Absolutamente —dice al teléfono. Pero asiente con la cabeza de forma intencionada hacia mí. Luego me alcanza su tarjeta de crédito.

—¿Se supone que debo hacer esto sola? —pregunto en voz baja.

Se encoge de hombros, hace un gesto hacia su teléfono y luego señala el reloj del salpicadero del coche —que ha estado roto durante años, pero entiendo lo que quiere decir—. Garrett estará en casa en dos horas, y yo estoy en vaqueros y sin una pizca de maquillaje.

—Iré contigo —dice Wells.

—Eh. No es necesario.

—En realidad es perfecto. De todas maneras, necesito comprar una tarjeta de cumpleaños.

Le lanzo una mirada a mi madre que dice *me estás jodiendo.* Se encoge de hombros y levanta las palmas, los ojos brillantes.

¿No es mágico? Estoy comprando un sujetador con Wells.

Mete las manos en los bolsillos mientras caminamos por el aparcamiento.

—¿Qué es lo que necesitas?

—Una prenda de vestir.

—¿Una prenda de vestir? —Me lanza una sonrisa, confundido—. ¿Tengo que adivinarlo?

—No —respondo con prisa. Me cago en mi vida—. Es solo un sujetador. —Para mis tetas, Wells.

—Ah.

Ahora ni siquiera puedo pensar con claridad. Quizás mi cerebro se esté friendo. Quizás eso es lo que sucede cuando llegas al colmo de la humillación.

Atravesamos las puertas automáticas y lo primero que veo es la sección de bolsos: bolsos gigantes de lona con cierre, bolsos de cuero sintético y una variedad veraniega de bolsos de playa tejidos —aun en esta época.

—Ay, no. —Me golpeo la frente.

—¿Todo va bien? —pregunta Wells.

—No tengo bolso.

Es decir, técnicamente, tengo uno. Pero es una cosa andrajosa que compré hace tres años en Old Navy. No puedo llevar esa porquería al baile.

—Está bien. Podemos solucionarlo. —Asiente con energía—. ¿Te serviría alguno de estos?

—Y zapatos. No tengo zapatos.

Vale, honestamente, estoy comenzando a desesperarme, porque esto parece una señal. No tengo sujetador, ni zapatos, ni bolso, la batería del coche está muerta y mi madre ocupada. Universo, te escucho fuerte y claro. Ni siquiera debería haber considerado asistir al baile. Debería volver a casa y mirar HGTV, y devolver el vestido en cuanto el centro comercial abra mañana.

Solo desearía… No lo sé. Desearía ser la clase de chica que tiene en cuenta cosas como sujetadores, zapatos y bolsos. Es como si hubiera un gen para el baile de graduación y yo no lo tuviera. Y creo que tiene sentido. En general, apenas puedo confiar en vestirme yo misma. No es una sorpresa que esté hecha un desastre cuando se trata de esta porquería.

—Este es bonito —dice Wells, sosteniendo un pequeño bolso de mano. Está hecho de cuero sintético dorado y tiene la forma de la cabeza de un gato. Tengo que admitir que es adorable.

Me muerdo el labio.

—¿Cuánto cuesta?

Revisa la etiqueta.

—Ah, solo veinte dólares.

—Ufff, no importa.

—Leah, yo lo pago.

Río.

—Sí, no gracias.

—De verdad. En serio, no te preocupes.

Dios, odio esto. Wells es, literalmente, la última persona que querría que me compre cosas. No es mi padrastro. Y definitivamente no es mi padre. Todo esto es raro e incómodo, y me siento como una interesada.

Pero. No lo sé. Tampoco quiero llevar un bolso de lona al baile de graduación.

—Iré a buscar un sujetador —digo con prisa, y mis ojos comienzan a enrojecerse. Todo esto es demasiado ridículo. Y, sinceramente, ni siquiera sé cómo puedo hacer esto sin mi madre. No sé nada de sujetadores sin tirantes. No sé cómo se supone que tiene que quedar. Ni siquiera sé si tengo permitido probármelos. Termino dando vueltas en el sector de lencería pareciendo, probablemente, como una pequeña tortuga perdida. Al final, cojo el más barato de mi talla, pero aun el más barato cuesta casi veinticinco dólares. Un sujetador que, casi con seguridad, utilizaré solo una vez. Y si pago veinticinco dólares por un sujetador, de ninguna forma podré comprarme unos zapatos. Tendré que llevar mi calzado deportivo. Un calzado gigante y horrible. Ahora sí tengo un conjunto para el baile de graduación.

Me estoy poniendo un poco histérica. Solo un poco.

Wells está sosteniendo una bolsa de Target cuando lo encuentro en la caja automática. Sonríe y se restriega la nuca.

—Vale, sé que no quieres que haga esto, pero he comprado el bolso del gato.

—¿En serio?

—Es solo que, he supuesto que probablemente intentarías detenerme, y luego yo insistiría y seguiríamos así hasta la eternidad y sé que no tenemos mucho tiempo. Así que, bueno. —Se muerde el labio—. Si no lo quieres usar, me parece bien.

—Ah. Eh. —Miro la bolsa.

—Habría cogido algunos zapatos también, pero no sé tu talla.

—Está… bien. Eso es genial por tu parte, Wells.

Estoy acostumbrada a pronunciar su nombre con una especie de énfasis sarcástico, un tono que representa mi desdén. Decir Wells sin ese tono ácido es extraño y, de alguna forma, incompleto.

Pago el sujetador con la tarjeta de mi madre y regresamos al coche. Pero cuando llegamos allí todavía está hablando por teléfono, así que Wells y yo nos apoyamos contra el maletero, uno al lado del otro.

—¿Estás emocionada? —pregunta.

—¿Por el baile?

—Sí.

Se encoge de hombros.

—Nunca fui al mío.

—Yo nunca pensé que lo haría.

—No te olvides de llevar la cámara. Tu madre querrá fotografías.

—¿Mi cámara? —Pregunto, por supuesto que Wells diría eso. Como si fuera a aparecer en el baile con una gigantesca cámara antigua y un trípode. Tal vez debería saltarme la cámara por completo. Llevaré algunos óleos y un maldito caballete.

—Supongo que tienes tu teléfono móvil para eso, ¿no?

—Eh, sí. —Sonrío.

Me devuelve la sonrisa. Y por un instante, solo nos quedamos allí.

—Ah, y gracias por el bolso —digo al final. Restriego mi zapato contra el asfalto—. No tenías que comprármelo.

—Ha sido un placer.

—Bueno, te lo agradezco —digo, y comienzo a ruborizarme. Porque al parecer no soy capaz de agradecer a las personas sin volver incómoda la situación. Es probable que Wells piense que soy ridícula por ponerme tan nerviosa por un bolso de veinte dólares. Probablemente los veinte dólares no signifiquen nada para él. Probablemente use los billetes de veinte como papel higiénico.

Pero Wells solo sacude la cabeza.

—Sé que esta clase de cosas pueden ser muy incómodas. Yo antes odiaba los regalos.

—Yo también.

—Aun cuando sabía que la persona podía pagarlos. Pero no quería sentir que estaba recibiendo limosna. —Me mira, y es como si estuviera leyendo mi mente—. No siempre he tenido mucho dinero.

—¿De verdad?

Asiente.

—Sí. Era el chico pobre en el vecindario rico. Todos mis amigos tenían casas y nosotros vivíamos en un apartamento diminuto. Creo que algunas personas ni siquiera saben que hay apartamentos en los suburbios.

—Guau.

—¿Guau?

—Es solo que... No lo sé. Me imaginaba que eras un chico de club de campo.

—Bueno, lo he sido, de alguna forma. —Sonríe—. Fui *caddy*.

—Eso es... algo de golf, ¿verdad?

—Exacto —asiente. Y es extraño. Me siento más liviana. Quizás este tipo rarito puede quedarse con nosotras si quiere. Quizás mi madre pueda quedarse con este príncipe William falso para distraerse. Supongo que es eso o merodear por los pasillos de Publix advirtiendo a las madres con bebés sobre cómo vuela el tiempo.

Sin embargo, el punto es otro: nadie advierte a los bebés.

Garrett llega a la hora acordada y salgo a los escalones de entrada para recibirlo. Me mira, abre la boca y la vuelve a cerrar. Creo que es la primera vez que se queda sin palabras.

—Mierda, Burke —dice al final.

—Mierda, Laughlin. —Tiro de las puntas de mi pelo.

Supongo que me siento bonita. Ahora que estoy vestida, el peinado funciona a la perfección, y tengo las mejillas rosadas, los ojos sombreados y los hombros pecosos al descubierto, todo al mismo tiempo. Y resulta que mis botas son exactamente del mismo tono dorado que mi bolso de gato. Así que, eso es lo que está sucediendo. Estoy llevando mis botas al baile.

Garrett solo mira mi boca. Supongo que me alegra que no me esté mirando las tetas.

Me entrega un ramillete blanco para mi muñeca y mi madre me ayuda a colocarle una flor en la solapa de su esmoquin. Luego nos conduce fuera de la casa para una sesión de fotos del infierno. No ayuda que Garrett no sepa dónde colocar sus manos. Primero me rodea la cintura con el brazo, luego los hombros y, al final, regresa a la cintura. Estoy esperando —a medias— que coja su teléfono para consultar en Google.

Cuando finalmente es hora de irnos, abre la puerta del coche para mí y, la verdad es que resulta superextraño llevar un vestido de graduación en el monovolumen de la madre de

Garrett. Nunca había visto a Garrett tan callado como esta noche. No puedo evitar echar algunas miradas a su perfil.

—Estás muy guapo hoy, Garrett —digo al final. Y es verdad. La mitad del tiempo es tan pesado que es difícil recordar que es guapo. Pero lo es. Tiene una buena línea de mandíbula, el cabello abundante y esos brillantes ojos azules.

—Tú también —dice—. En serio. —Se queda callado durante un momento—. ¿Estás entusiasmada por el baile?

—Supongo.

—¿Supongo? Me encanta tu alegría, Burke.

—Espera, déjame intentarlo una vez más. —Me aclaro la garganta—. Signo de exclamación, supongo, signo de exclamación.

Ríe.

—Mucho mejor.

Lo miro y sonrío, pero siento esta punzada de culpa. Porque Garrett es en realidad muy gracioso y decente. Probablemente sería un gran novio. Aunque no lo sea para mí.

Y debería decírselo. *Eh, Garrett. ¡Un aviso! Todas esas cosas del baile salidas de una película que te estás imaginando… No van a suceder. No habrá baile coreografiado. Ni miradas de ensueño. Y definitivamente no habrá ningún beso dulce.*

Ey, Garrett. Estoy desgraciadamente enamorada de otra persona.

♫

Al menos entiendo el porqué de los esmóquines. Consiguen que los chicos parezcan un setenta y cinco por ciento más apuestos. Y no solo Garrett, sino todos. Casi me muero cuando veo a Nick, a Simon y a Bram.

En este momento, Simon, ellos, Nora y Cal están padeciendo una épica sesión de fotos con sus padres. Nick está sentado solo en los escalones, golpeando los dedos en el borde de los ladrillos. Anna corre directamente hacia mí, y Morgan la sigue de cerca. Y dado que me he convertido en un verdadero cliché, me sumo a toda la rutina. *¡Ay, Dios, me encanta tu vestido! Ay, Dios, ¿estás emocionada?*

Anna está demasiado bien. De verdad. Lleva un vestido de dos piezas que solo deja entrever un poco de su barriga y tiene el cabello trenzado y sujeto hacia arriba. Anna y Morgan son las dos muy pequeñas y, a veces, cuando estoy cerca de ellas me siento como Hulk.

Pero no.

Mi cerebro finalmente se calla, por una vez. *Hola, cerebro: por favor, déjame sentirme guapa.*

Creo que de verdad lo siento. Me siento guapa.

Morgan me dedica una sonrisa cuidadosa.

—Estás muy guapa, Leah.

Me quedo paralizada. Debería haberme preparado para esto. Sabía que tendría que estar cerca de ella. Pero no dejé de apartarlo de mi mente. Ella se *disculpó*. Y Abby la perdonó. Quiero decir, eso es algo para tener en cuenta.

—Gracias —respondo—. Tú también.

—¿Podemos hablar? —me pregunta en voz baja.

Es extraño. No dejo de pensar en lo que dijo Anna, que quizás he querido arruinar esta situación para hacer que la despedida fuera más leve. Estoy segura de que eso es mentira. Morgan la cagó ella sola. Yo no le pedí que fuera racista para extrañarla menos.

—Vale —digo al final. Miro al cerezo, donde el padre de Simon está haciendo *zoom* para tomar unas incómodas fotos en primer plano de los rostros de Nora y Cal. Hago un gesto hacia la calle—. ¿Allí?

—Me parece bien.

Hay un silencio extraño y tenso mientras recorremos el camino de entrada. Recojo mi falda hacia adelante y me coloco en la acera. Los ojos de Morgan no dejan de viajar hacia mí, como si esperara que yo hablara primero. Pero no sé qué decir. Ni siquiera sé cómo sentirme.

Se apoya sobre las manos y suspira.

—Me he disculpado con Abby.

—Lo sé.

Durante un minuto, ambas nos quedamos allí sentadas, mirando hacia cualquier lado excepto la una a la otra.

—La he cagado —dice al final—. No puedo creer que haya dicho lo que dije. Me siento como una mierda.

—Deberías sentirte así.

—Lo sé. —Cierra los ojos—. Lo sé. Sí, estuve muy triste. Estuve tan... Dios, ni siquiera puedo explicar cómo me sentí. Que me rechazaran...

—Pero eso no es excusa, Morgan.

—Ay, lo sé. No lo es. No está bien. Y yo me considero una aliada. —Exhala—. Pero cuando se vuelve personal, todo sale volando por la ventana. Nunca olvidaré lo que dije.

—Sí.

—Y no tienes que perdonarme. Lo entiendo. Solo quería que supieras que lo siento mucho. Prometo ser mejor.

La miro de reojo. Tiene los labios apretados y el ceño fruncido. Está siendo dolorosamente sincera. Es evidente en todo su rostro.

Pero el perdón ajeno es complicado. Nunca sé qué actitud adoptar. Si Abby la ha perdonado, ¿debería hacer lo mismo? Si Simon perdonó a Martin, ¿debería hacerlo yo también?

Abro la boca para hablar. Ni siquiera sé lo que estoy por decir.

Pero antes de que pueda decir algo aparece Garrett.

—Ey, el tipo de la limusina quiere irse. ¿Alguien sabe algo de Abby?

—Ah, ¿no ha llegado? —Hago una mueca cuando lo digo. Soy incluso peor que Taylor. *¿Abby no ha llegado? Guau, ¡no me había dado cuenta en absoluto! ¡No es que haya estado buscando obsesivamente su coche en la calle!*

Dios. ¿Y si se salta el baile? ¿Y si no puede lidiar con la incomodidad? Debería enviarle un mensaje. Solo para ver cómo está. Intento buscar el móvil en mi bolso, pero el corazón me da un vuelco de solo pensarlo. ¿Qué le voy a decir?

Al final, aparece Simon y me rodea los hombros con el brazo.

—Vale, Abby está a punto de llegar, está en medio de un atasco. Deberíamos continuar y hacernos fotos grupales. Primero los chicos. —Luego se acerca a mí y me susurra al oído—. Estás increíble.

—Shhh.

—Solo lo digo.

—Tú también.

Sonríe y tira de un mechón de mi pelo, y luego busca a Garrett para hacerse las fotografías. Cal y Nora ya se han ido, y ahora el padre de Simon coloca a los demás debajo del árbol de cerezo. Son un grupo interesante, no mentiré. Parecen como un grupo de música de chicos. Garrett es el más alto de todos, de modo que el señor Spier lo coloca en el medio, con Bram y Simon a un lado y Nick al otro. Todos hacen la pose de graduación con las manos entrelazadas cerca de sus entrepiernas mientras la madre de Simon hace fotografías de forma frenética. Es fascinante.

Pero yo tengo un ojo en la calle, y cada vez que se aproxima un coche, mi corazón comienza a latir con fuerza. Sé que está cerca, pero siento que ese momento no llegará nunca. El tiempo está pasando con demasiada lentitud y todo se vuelve borroso y onírico. Intento concentrarme en la calidez del sol sobre mis hombros. Cualquier cosa para mantenerme centrada. Me siento como si hubiera tragado un globo de helio.

Entonces el coche de Abby se detiene y mi cerebro entero parece despejarse. Su madre gira en la entrada de la casa de Simon, y ella sale del asiento del acompañante sujetando su falda con una mano y un bolsito con la otra.

Deja que su falda caiga.

Y a la mierda mi vida para siempre.

Parece una nube. O una bailarina. Su vestido entero está hecho de un tul azul pálido, ligero como el aire, y tiene unas tiras entrecruzadas con cuidado sobre la espalda. Lleva el pelo levemente recogido, el flequillo hacia un lado, y sus labios y mejillas están suaves y rosadas. Es demasiado. Lo juro por Dios. Esta chica es demasiado, y yo ya estoy en otro mundo.

Me mira, y sus ojos resplandecen y se agrandan. *Guau*, articula sin emitir sonido.

Durante un instante, solo la miro. Hace veinticuatro horas le estaba gritando en el campo de fútbol, y ahora me está sonriendo como si fuera lo más fácil del mundo. No puedo decidir si estoy aliviada o decepcionada. Es decir, vamos: ¿ni siquiera se va a mostrar un poquito incómoda? ¿Ni siquiera un poco?

Regreso de una sacudida a la tierra debido a la madre de Simon, que se desliza entre Abby y yo, aplaudiendo.

—Sus *paparazzi* las esperan. —Lleva puesta una camiseta enorme que dice, en letras negras gigantes, TEME A LA ARDILLA.

—¿Por qué deberíamos temerle a la ardilla? —pregunto.

—Porque mira —dice. Y luego se vuelve para mostrar la espalda de su camiseta. Que tiene una imagen de una ardilla y las palabras MADRE DE HAVERFORD.

—¿Su mascota es una ardilla? —pregunta Abby.

Encuentro la mirada de Simon al otro lado de la entrada de su casa. *¿Bram lo sabe?* articulo.

Inclina la cabeza, confundido.

Cojo mi teléfono y le envío un mensaje. ¿Bram sabe lo de Haverford?

Simon coge el suyo de su bolsillo trasero, mira la pantalla y sonríe. Me responde: Lo sabe 😄.

Nos dirigimos al árbol de cerezo y el padre de Simon nos coloca para hacernos las fotos. Incomodidad máxima. No sé si los padres de Simon no saben nada o si me están haciendo una broma, pero parecen decididos a colocarme entre Abby y Garrett En. Cada. Maldita. Foto. Excepto en aquellas en las que se supone que debo estar junto a Morgan.

—Acercaros más. Demostrad que os queréis mucho.

¿Cómo consiguen hacer eso los padres? ¿Cómo logran decir siempre cosas ciertas sin saber que son ciertas?

El señor Spier está a punto de meterse en un serio problema al pedir una foto de pareja de Nick y Abby, pero Simon se interpone y luego llega la limusina. Me coloco entre Garrett y Nick mientras la madre de Simon mete la cabeza por la ventanilla para hacer más fotos.

El interior de la limusina es prácticamente un club de estrípers. No es que alguna vez haya estado en uno. Pero hay asientos en ambos lados y una franja delgada y fluorescente a lo largo de la pared, como una barra luminosa que cambia de color. Y hay un minibar, que tiene botellas de agua en lugar de alcohol. Pero *aun así*. Me siento como si hubiera entrado en la vida de alguien más. Como una Kardashian o Beyoncé. No quiero mirar por las ventanillas o recordaré que estamos en Shady Creek.

—Seguro que la gente piensa que somos famosos —dice Simon.

—Bueno, eso es lo que yo pensaría al ver una limusina repleta de chicos de bachillerato recorriendo las afueras en abril —dice Abby—. *Definitivamente* el estreno de una película.

—O los Oscar —añade Bram.

—En ningún caso pensaría en una graduación.

—Callaos. —Simon sonríe y les propina codazos a ambos al mismo tiempo.

Luego Garrett se estira y —por Dios— desliza su brazo sobre mis hombros. Genio de la sutileza. Me inclino hacia adelante, solo unos centímetros. Lo suficiente para poner un poco de espacio entre nosotros, pero no tan lejos para que alguien se dé cuenta.

Excepto que Abby sí lo hace. Levanta las cejas de forma casi imperceptible y me dedica una sonrisita secreta.

Y sí.

Mierda.

Esta va a ser una noche para recordar.

El conductor no es capaz de encontrar el restaurante. Baja el cristal divisor y nos mira por el espejo retrovisor.

—¿El American Grill?

—El American Grill Bistro —aclara Garrett.

—¿Estáis seguros de que este es el centro comercial?

—Correcto. —Garrett aparta su brazo de mis hombros y se inclina hacia adelante en el asiento—. El centro comercial North Point, el American Grill Bistro.

Damos vueltas durante algunos minutos, hasta que el conductor se rinde y nos deja en Macy's. Caminar por el centro comercial con ropa formal es irreal. Hay ancianas que nos sonríen y niños que nos miran fijamente, y un hombre hasta nos hace una fotografía.

—Qué siniestro.

Garrett toma la delantera y nos guía. Pasamos delante de Forever 21, de la tienda Apple y de Francesca's. Luego recorremos todo el centro comercial, hasta Sears, pero no hay ningún restaurante. Garrett parece perplejo.

—Definitivamente era por aquí. Definitivamente.

—¿Quieres que revise el mapa? —pregunta Anna.

—Debería estar justo aquí.

Todos nos quedamos allí quietos durante un minuto en nuestros vestidos y esmóquines. Estamos un tanto desorientados.

Es decir, soy una chica de las afueras, conozco los centros comerciales. Pero este no es el que suelo visitar, lo que significa que es como entrar en un universo paralelo. Observo cómo Simon se muerde el labio mientras Garrett mira la guía.

—Quizás deberíamos comer en el patio de comidas —sugiere Anna.

—No, esperad —dice Abby, y se tapa la boca con la mano.

—¿Estás bien?

Asiente despacio.

—Solo dejadme... enseguida vuelvo —dice frunciendo el ceño, y un momento más tarde desaparece por una esquina.

Garrett se me acerca, parece desconsolado.

—Te lo juro, he hecho una reserva. Hablé con alguien. Por *teléfono* —agrega.

—Garrett, está bien.

—Lo hice. Lo juro.

—Te creo —digo, buscando a Abby con la mirada. Hay un Starbucks, unas escaleras mecánicas y decenas y decenas de personas. Pero ella no está en ninguna parte.

—Quiero un sillón de masajes —dice Simon, mirando hacia Brookstone.

—Yo seré tu sillón de masajes —dice Bram.

—Dime que no acabas de decir eso. —Lo miro arrugando la nariz. Pero él solo aprieta los hombros de Simon y lo atrae hacia él. Simon sonríe y se reclina contra Bram.

—Ey —dice Abby sin aliento. Levanto la mirada de golpe. Ella es como un rayo de sol. Tiene una sonrisa de oreja a oreja, y los ojos brillantes y alegres.

—Oye, Garrett —dice.

—Suso.

Ella lo coge de las manos.

—Tenemos una reserva.

—¿Sí? —Parece esperanzado—. ¿Dónde está el restaurante?

—No es un restaurante —dice Abby.

La miro.

—¿Qué?

—Bueno, es una especie de restaurante… —Parece como si estuviera a punto de estallar en carcajadas—. Pero está allí. —Señala un lugar detrás de su espalda.

—Esa es la tienda American Girl —dice Simon.

—Sí.

—Como las muñecas.

—Sí. —Los ojos de Abby destellan.

—No lo entiendo —dice Simon, desconcertado.

—Bueno —dice Abby—. Al parecer Garrett ha hecho nuestra reserva para la cena de graduación en el bistró American Girl.

Garrett sacude la cabeza.

—No, es el American *Grill* Bistro.

—Vale. —Abby inclina la cabeza—. Pero el American Girl Bistro tiene una reserva para ocho, y está a tu nombre, así que…

—Ah. —Los ojos de Garrett se agrandan—. Mierda.

Simon apoya su rostro en mi hombro, casi llorando de la risa.

♫

Todo el restaurante es rosa. Un rosa brillante y enceguecedor. Todo. Las paredes, las mesas, los centros de mesa con flores artificiales.

—Me encanta —dice Abby.

Le sonrío.

—Era de esperar.

Hay una máquina de refrescos de estilo antiguo contra una pared, debajo de un techo brillante, y lámparas con forma de flores rosas gigantes. Y adonde sea que mire, veo muñecas American Girl. Creo que somos los únicos que no hemos traído muñecas. Sin embargo, es lo más adorable del mundo. Las muñecas están sentadas en sillitas altas, sujetas a las mesas, y los camareros les sirven tacitas de té para muñecas.

—Me acuerdo de cuando abrió esta tienda —dice Morgan—. Estaba *obsesionada* con las American Girl.

Anna levanta las cejas.

—Aún lo estás.

—No con todas. —Morgan le propina una palmadita—. Solo con Rebecca. Es judía, así que es parte de la familia.

—Creo que se pueden alquilar muñecas —señala Bram—. Para la cena.

—Voy a alquilar una —dice Simon.

—Chicos, lo siento muchísimo. —Garrett se cubre el rostro.

Abby sonríe.

—¿Estás bromeando? Esta es la mejor cena de graduación del mundo.

—Estoy de acuerdo —dice Morgan. Junta las manos de golpe.

La recepcionista nos coloca en una mesa larga con sillas rosas a lunares y servilletas de tela blanca dobladas de forma intrincada, justo enfrente de la máquina de refrescos. Lo primero que Simon hace es preguntar sobre de las muñecas en alquiler, y después él, Abby y Bram siguen a la recepcionista hacia su puesto. Los chicos regresan unos minutos más tarde con sillitas altas rosas y un par de muñecas rubias que tienen un perturbador parecido a Taylor Metternich.

—Abby todavía se está decidiendo —explica Simon. Echo un vistazo hacia el puesto de la recepcionista y Abby me guiña un ojo.

Cuando finalmente regresa, está abrazando una muñeca negra que lleva coletas.

—La llamaré Hermione —anuncia.

Simon suelta un gritito ahogado.

—Por fin está sucediendo. Abby se está convirtiendo en una *Potterhead*.

—Algo así. —Mira directamente hacia mí.

Termino sentada entre la muñeca Hermione y Garrett, frente a Simon y Bram. Mientras tanto, Nick mira aturdido el menú, y parece tenso y miserable. Mis ojos vuelven a Abby, quien apoya el mentón en su mano y sonríe.

—Hablemos de que la mascota de la universidad de Simon es una ardilla.

—Una ardilla negra.

—Sigue siendo una ardilla.

—Me encantan las ardillas. —Simon sonríe—. Ah, y adivinad qué. Amtrak tiene un descuento para estudiantes.

—Qué útil —dice Abby.

—Creo que intentaremos visitarnos todos los fines de semana —dice Bram.

—Y hablaremos por Skype —agrega Simon—. Y resucitaremos los emails de Jacques y Blue.

—Ayy, me encanta. Es un gran plan.

—Sí, lo tenemos todo pensado. La relación a distancia puede funcionar… —Simon se interrumpe y mira a Abby y a Nick—. Puede funcionar para algunas personas —agrega con embarazo.

—Yo he oído que acaba con las relaciones —dice Nick en voz alta, y todos nos quedamos en silencio. Es la primera vez que habla en toda la noche. Miro a Abby, que continúa sonriendo, pero parpadea rápido.

Nick se encoge de hombros.

—Pero quizás eso es solo algo que la gente dice cuando te dejan justo antes de la graduación.

Abby empuja la silla hacia atrás y se pone de pie.

—Disculpad.

Simon suspira.

—Nick. —Los chicos se revuelven en sus asientos, y Morgan y Anna intercambian miradas con los ojos muy abiertos. Pasa un milenio, y nadie dice ni una palabra.

Al final, me pongo de pie y sujeto el respaldo de mi silla.

—Voy a hablar con ella.

Luego respiro hondo y la sigo hacia el baño.

♫

Abby está sentada en una encimera junto a los lavabos, los pies hacia afuera como una bailarina, las sandalias de plástico asomándose debajo de su vestido. Me mira sorprendida.

—¿Qué estás haciendo aquí?

—Te estaba buscando. —Me restriego la nuca—. Solo quería asegurarme de que estuvieras bien.

Se encoge de hombros.

—Estoy bien.

—Vale.

Durante un momento, ninguna habla.

—¿Por qué estás en el baño? —pregunto al final.

—¿Sabías que tienen ganchos para las muñecas en los cubículos? —pregunta.

Parpadeo.

—¿Qué?

—Sí, hay un ganchito allí adentro donde puedes colocar tu muñeca. De verdad. Mira.

—Pero, ¿por qué?

—Para que la muñeca tenga la experiencia de ir al baño contigo —dice Abby.

—Eso es... extraño.

—¿Verdad? —Ríe, pero luego ahoga la risa con un suspiro. Observo su expresión.

—¿De verdad te encuentras bien?

—Quizás deberías preguntarle eso a Nick.

—Bueno, no lo voy a hacer. Te lo estoy preguntando a ti.

Me lanza una mirada curiosa, pura ceja. No puedo descifrarla por completo. Siento calor en las mejillas, el pecho y la nuca.

—En fin —dice al final, apoyando el mentón entre las manos—. Oficialmente soy lo peor.

—No, no lo eres.

—He hecho que todo se vuelva incómodo.

—Créeme, los chicos se han encargado de eso.

Ríe.

—No solo los chicos.

Mi corazón late fuerte cuando dice eso. Ni siquiera sé por qué. Pero tengo este impulso de sentarme en ese espacio diminuto junto a ella. Me sentaría dentro del lavabo si fuera necesario. Quiero mirar el espejo y ver nuestros reflejos, uno al lado del otro.

Pero estoy paralizada en el lugar.

—No me gusta esto.

—A mí tampoco. —Inclina la cabeza hacia atrás y suspira—. La graduación es lo peor.

—Definitivamente.

Tan pronto como lo digo, pienso en mi madre y su decisión de tener una noche de graduación libre de conflictos. Pero creo que debió haber sido distinto para ella. Porque tal vez en su graduación era la única chica embarazada, pero al menos podía besar a quien quisiera besar. Si beso a Abby Suso, aniquilaré mis amistades. Si ella me devuelve el beso, se producirá el apocalipsis.

De modo que solo me quedo allí y la miro hasta que sonríe. Lo que hace que todo sea peor. Porque cada vez que Abby me sonríe es como si me acuchillaran.

En cuanto volvemos a la limusina, Nick coge una petaca de un bolsillo secreto de su chaqueta. No podría estar menos sorprendida.

Bebe unos tragos y se lo entrega a Anna, y yo me quedo allí sentada, los hombros tensos, pensando: *por esta razón no voy a los bailes escolares*. Sé exactamente como va a salir todo esta noche. Todos van a terminar completamente borrachos, hablarán de lo borrachos que están y luego me suplicarán que beba también. Porque es *la noche de graduaciónnnnn*. Porque debería *probar, solo un sorbito*. La gente borracha se transforma básicamente en zombies. Una vez infectados, quieren arrastrarte con ellos. En serio, incluso mis amigos son así, y se supone que somos los raros. A la mierda eso.

—¿Leah? —Garrett me pasa la petaca. Se la doy directamente a Bram, quien luego se la pasa a Simon, quien se la pasa a Abby y luego a Morgan, y me doy cuenta, con sorpresa, de que nadie en realidad está bebiendo. Así que quizás esté equivocada. Quizás esto es solo algo de Nick.

Y en cuanto la petaca regresa hasta él, inclina la cabeza hacia atrás y se bebe todo de un trago. Luego sonríe a todos excepto a Abby. Simon encuentra mi mirada y levanta las cejas, y yo sacudo imperceptiblemente la cabeza. Quiero a Nick, pero esto ya es el reino de la vergüenza ajena. Y ni siquiera ha comenzado el baile.

El sol comienza a ponerse mientras entramos en el Chattahoochee Nature Center. La gente ya está atravesando el aparcamiento en grupos de dos y tres y diez. Hay una fila de limusinas aparcadas junto a la acera. Todo es muy Shady Creek. Miro tanto de reojo que debería estar caminando de lado para compensar.

Por supuesto, a la primera persona que veo es a Martin Addison, vestido con un esmoquin color azul pálido y peinado con tanto gel que parece que lleva puesto un casco. Está caminando junto a Maddie, exmiembro del consejo estudiantil y actualmente conocida como «la Cascanueces» desde que golpeó a David Silvera en las pelotas por ganarle en la elección escolar. No podría haber elegido una mejor pareja para Martin. Estoy a punto de comentarle eso a Simon, pero después veo el pabellón... y el corazón se me sube a la garganta.

Vale, sí: el baile es estúpido.

Pero todo está iluminado con lucecitas y las cortinas blancas colgantes parecen brillar contra el atardecer. Hay unos altavoces gigantescos que hacen retumbar una canción que no conozco, pero que tiene un bajo pulsante perfecto, como el latido de un corazón. El efecto es, de alguna forma, sobrenatural. No parece que este espacio pudiera tener algo que ver con el bachillerato de Creekwood, pero su gente se encuentra por todos lados: en los caminos, junto a la pajarera, sentada en las mesas de pícnic en el césped.

Hay unas escaleras que conducen directamente hacia el pabellón, pero yo me desvío por un camino lateral. Todavía me resulta extraño caminar con un vestido. Vuela alrededor de mis pies con cada paso que doy. Pero al menos no tropiezo. Gracias a Dios que traje las botas.

—Eh. —Siento un empujoncito.

Por supuesto, es Abby, que comienza a caminar tan cerca de mí que nuestros brazos casi se tocan. Siento dos clases de puñetazos en el estómago: un aleteo y una sacudida. Tranquilamente podría cogerla de la mano. Podría entrelazar mis dedos con los de ella y nadie pensaría nada raro, porque las chicas hetero se cogen de las manos todo el tiempo. En especial en los bailes. Se cogen de las manos y se hacen selfies dándose besos en las mejillas, y se sientan de lado en los bancos con los pies en el regazo de la otra. Sinceramente, podría tan solo…

—Esto es genial —dice Abby, y me hace regresar de golpe a la realidad. Está mirando para todos lados, los ojos bien abiertos, contemplando todo. A lo largo del camino hay recintos cercados, en su mayoría hábitats para aves rapaces. Se detiene frente a uno de ellos.

—¿Es una lechuza? ¿Hay una lechuza en nuestro baile?

Y sí. Hay una lechuza inmóvil, mirándonos fijamente, mientras cruzamos el camino. Como si este no fuera ya el baile más extraño de mi vida.

—Inserte referencia de Harry Potter aquí —digo.

Sonríe.

—Eso es exactamente lo que estaba pensando.

Llegamos al final del camino justo cuando Simon y Bram salen de la escalera.

—Me alegro de encontraros aquí —dice Abby.

De pronto me doy cuenta de que están cogidos de las manos. De verdad, no como si estuvieran a punto de separarse en cualquier momento. Y ambos están adorables siendo conscientes de ello, aunque me doy cuenta de que intentan parecer supercasuales.

—Bueno, ¿entramos? —pregunta Bram.

Abby se encoge de hombros.

—Eso creo.

Ya hay una multitud de gente moviéndose por la pista de baile, aunque nadie está bailando aún. Pero hay un presentador animando al público, levantando el puño y vociferando:

—¿HAY ALGUIEN DE ÚLTIMO CURSO AQUÍ?

—Bueno, literalmente es el baile de los de tercer y último curso —dice Simon.

—No os oigo. ¿HAY ALGUIEN DE ÚLTIMOOOOOO CURSO AQUÍÍÍÍÍ? —vocifera imitando a un rapero.

—¿Tiene que hablar así? ¿No se da cuenta de que es blanco? —pregunta Abby.

Pero todos gritan y aúllan como respuesta, y todo se vuelve completamente irreal. Debajo del pabellón, las luces son tenues y tiñen el ambiente de naranja de tal forma que la piel de la gente parece brillar. Observo un destello blanco en la periferia, que resulta ser Taylor en un vestido de gran vuelo. Evidentemente, ha decidido llevar el vestido de boda de Kate Middleton a la graduación.

—¿Esa es...? —pregunta Abby.

—Sí.

—Guau.

Intercambiamos sonrisas.

—Taylor, no cambies nunca —digo.

Luego Garrett aparece junto a mí.

—¡Aquí estás! He estado buscándote, Burke.

Cierto. Mi cita.

—¿Quieres bailar? Estoy listo para bailar.

—¿Ahora?

—Sí, ahora. —Me coge de la mano—. Vamos, me encanta esta canción.

—Eh. ¿En serio? —El DJ está tocando una canción tecno sin letra que suena exactamente como robots teniendo sexo.

—Bueno, la letra es genial.

Echo un vistazo a su cara y de pronto me doy cuenta: está nervioso. No sé si había comprendido eso hasta este momento. Pero está sonriendo demasiado y se restriega la nuca, y una parte de mí solo quiere darle un abrazo a este pobre chico. O buscarle una cerveza. Necesita relajarse.

Dejo que me coja de la mano y me lleve a la pista de baile, delante de todo, cerca del presentador.

—EY EY EY. ¿HAY ALGUIEN DE ÚLTIMO CURSO AQUÍÍÍÍÍÍ? —De pronto hay un micrófono en mi rostro.

—Sí —respondo sin expresión.

—¡Dilo más alto para mis amigos del fondo! UNA VEZ MÁS. ¿HAY ALGUIEN DE ÚLTIMO CURSO AQUÍÍÍÍÍÍ?

—Sí, ya hemos dicho que hay estudiantes de último año aquí —digo al micrófono. Por el rabillo del ojo veo a Abby riendo.

—Vamos. Estamos bailando. —Garrett me acerca hacia él y sus manos encuentran mi cintura.

—¿De verdad bailaremos un lento al ritmo de esta canción tecno?

—Sí.

Sacudo la cabeza y pongo los ojos en blanco, pero apoyo las manos en sus hombros. Y luego nos balanceamos. Casi no hay nadie bailando —la gente, en su gran mayoría, solo está merodeando alrededor de la pista— y es difícil deshacerme de la idea de que todos me están mirando. Creo que la inseguridad está en mi sangre.

Pero luego la canción cambia a Nicki Minaj, lo que parece encender la fiesta. La gente ahora sí inunda la pista de baile. Me desprendo de Garrett y termino aplastada entre Simon y Bram. Y —sí—, fuera de los musicales, no creo haber visto nunca bailar a Simon. Es un completo Teleñeco. Básicamente, está rebotando y arrastrando los pies, y aunque es rígido, Bram es aún peor. Les sonrío a ambos, y Simon me coge de las manos y me hace girar. Me siento casi sin aliento.

Supongo que todas las películas de adolescentes tenían razón: el baile de graduación es casi *casi* mágico. Hay algo en eso de estar apiñados en una pista de baile con todos tus amigos, rodeados de lucecitas y vestidos como estrellas de cine. Simon me sonríe y golpea su cadera contra la mía. Luego coge a Abby de las manos y giran juntos en círculos. Bram y Garrett están ensayando alguna clase de meneo de hombros, y estoy muy segura de que Martin Addison está enganchando al Cascanueces como si fuera un pez.

—¿HAY ALGUIEN DE ÚÚÚÚÚÚÚÚÚÚTLIMO CURSO AQUÍÍÍÍÍÍÍÍÍÍÍÍÍÍ?

—¡SÍ, SOMOS DE ÚLTIMO CURSO! —grita Abby. Luego me descubre observándola y me lanza una sonrisa vergonzosa.

La canción cambia una vez más, el ritmo suena más suave, y todos se acercan un poco. Simon coge mi mano y la levanta, y de pronto estoy levantando ambos brazos al cielo y sonriendo con los ojos cerrados. Y es exactamente la sensación que tengo cuando estoy tocando la batería. Estoy inmersa en la música, perdida por completo en ella. No recuerdo la última vez que me sentí tan ligera.

Hasta que la realidad me golpea como la bala de un cañón: todo esto está terminando.

Mierda. Nos vamos a graduar. Tendremos —¿qué?— cinco semanas de normalidad, y luego el mundo entero se reiniciará. Intelectualmente, siempre supe que las cosas serían diferentes después de la graduación. Así es la vida.

Pero supongo que por fin me estoy dando cuenta de... la magnitud de este cambio. Creo que no lo había notado hasta ahora.

—Te echaré de menos —le digo a Simon.

—¿QUÉ?

—¡TE ECHARÉ DE MENOS!

Es decir. A la mierda todo. Ya los echo de menos. Extraño a Simon, a Bram, a Nick, a Garrett, a Nora, a Anna e incluso a Morgan. Ya duele.

—DIOS, YO TAMBIÉN TE ECHARÉ DE MENOS —grita Simon, sonriendo, y justo cuando pienso que no lo entiende en absoluto, arroja los brazos sobre mí con fuerza y me dice al oído—: Sabes que voy a perder la cabeza sin ti, ¿verdad?

—Yo también —digo con suavidad, y me recuesto contra su pecho.

Esto es lo extraño: apenas he visto a Nick en toda la noche. Y en general, no me habría preocupado mucho por ello, pero este no es el Nick normal, este es el Nick Triste y Borracho. De modo que tengo que asumir que está vomitando en la casa de las mariposas o desmayado junto al recinto de los buitres.

O que se encuentra bien. Es probable que esté bien. Aunque no ha respondido a ninguno de mis mensajes. Tal vez esté bien y solo me odie. En su lugar, yo me odiaría. Quizás Abby le ha dicho algo. O quizás mi enamoramiento de Abby simplemente esté escrito en toda mi cara.

Intento eliminar ese pensamiento, pero no puedo evitar espiar los alrededores de la pista. Que quede claro que intentar encontrar a un chico en particular en un pabellón repleto y con la luz tenue es jodidamente imposible. El chico lleva puesto un esmoquin negro en un mar de esmóquines negros. Por un instante, la elección de vestuario de Martin Addison tiene una clase retorcida de sentido.

Y luego Nick aparece de la nada, acalorado y sonriente.

—¡Ey! —comienzo a decir, pero me interrumpe con un abrazo rápido y fuerte, y me planta un beso húmedo en la mejilla.

—Eh. ¿Estás…?

Me da un toquecito en la nariz.

—Leah Burke, estás a punto de flipar.

Vale, ahora estoy un poco aterrorizada.

Nick atraviesa la pista de baile con un verdadero contoneo. Esto es algo que nunca había visto en mis años de amistad con Nick Eisner. Llega hasta el DJ, se inclina hacia él para decirle algo, este asiente, y ambos chocan los puños.

—¿Estás viendo eso? —pregunta Simon, acercándose.

—¿Te refieres a Nick?

Simon asiente.

—¿Qué piensas que está tramando?

—No tengo ni idea. —Pero en cuanto digo eso, veo un destello de Abby, su falda azul volando mientras da vueltas con Nora—. A menos que…

Simon sigue mi mirada.

—Ay, Dios. ¿Piensas que está planeando algo para recuperarla?

—Quizás. No lo sé. —Aprieto los labios—. O podría ser algo vengativo.

—¿Nick vengándose de Abby? —Simon ríe con incredulidad.

—Tal vez algo para avergonzarla.

Simon sacude la cabeza.

—Nick no haría eso.

—No lo sé. Está actuando muy raro.

—Sí, pero es *Nick* —insiste Simon, aunque veo un destello de inseguridad en sus ojos—. No lo haría.

Durante un instante, solo nos miramos el uno al otro.

—Creo que debería hablar con él —digo al final.

—Sí. Vale. —Simon asiente—. Solo… vamos a enterarnos en qué está pensando.

Simon me coge de la mano y serpenteamos entre la multitud por la pista de baile. Nick está entre un grupo de chicos de fútbol en un costado del pabellón, los brazos rodeando los hombros de Garrett y Bram. Es reconfortante, creo. Si Bram está involucrado —incluso si Garrett está involucrado—, no hay posibilidades de que Nick esté planeando algo cruel. Es decir, a menos que Bram y Garrett no estén al tanto del plan.

Dios, ¿cómo lo puedo decir? *Hola, Nick. Creo que eres increíble y te adoro, y solo quería confirmar rápidamente si no eres un gigantesco pene andante.*

Simon me aprieta la mano y me arrastra hacia adelante, respirando con agitación.

—Hola, chicos —saluda, con su voz patentada de soy Simon Spier, actúo normalmente y casi no me chilla la voz—. Eh, Nick, ¿podemos hablar un segundo?

—Sí, ¿qué sucede? —Nick sonríe expectante. Pero cuando miro por encima de su hombro, veo una decena de otros chicos de fútbol, también sonriendo expectantes.

—En privado —añado.

—Oh oh, Eisner. —Uno de los futbolistas revuelve el cabello de Nick—. Parece enfadada.

Pongo los ojos en blanco, pero Nick se separa de los chicos y nos sigue a Simon y a mí hacia el porche. Enseguida me siento más tranquila, aunque el porche esté unido al pabellón y la música siga sonando alta y todavía haya gente por todos lados. Pero me alegra que esté totalmente descubierto, excepto por algunas guirnaldas de lucecitas. También hay una barandilla rodeándolo y, un poco más allá, un lago claro bordeado por árboles. Apoyo los brazos en el borde de la barandilla y respiro hondo.

—Nick, ¿qué sucede?

—¿A qué te refieres? —Sonríe.

—Estás raro.

—¿Por qué le has hablado al DJ? —pregunta Simon.

—Ajá. —La sonrisa de Nick se agranda—. Todo va a ser revelado.

Simon me lanza una mirada nerviosa.

Miro fijamente a Nick.

—Solo contéstame a esto. ¿Se trata de Abby?

Abre la boca para responder, pero luego la canción cambia, y su expresión entera se transforma. Nos da unas palmaditas a cada uno en el hombro antes de regresar al trote hacia los futbolistas, y Simon y yo lo miramos boquiabiertos.

—Mierda —murmura Simon, pero lo que dice queda suspendido en el aire.

Porque estoy observando cómo los futbolistas se agrupan en una formación de triángulo. Nick se encuentra al frente, flanqueado por Bram y Garrett, y el resto de los chicos se abren en abanico detrás de ellos. La música retumba por los parlantes.

CH-ch-ch-ch, ch-ch-CH-ch-ch ERM. Ch-ch-ch-ch, ch-ch-CH-ch-ch ERM.

Se balancean rítmicamente de un lado al otro, moviéndose al unísono, hasta que de pronto se quedan inmóviles. Luego Nick mueve la cadera, los otros chicos lo siguen, todos lanzan unas patadas al aire, y comienzan a bailar.

Mierda.

Es el baile coreografiado de graduación, copiado directamente de una película para adolescentes.

De pronto, estamos rodeados de gente que alienta y canta al compás de una canción que nunca había escuchado antes, acerca de una chica que es veneno.

Me inclino hacia Simon.

—¿Esto es … sobre Abby?

—Bueno, es una canción que existe… —comienza a decir Simon, pero su voz se desvanece cuando mira a Bram. Ni siquiera puedo culparlo. Hay demasiados giros delante de nuestros ojos. Ni siquiera sabía que los chicos supieran mover las caderas. Definitivamente no creía que Bram y Nick supieran hacerlo.

—¿HAY ALGUIEN DE ÚLTIMO CURSO AQUÍ? —vocifera el presentador.

Nick cae de rodillas, la cabeza hacia atrás para el gran final. Me vuelvo sorprendida hacia Simon, pero ha desaparecido, y de pronto, me encuentro quieta junto a Abby. Sonríe levemente.

—Bueno, esto es incómodo —murmuro.

Asiente.

—Sí.

—Creo que quiere enviar un mensaje.

—Bueno, es gracioso. —Se inclina hacia mí—. Han estado trabajando en la coreografía durante meses. Sabía que estaban planeando esto.

—¿En serio? ¿Con esa canción?

Abby ríe de forma seca.

—Solo es una coincidencia. Todavía no sabían que yo era veneno.

—Tú no eres… —comienzo a decir, pero mi mirada regresa a la pista de baile—. Ay, mierda.

Son los chicos de teatro —Simon, Martin, Cal y algunos más— y están haciendo lo que parece ser un baile *country* de vaqueros. Al ritmo de la canción del veneno.

Abby sacude la cabeza con lentitud.

—Vale, ese definitivamente es uno de los bailes de la obra.

—Dios.

—Y lo están haciendo al ritmo de «Veneno».

—Sí. Lo están haciendo —murmuro mientras Simon y Martin hacen los pasos bailando en sus esmóquines—. Estoy tan…

—Sí.

—Confundida.

Abby me coge de la mano y se acerca.

—Creo que estamos presenciando un desafío de baile —susurra, y entrelaza sus dedos con los míos.

El corazón me golpea en el pecho. Esto no puede estar sucediendo. Estoy junto a Abby, que está vestida como Cenicienta, y estamos paradas quietas en el medio de la pista mirando un desafío de baile, cogidas de las manos como si eso fuera lo más normal del mundo. Creo que me he olvidado de cómo respirar.

—¿Estás bien? —me pregunta, mirándome de reojo.

Asiento con prisa.

Continúa mirándome. Me destrozo el cerebro pensando en algo para decir. No menciones las manos. No menciones el beso. No menciones a Nick…

—Nick debería estar bailando con ellos. Es parte del grupo de teatro ahora —digo.

Genial. Mi cerebro de verdad me odia.

Pero Abby solo sonríe.

—Bueno, su personaje está muerto en esta canción. Creo.

—Ah, así que es una canción de *vete a la mierda, Nick*.

—Básicamente, sí.

Pero Nick está riendo tanto que ni siquiera puede permanecer derecho. Está apoyado en el hombro de Bram, la cabeza enterrada en los pliegues de su chaqueta. Mientras tanto, los chicos de teatro se agrupan en su posición final, manos de jazz y todo.

Alguien comienza un aplauso lento y Abby se desprende de mi mano y se une al aplauso. Siento una diminuta punzada de desilusión. Mis manos parecen muy inútiles ahora.

—Ha sido increíble —dice Abby en cuanto Simon regresa hasta nosotras—. Diez de diez.

Simon sonríe, exultante.

—Tenía que defender tu honor.

—Porque soy la chica veneno.

—De ninguna forma —dice—. Quiero decir, bueno, un poco. Pero no lo eres.

Abby levanta las cejas.

—¿Quieres bailar? —suelta Simon.

Suena una canción lenta, creo que es Ed Sheeran. Simon tira de mi pelo y luego coge la mano de Abby. Ella me sonríe por encima de su hombro mientras él la conduce a la pista de baile.

Durante un minuto, me quedo quieta allí, observándolos. Para mi sorpresa, Simon es un bailarín de lentos decente. De alguna manera, sabe cómo sostener la mano de Abby hacia arriba, como hacen los abuelos. Seguro que ha practicado con su madre. Es gracioso cómo hasta hace diez segundos era el pequeño Simon Spier con su camiseta de lobo y de pronto, de la nada, es un tipo elegante en esmoquin. ¿Cuándo ha crecido tan rápido?

—Ey, hola, Burke. —Levanto la mirada y es Garrett, las manos entrelazadas detrás de la espalda.

—Hola. —Aparto la mirada de Abby y Simon—. ¿Quién me iba a decir que eras un bailarín tan increíble?

Sonríe, solo un poco.

—¿Piensas que he estado increíble?

—Bueno, no has estado mal.

—Ay, Dios. Te ha encantado. ¿Qué es lo que más te ha gustado? ¿Ha sido este movimiento? —Mueve su pelvis tres veces en sucesión rápida.

—Definitivamente ese.

—¿O fue este? —Levanta las manos como si se estuviera sujetando de una barandilla. Luego mueve la cadera en círculos.

—Sí. Todos.

—Guau. —Sonríe—. Así que eso se necesita para impresionarte, ¿eh?

Me encojo de hombros y sonrío vagamente. Dios, soy una porquería. Debería terminar con esto. Ahora mismo. Solo lo escupiré, de forma muy amable, para que todos estemos en la misma sintonía y nadie tenga muchas esperanzas. Cierro los ojos y respiro hondo, y luego ambos hablamos al mismo tiempo.

Sale como una mescolanza.

—Tú primero —me apresuro a decir.

—Vale. —Garrett inspira—. ¿Quieres bailar?

Y… mierda.

Simplemente me quedo aquí plantada.

—Claro —asiento por fin.

En fin. Es mi cita. Deberíamos bailar. Ni siquiera es una pregunta.

Caminamos cogidos de la mano hacia la pista de baile, y luego Garrett hace una pausa y se coloca frente a mí.

—Bueno, deberíamos…

Sus manos caen en mi cintura, y lo rodeo por los hombros. Y nos balanceamos. Él me acerca, y estoy tan cerca que nuestros pechos quedan pegados y la situación se vuelve bastante inquietante. Creo que irradio incomodidad, como si alguna clase de sustancia gaseosa se desprendiera de mí en oleadas.

Y lo que más me asusta es que Garrett no ha dicho ni una palabra. Solo me está mirando con esa dulce expresión atontada, y yo me siento como la imbécil más grande de la tierra.

No estoy para nada enamorada de Garrett Laughlin. Y es probable que él se merezca saber eso. Pero cuando abro la boca, lo único que sale es:

—¿Qué es lo que sucede cuando llegan a los setenta?

—¿Qué?

—En la canción. Él dice que querrá a la chica hasta que tengan setenta. ¿Y luego qué? ¿Es como si dijera *hasta aquí he llegado, me marcho?*

—Guau —dice Garrett, riendo—. La verdad es que eres la persona menos romántica del mundo.

No es verdad, pienso. Por ejemplo: en este mismo instante, estoy necesitando todo el autocontrol del universo para no mirar con melancolía a Abby.

En cambio, miro por encima del hombro de Garrett y suelto un gritito ahogado.

—¿Es una broma?

Garrett frunce el ceño.

—Gira hacia el lado.

Porque, mierda. Es Nick. Bailando con Taylor Metternich. Pero no solo bailando. Sus manos están por todos lados. Los dedos de Nick recorren la espalda del corsé del vestido de Kate Middleton *demasiado* cerca de su trasero, y no hay ni un centímetro de espacio entre ellos.

Excepto sus bocas.

Están separados *solo* por un par de centímetros.

Mis ojos se depositan de forma inmediata en Abby, quien se encuentra a dos metros de distancia, observando cómo se desarrolla el espectáculo. Es decir, *por supuesto* que está observando. Simon también. Ambos están paralizados, las cejas en alto hasta la luna.

—La acaba de besar. Se están besando —murmura Garrett—. Mieeeerda.

Dios santo. ¿Qué está sucediendo? Nick está besando a una chica en la pista de baile, justo enfrente de Abby, y esa chica es Taylor Metternich. Y sí, si llegan a tener bebés algún día, esos bebés tendrán unas voces increíbles para cantar, pero mientras tanto: ¿QUÉ?

Vuelvo a mirar a Abby, y esta vez me está mirando directamente, la expresión insondable. Encuentro sus ojos, y me dedica esa triste media sonrisa.

Dios. Es tan. Ni siquiera sé el qué.

No debería mirarla fijamente.

Y *definitivamente* no debería mirarla con anhelo. Mierda, Leah. Tranquilízate. Esto no es una maldita película de adolescentes.

Desvío la mirada con prisa y sintonizo de nuevo el canal erótico de Taylor y Nick. Y guau. Qué beso más pegajoso. ¿Están todos los espermatozoides drogados ahora mismo? ¿Están muertos? Porque estoy segura de que Nick está a punto de dejar embarazada a Taylor, justo ahí en la pista de baile.

Justo enfrente de su exnovia.

Excepto que…

Cuando vuelvo a mirar a Simon uno o dos minutos más tarde, está quieto debajo del lateral del pabellón, solo. Y Abby ha desaparecido.

Cuando termina la canción, voy a buscar a Simon. Para ese entonces, él ya ha encontrado una mesa con Bram, y ambos han dejado las chaquetas de sus esmóquines sobre las sillas.

—¿Abby se ha ido? —pregunto, colocándome junto a Bram.

Simon asiente y se inclina hacia adelante.

—Sí, justo en el medio del baile. Ha dicho que quería estar sola.

—¿En serio?

—Vale, es extraño, ¿verdad? Bueno, es extraño para Abby.

—¿Estaba enfadada?

—No lo sé. —Simon parece un tanto consternado—. Supongo. Bueno, no la puedo culpar.

—Dios. —Cierro los ojos—. Yo tampoco.

Bram se muerde el labio y asiente.

—Debí haberla seguido —dice Simon, y se restriega la frente—. Uh. Ahora es probable que piense que la echamos de nuestro grupo. Que la reemplazaremos por Taylor.

—Vale, de ninguna manera va a pensar eso —comenta Bram.

—Tal vez le envíe un mensaje —digo, y de pronto comienzo a ruborizarme. Gran forma de ser obvia, Leah. Bien podría arrancarme el corazón y apoyarlo en la mesa para que los chicos lo examinen.

Pero Simon solo asiente con entusiasmo.

—Sí, es una buena idea.

Y lo es. Es una idea genial, y por supuesto que debería enviarle un mensaje. No hay nada de extraño en eso. Soy su amiga. Solo estoy controlando que se encuentre bien.

Eh, ¿estás bien?

Miro mi teléfono durante un instante, pero no aparece nada. No hay puntos suspensivos. No está escribiendo.

Nick es un imbécil, agrego.

—¿Te ha respondido? —pregunta Simon.

Sacudo la cabeza con lentitud. Dios. No sé por qué pero esto me está poniendo tan nerviosa. Es probable que ni siquiera esté mirando su móvil. O quizás, por una vez, solo quiera un poco de espacio. Debería dejarla sola. Y ni siquiera debería importarme. En serio, no debería.

Pero… De acuerdo. Supongo que el hecho de que esté llorando por Nick en algún rincón me enfada. Lo entiendo. Creedme. Sé exactamente qué se siente al estar loco de amor por alguien. Y sé exactamente qué se siente ver a esa persona besando a alguien más.

El corazón me da una voltereta en el pecho. Hay una parte horrible de mí que piensa que Abby se lo merece. Es solo una pequeña muestra de lo que fue el año pasado para mí. Pero, por otro lado, también quisiera abofetear a Nick en la cara.

Y después, como si lo hubiera conjurado, Nick aparece en nuestra mesa. Está solo, Taylor parece haber desaparecido. Pero él no está buscando a Taylor.

—Abby se ha ido. —Se desliza en el asiento junto a Simon. Tiene los labios hinchados y sus ojos parecen de cristal—. Mierda. La he cagado. No debería haber…

—¿Besado a Taylor frente a ella? —Enarco las cejas.

—¿Soy el imbécil más grande del mundo? —Entierra la cabeza en las manos y suelta un quejido—. Probablemente me odie. Mierda. Tengo que encontrarla.

—No creo que tengas que hacer eso.

—¿Sabéis en qué dirección se ha ido? —Nick mira por encima de mi hombro a la distancia.

Simon frunce el ceño.

—No estoy seguro. Me parece que se fue hacia la izquierda.

—¿Hacia la pajarera?

—No, he dicho hacia la izquierda —repite Simon.

—Vale. —Asiente con determinación—. Iré a... —Comienza a ponerse de pie.

—No. Esa es una idea muy mala. —Lo cojo de la manga y lo hago retroceder.

—Tengo que asegurarme de que esté bien.

—Te garantizo que no quiere hablar contigo ahora mismo.

Nick apoya las manos en la mesa.

—Bueno, alguien tiene que ir a ver si está bien.

—Vale —digo con prisa. Los chicos se vuelven para mirarme, y noto que mi rostro está encendido—. Yo iré a ver cómo se encuentra, ¿de acuerdo?

Y entonces aparto la silla.

Hay caminos que salen del pabellón en todas las direcciones y por un instante, solo me quedo parada, inmóvil. No tengo ni idea por dónde comenzar. Simon dijo que se había dirigido hacia la izquierda, pero la *izquierda* podría significar las mesas de picnic o entre los árboles, o bien podría haber dado un rodeo y regresar por detrás de la pajarera. Tengo que pensar como ella. Si acabara de ver a mi exnovio besando a Taylor Metternich, ¿qué camino escogería?

Tal vez el que conduce directamente al baño, para poder pasar el resto de mi vida vomitando.

Bueno, vale.

Necesito no pensar demasiado en esto.

Escojo el camino entre los árboles, y es como entrar en un cuento de hadas. Una chica entra en un bosque llevando un vestido de fiesta. Es extraño lo solitario que parece el ambiente, aun con el pabellón justo detrás de mí. Los árboles son tan gruesos que prácticamente forman una cortina, y la música suena como si viniera de otra galaxia.

Una ramita se rompe debajo de mi zapato y chillo como si fuera un hueso.

Luego, de la nada.

—¿Quién está ahí?

Me quedo inmóvil.

Es la voz de Abby, un tanto nerviosa.

—¿Hola?

Qué bien: mi cuerpo ha decidido rebelarse. Mis pies son como pesas, mi voz es inexistente y mis pulmones están completamente en otro mundo. Pero mi corazón late como el de un colibrí. Me quedo parada allí, mirando hacia el follaje.

—Vale, sé que hay alguien ahí.

—¿Abby? —logro decir.

—Ay, gracias a Dios.

—¿Por qué no puedo verte? —Estoy literalmente mirando hacia todos lados.

—Estoy detrás de ti.

Me vuelvo, y no sé cómo no la he visto: una plataforma de observación de madera, encima de una rampa corta, mirando hacia el lago. Hay un banco en el medio, y Abby está sentada de lado con las piernas contra el pecho. Me saluda cuando encuentra mi mirada. Subo por la rampa para encontrarme con ella.

—Qué buena forma de asustarme —dice, haciéndose a un lado para dejarme un sitio libre. Pero camino directa hacia la barandilla y me inclino sobre ella, de espaldas al lago.

Observo su rostro.

—¿Qué estás haciendo aquí?

—No lo sé.

—¿No lo sabes? —Recuerdo su imagen en el baño de la tienda American Girl. No puedo creer que haya sido esta noche. Siento como si hubieran pasado siglos—. No dejas de escapar.

—No dejas de encontrarme.

Durante un instante, me quedo sin palabras.

—¿Has recibido mis mensajes? —le pregunto al final.

—¿Me has enviado un mensaje?

—Estaba preocupada.

Coge su teléfono del bolso de mano y los lee. Luego vuelve a mirarme.

—Bueno, sí, Nick es un imbécil. —Hace una pausa—. Pero Nick no es el problema.

El corazón me da un vuelco.

—¿Y cuál es el problema?

—Por Dios, Leah. —Sacude la cabeza de lado a lado, sonriendo apenas —. Y tú piensas que yo soy la tonta.

—¿Qué se supone que significa eso?

Se queda mirándome con una expresión que no puedo descifrar. Luego aparta la mirada y vuelve a usar su móvil.

Me siento rara mirando como escribe, de modo que me vuelvo hacia el lago y apoyo los brazos en la barandilla. Es un lugar tranquilo, y las ramas de los árboles son tan frondosas que solo se puede ver un diminuto charco de agua negra. Pero el efecto hace que parezca como una laguna salvaje e indómita.

A la distancia, en el pabellón, la canción cambia de ritmo. Algo diferente pero familiar. Cierro los ojos e intento descifrar qué es.

—Revisa tu Tumblr —suelta Abby de pronto.

Abro los ojos con un parpadeo.

—¿Qué?

—Solo revísalo. —Luego oculta la cara en el hueco de su codo.

Cojo el teléfono y me quedo mirando el brillo de la pantalla. Mi Tumblr todavía está iniciado en mi página de arte, y veo de inmediato que tengo una pregunta nueva. No sé cómo Abby lo sabe. A menos que…

Abro el mensaje sintiendo que el suelo acaba de inclinarse. Tengo que leerlo tres veces antes de que las palabras cobren sentido.

Pedido: dos chicas besándose en la noche de graduación.

El mundo entero parece detenerse y mis pulmones se vacían como un globo. *Dos chicas besándose. En la noche de graduación.* Miro a Abby, pero todavía mantiene la cara escondida.

—¿Esto es…? —Mi voz tiembla—. ¿Estás bromeando?

Levanta la cabeza para espiarme.

—¿Por qué piensas eso?

—Porque sí. No lo sé.

—Leah, es solo que… He estado perdiendo la cabeza. —Todo su cuerpo está tenso e inmóvil y su falda roza el suelo de la plataforma. Y lo juro, he dejado de respirar. Abby Suso quiere besarme. En el baile de graduación. Ahora mismo. Siento mi cuerpo entero electrizado: pecho, estómago y todo hacia abajo. Se siente como querer hacer pis, excepto que no es pis. Son relámpagos.

Se ríe con nerviosismo.

—Por favor di algo.

Dejo caer las manos.

—Ehh... por supuesto. —Trago saliva—. Por supuesto que me gustas.

Hace una mueca de desilusión.

—Pero.

—Es solo el momento —digo.

—Lo sé.

—Quiero decir, tú ni siquiera... —Cierro los ojos—. Yo solo... *De verdad* me gustas.

—Tú también. Dios. Creo que estoy...

—Yo también.

Solo nos quedamos mirándonos. El corazón se me sale del pecho.

—Quiero decir, la buena noticia es que estaremos en la misma universidad —digo al fin.

—Seremos compañeras de habitación. —Se sorbe los mocos, y luego sonríe.

—Sí. Probablemente esa no sea una buena idea.

—No me importa. —Se pone de pie, de repente, y se alisa la falda. Luego camina hacia la barandilla, junto a mí, y deja caer los brazos por el borde.

Inclino la cabeza hacia ella.

—Creo que deberíamos dejar pasar un poco el tiempo.

Respira hondo.

—Vale.

—Lo lamento.

—Es decir, tienes razón. Eres muy práctica, Leah.

—Lo sé. —Trago saliva—. Todo irá bien. Nick habrá salido adelante...

—Espera, ¿estás hablando del percebe del rostro de Taylor Metternich? —pregunta Abby—. Porque estoy *segura* de que Nick ha salido adelante.

Sonrío con tristeza.

—Bueno, yo no creo que lo haya hecho. Ni un poco.

Me vuelvo para mirarla, pero ella está contemplando el lago.

Sigo hablando.

—Es solo que todo es un caos, ¿sabes? Con el baile y la graduación. Y tienes razón, no queremos que todo sea un drama. Nick estaría tan…

—Lo sé —dice Abby con prisa—. Sí. Nick perdería la cabeza. Ya la está perdiendo. Y Garrett también, probablemente.

—Dios. —*Garrett*—. Sí.

—Es una mierda. —Suspira—. Es decir, lo entiendo. De verdad que lo entiendo. Y ni siquiera debería haber… no. —Se cubre el rostro—. No lo sé. Soy una idiota.

—No lo eres.

Ríe sin ganas.

—Sí, lo soy. Esto es tan… Es decir, arruiné esto hace mucho tiempo. Podríamos haber sido… —Pero deja de hablar.

Durante un instante, permanecemos en silencio. Siento que mis ojos comienzan a arder.

—¿Podríamos haber sido qué? —pregunto al final.

—Podríamos haber sido como Simon y Bram —dice, y su voz tiembla un poco—. Yo estaba tan… es decir, todo este tiempo, podríamos haber sido nosotras, ¿sabes? Ser las novias más adorables y besarnos y empalagar a todos con lo enamoradas que estamos.

Y allí está: la lágrima escurridiza. La seco rápidamente, pero una nueva se forma. Odio llorar. Lo odio más que nada en el mundo.

Abby suspira.

—Necesitamos un Giratiempo.

Río, pero suena como un hipo.

—Dios, ¿eres ahora la *Potterhead* más fanática del mundo?

—En realidad no —dice, sonriendo entre lágrimas. Luego suspira—.La verdad es que estoy intentando impresionar a una chica.

—Ah. —El corazón me golpea el pecho.

—Así que, sí. Esto es una mierda.

—Sí.

—Y por supuesto que no quiero herir a nadie.

—Yo tampoco. Es decir, no podemos hacerlo. No podemos hacerle esto a Nick.

—Lo sé. —Se le quiebra la voz—. *Lo sé.*

De verdad duele mirarla.

—Abby, estoy tan…

—No. ¿Vale? Está bien. Estamos bien. —Y a pesar de que sus ojos están húmedos, su sonrisa le ilumina el rostro—. Todo esto es por mi culpa, lo entiendo, y solo… —Gira y apoya la espalda contra la barandilla—. No lo sé, Leah. Quizás deberías regresar con tu cita.

—Abby.

—¡Está bien! Estamos bien. Solo necesito un minuto. —Se aprieta el rabillo de los ojos—. Te seguiré enseguida, lo prometo.

Asiento con prisa. Y mierda. Estoy peligrosamente a punto de llorar. Ni siquiera puedo articular las palabras. Solo bajo la rampa y regreso volando por el camino, sin mirar atrás.

♫

Unos diez segundos más tarde estoy de regreso en el pabellón, pero de ninguna manera estoy lista. Apenas puedo respirar, mucho menos hablar. Es extraño, pero lo único que quiero hacer ahora es acostarme en el suelo. Dormir en la tierra. Ni siquiera me importa el vestido.

La verdad es que es una mierda, y lo es aún más porque estuvo dolorosamente cerca de ser extraordinario. Imaginaros si el beso en Atenas no hubiera sido un error incómodo. Si yo hubiera sido un poco menos terca. Si Abby hubiera sido un poco menos ingenua. ¿Y si nunca hubiera salido con Nick? ¿Y si hubiéramos estado fuera del armario y felices y tan increíblemente enamoradas como cualquier otra odiosa pareja de Creekwood?

Quizás Abby me habría convencido para presentarme a las audiciones para la obra. Quizás habría pasado menos tiempo como espectadora desde el fondo del auditorio. Y quizás habría pasado más tiempo dándome besos en el fondo del auditorio.

En cambio, estoy aquí quieta observando desde unos seis metros cómo sigue el baile.

Mis ojos se posan en Simon y Bram, en sus esmóquines sin chaquetas, a un lado del pabellón, reclinados contra la barandilla. No están bailando —solo están quietos— y lo único que puedo ver son sus espaldas. El brazo de Simon rodea la cintura de Bram, sus cuerpos tan cerca que prácticamente se funden. Y la mano de Bram que acaricia con suavidad la nuca de Simon.

A veces, mirarlos hace que me duela la garganta.

La canción vuelve a cambiar y al instante reconozco los compases de apertura. Stevie Wonder. La canción de mi madre. Genial, porque lo que realmente necesito ahora es sentir que mi madre está espiando por encima de mi hombro.

Excepto que… No lo sé. Parece como una señal. Como un mensaje susurrado en secreto: *no lo pienses demasiado.*

Deja de obsesionarte. No analices en exceso. Y no llores.

Pero es inútil.

Mis manos vuelan hacia mi rostro, pero son sollozos de todo el cuerpo. Apenas puedo respirar. Porque aquí están Simon y

Bram, los brazos de uno rodeando al otro. Son increíblemente valientes. Y ahora estamos a punto de graduarnos, y todo lo que tengo ahora mismo es el enamoramiento más triste del siglo.

Y *Dios*. Sería tan sensato esperar hasta la universidad. Dejar que Nick vuelva a la normalidad. Desilusionar a Garrett con gentileza. Dejar que todo se aquiete. Dejar que nuestros amigos lo sepan. Avanzar primero de puntillas y dejar que todo evolucione lentamente. Comenzaríamos a salir en un par de meses, si quisiéramos.

Pero no quiero esperar meses. Y no tengo ganas de ser sensata.

No lo pienses demasiado.

De pronto estoy corriendo, casi tropezando con mi vestido, el cabello cayendo sobre mi cara. Y es imprudente y estúpido, y probablemente inútil también, porque dudo que siga estando donde la dejé. Seguro que ha desaparecido por completo. Seguro que...

—¿Leah? —dice Abby.

Y entonces choco contra ella.

—Uf.

—Guau. —Me sujeta de los hombros para estabilizarme—. ¿Estás...? —Se detiene—. Leah, estás llorando.

—No, no es verdad.

—Me vas a decir que no estás llorando cuando estás aquí llorando a mares.

—Sí —respondo. Luego respiro hondo—. No.

—Está bien...

—Porque no me voy a quedar simplemente aquí.

El mundo entero parece detenerse, y apenas puedo escuchar la música. Lo único que escucho es el latido de mi corazón. Apoyo las manos en sus mejillas.

—Voy a hacerlo —digo con suavidad.

Y luego la beso.

Muy rápido.

Y ahora me mira boquiabierta, los ojos enormes y atónitos.

Dejo caer las manos.

—Ay, Dios. Estabas…

—No. —Me interrumpe—. No te atrevas a asustarte.

—No lo estoy.

—Mejor. —Sonríe, y luego respira hondo—. Intentémoslo de nuevo.

Cuando asiento, me atrae hacia ella y me pasa los dedos por el pelo.

Mi corazón golpea de forma salvaje.

—Tengo el pelo hecho un desastre.

—Sí. Y está a punto de empeorar. —Su pulgar me roza la oreja—. De verdad.

Y de pronto, sus labios están sobre los míos, y mis manos sobre su cintura, y la estoy besando tan ferozmente que me olvido de respirar. Me siento como una fogata, como si pudiera arder durante días. Porque lo que sucede con Abby es que besa como baila. Como si estuviera totalmente allí. Como si te estuviera entregando el corazón.

Se aparta y apoya la frente contra la mía.

—Así que esto está sucediendo —dice.

—Eso creo.

Exhala.

—Guau.

—¿Ese es un guau feliz o un guau de ay, mierda?

—Ambos. Es un ay, mierda, estoy tan feliz. —Luego me besa una vez más, y mis ojos se cierran. Siento todo al mismo tiempo: su pulgar recorriendo mis pómulos, la presión suave de sus labios. Tengo las rodillas hechas de gelatina. Ni siquiera sé cómo logro mantenerme de pie. Deslizo las manos hacia arriba por su espalda y la atraigo aún más cerca.

Estoy sin palabras. Mierda. Estoy besando a una chica.

—Estás riendo —dice, los labios todavía tocando los míos.

—De ninguna forma. Yo no me río.

La siento sonreír.

—Esa es una mentira muy grande.

—Quizás solo me río cuando estoy contigo.

—¿Ah, sí? —Sonríe y se aparta, y sus manos caen sobre mis hombros—. Dios, Leah. Solo tienes que mirarte.

—¿Soy un desastre?

—Eres preciosa —dice—. Espero que lo sepas.

La forma en la que me mira hace que pierda el aliento. Presiono la punta de mis dedos contra mi boca. Lo juro, mis labios tienen pulso.

—¿En qué estás pensando? —pregunta.

—En ti. —Ni siquiera lo pienso. Dios. Nunca hablo así, sin filtro. Pero me siento atontada y salvaje y veinte veces más valiente de lo normal. La vuelvo a besar con suavidad—. Es como si irradiaras luz.

Sacude la cabeza, sonriendo.

—Estás enloqueciendo.

—La verdad que sí. —Estoy sin aliento, casi chiflada. Presiono una mano contra mi mejilla.

Y de pronto, mis ojos se posan en el ramillete de Garrett sobre mi muñeca.

—Ay, de eso nada —dice Abby, siguiendo mi mirada—. No comiences a cuestionarte las cosas. —Coge mis manos y las junta entre nosotras.

—No lo estoy haciendo —me apresuro a decir, pero siento cómo mi estómago da un vuelco. Acabo de besar a alguien que no es mi cita del baile. Es solo que… mierda. He besado a la exnovia de Nick.

—Leah —dice Abby con preocupación.

—Vale, pero…

—No. Simplemente bésame, ahora mismo.

—¿Ahora mismo? ¿Es una orden?

—*Leah*—vuelve a decir, poniendo los ojos en blanco. Luego me besa con tanta fuerza que prácticamente me desarmo.

El tiempo se detiene.

Y algo dentro de mí se desenreda.

—¿Vale? —dice al final, y se le quiebra la voz—. Deja de pensar en Nick, deja de pensar en Garrett y *definitivamente* deja de pensar en que es un cliché besarse en la noche del baile de graduación.

Resoplo.

—Es un cliché.

—Da igual. Los clichés mandan.

Solo la miro. No puedo creer que tenga permitido hacer esto. Puedo simplemente mirarla sin sentirme intimidada. Quiero memorizar cada centímetro de esta Abby, el brillo de sus pómulos y la luz de sus ojos. Hay lágrimas en sus pestañas, y sus labios están un poco hinchados. No sé cómo esta chica puede pasar de reír a llorar a besar y viceversa y aun así brillar como un rayo de luna.

Estoy jodida. Completa e irreversiblemente jodida.

—Así que, creo que tendré una novia baterista —dice.

—Novia. —El corazón me da un salto en el pecho.

De pronto parece nerviosa.

—O no.

—Solo dame un segundo para procesarlo. —Aprieto sus manos—. Novia, ¿eh?

—Y compañera de habitación.

Río.

—Esa es, literalmente, la peor idea.

—Como si me importara. —Sonríe.

—Estás en problemas, Suso.

—No tienes ni idea.

Ni siquiera puedo formar palabras, así que me callo y la beso. Lo juro por Dios, podría crear una profesión de esto. Besadora profesional de Abby Suso. Me atrae aún más hacia ella, las manos sobre mi cintura. Todavía no puedo creerlo. Llevo puesto un vestido de graduación en un camino de tierra en una noche estrellada de abril, y estoy besando a la animadora más rarita del mundo entero. Esto no puede ser real.

Pero luego lo escucho: el crujido de las ramas debajo de unos zapatos, y la exclamación más ahogada. Abby se tensa y nos separamos con rapidez.

Hay alguien quieto justo detrás de mí, observándonos. Me vuelvo lentamente con el estómago contraído por el temor. Quiero decir, ¿qué clase de día de mierda es este? ¿Qué tiene para decir el universo en su defensa? Me olvidé de comprarme un sujetador. Nuestro coche se estropeó. Nuestro restaurante era rosa brillante. Martin Addison apareció con un esmoquin azul pálido —sí, eso ha quedado grabado para siempre en mi cerebro—. Todo es un caos. Y Abby y yo somos el caos más grande de todos. Ni siquiera sé en qué estábamos pensando al besarnos tan cerca del pabellón. Literalmente cualquier idiota de Creekwood podría haber aparecido en el camino y encontrarnos. Cualquiera.

Excepto que…

Quizás el universo no me odie tanto después de todo.

Porque cuando levanto la mirada, solo hay dos personas observándonos a Abby y a mí con las bocas abiertas.

La mano de Simon vuela a su rostro.

—Esperad —dice débilmente. Abre la boca como si fuera a decir algo más, pero luego solo la cierra. Bram no dice ni una palabra.

Abby ríe con nerviosismo.

—Sorpresa.

Simon nos mira como si estuviera esperando el remate de una broma.

—Bueno. —Respiro hondo—. Supongo que pensabais que era hetero.

Simon inclina la cabeza hacia un lado, pero no espero a que responda.

—Pero no, no lo soy. *De verdad* que no. Soy muy muy bi.

—Yo también —agrega Abby.

—Mierda. No sé qué decir. —Simon parpadea—. ¿En serio?

—En serio.

—Guau. Ay, Dios. Tengo demasiadas preguntas ahora mismo. —Sacude la cabeza con lentitud—. ¿Lo sabe Nick?

—Nick estará bien. —Bram sonríe—. Estoy *muy* feliz por vosotras, chicas.

—Ay, Dios, ¡yo también! —Simon se golpea la frente—. Pero ya lo sabíais, ¿verdad? Mierda. Sí. Nick estará… digo, como sea, ¿verdad? Estoy demasiado feliz. Vale. Vale. —Sigue repitiendo como si fuera un pequeño robot averiado—. Vale. Guau. ¿Hace cuánto que sois…?

—¿Bi?

—No. Digo… —Hace un gesto vago entre Abby y yo—. ¿Hace cuánto que sois algo?

—Quince minutos —digo.

Abby sonríe.

—Más o menos dos semanas.

—O un año y medio.

—Mierda —dice Simon.

Abby coge mi mano y entrelaza nuestros dedos.

—No tenéis idea de lo feliz que me hace esto. No tenéis idea. Yo solo quería que ustedes fuerais amigas, pero *esto*. —Simon se queda mirando nuestras manos, los ojos como platos.

—Así es —asiente Abby—. Hemos ido un poco más allá por ti, Simon.

—Así que, de nada —agrego.

—Estoy conmocionado —dice Simon, y Bram le da una palmadita en el brazo.

De modo que ahora estoy recorriendo un camino arbolado cogida de la mano de Abby Suso. Tomada de la mano con mi novia. Mi novia que es Abby Suso. Mi cerebro está completamente obsesionado con ese dato. Estoy segura de que mi carrera académica se ha terminado, y que Dios me ayude con mis exámenes, porque ¿cómo se supone que voy a pensar en Cálculo CUANDO ABBY SUSO ES MI NOVIA?

Ahora estamos prácticamente en el pabellón, y tengo el corazón en la garganta.

Porque dentro del pabellón está mi cita. Y posiblemente mi amiga racista. Y el exnovio de Abby. Y la chica con la que se besó. Y quizás algún conjunto de homofóbicos casuales.

Esta no es mi noche perfecta de graduación, y no es el final feliz que me había imaginado. No es un final en absoluto.

Pero es mío.

Todo este momento es mío. Este pabellón de brillo eléctrico, esta música que suena tan fuerte que puedo sentirla.

Es todo mío.

Y quizás todo sea un caos. Quizás todo esté cambiando. Estoy segura de que mi cara es una mancha hinchada y mis botas están repletas de lodo y mi peinado está totalmente deshecho. Ni siquiera sé si mi voz funciona. Pero continúo siguiendo a Simon y a Bram por el camino. Sigo cogiendo la mano de Abby.

Hasta que estamos tan cerca del pabellón que casi puedo olerlo. Ramilletes y sudor. Esta noche. Mi graduación.

Y a pesar de que estoy mirando todo desde fuera, me acerco con cada paso que doy.

DE: leahadestiempo@gmail.com
PARA: simonirvinspier@gmail.com
FECHA: sep 21. 1:34 a. m.
ASUNTO: Re: ¡¡¡Naciste!!!

Vale, no puedo ni siquiera explicarte cuánto me encanta que me hayas enviado un email de cumpleaños. En Garamond. Eso ha sido demasiado, Simon. Si alguna vez cambias, juro por Dios que te mataré.

¡Pero el cumpleaños ha salido bien! Abby es una maldita rarita. Me hizo el desayuno y me lo llevó a la cama, y por *desayuno*, quiero decir *galletas*, y por *hizo* quiero decir que llevó puesto al comedor del campus un *abrigo con bolsillos para guardar galletas*. Y créeme, vivimos a cinco minutos de una pastelería que tiene entrega a domicilio de galletas (dejaré que asimiles eso. Pastelería. Con entrega. A domicilio. De galletas). Pero por supuesto, algunos sacrificios son necesarios, en especial cuando una persona y su novia están ahorrando cada dólar para un viaje a Nueva York en abril que DEFINITIVAMENTE VA A SUCEDER. Así que dile a tu chico que haga un espacio del tamaño de una Leah y una Abby en su apartamento (como si Bram fuera a tener desordenada su casa, Dios, ¿qué estoy diciendo?).

Así que ignoraré tu primera pregunta, porque sé que en realidad no quieres saber nada acerca de Introducción a la Sociología (es la mejor asignatura del mundo, solo para que lo sepas). No ignoraré tu segunda pregunta, pero he estado aquí sentada mirando la pantalla del portátil de Abby durante diez minutos intentando encontrar las palabras exactas para explicártelo, y al parecer esas palabras no existen, así que. Sí. Todo bien. Realmente bien. Es Abby. ¿Sabes? Como hoy. Ha sido uno de esos perfectos días soleados, así que extendimos una manta en el patio del North Campus y ella leía mientras yo dibujaba y no dejaba de rozar su calcetín contra el mío, como si nuestros pies se estuvieran besando y AHORA ME ESTOY SONROJANDO, ¿ESTÁS CONTENTO?

Porque yo sí lo estoy. Feliz. Honestamente. Es un poco extraño.

Y sí, he hablado con Nick, ¡pero NO ha mencionado cómo ha avanzado todo con Taylor! ¿Hablas en serio? Dios, creo que se despertará un día y descubrirá que está casado con ella. Taylor lo conseguirá. Bien por ella, ¿no? Digo, bien por... ¿ellos? No mentiré, estoy un tanto asustada por estar saliendo con alguien que estaba saliendo con alguien que está saliendo con Taylor Metternich.

Uf.

Vale, pero Garrett y Morgan... ¿QUÉ? Bram tiene que darnos todos los detalles (¡hola, Bram!) ¿Irás a Nueva York este fin de semana? Será mejor que me envíes muchas fotografías. Te quiero mucho, Simon Spier. Sabes eso, ¿verdad?

Con amor,

Leah (tu alma gemela platónica para siempre). (Y no me importa estar siendo cursi ahora mismo, porque ser cursi es mi nuevo yo, me estoy convirtiendo en mi madre, SÍ, LO DIJE). (Te quiero).

Agradecimientos

Este libro no sería un libro sin los poderes combinados de tanta gente increíble. Gracias infinitas a:

Donna Bray, alias la madre de Leah, alias editora estrella de rock, alias soy la autora con más suerte del mundo.

Brooks Sherman, el defensor más feroz de mi trabajo, y el mejor y más genial agente del mercado.

Mis brillantes y apasionados equipos de Harper Collins, Janklow & Nesbit, The Bent Agency, Penguin UK, y mis otros increíbles editores internacionales: Caroline Sun, Alessandra Blazer, Patty Rosati, Nellie Kurtzman, Viana Siniscalchi, Tiara Kittrell, Molly Motch, Stephanie Macy, Bess Braswell, Audrey Diestelkamp, Jane Lee, Tyler Breitfeller, Alison Donalty, David Curtis, Chris Bilheimer, Margot Wood, Bethany Reis, Ronnie Ambrose, Andrew Eliopulos, Kate Morgan Jackson, Suzanne Murphy, Andrea Pappenheimer, Kerry Moynagh, Kathleen Faber, Suman Seewat, Maeve O' Regan, Kaiti Vincent, Cory Beatty, Molly Ker Hawn, Anthea Townsend, Ben Horslen, Vicky Photiou, Clare Kelly, Tina Gumnior y tantos más.

A mi equipo de la película *Simon*, que le dio vida al bachillerato de Creekwood: Greg Berlanti, Isaac Klausner, Wyck Godfrey, Marty Bowen, Elizabeth Gabler, Erin Siminoff, Fox 2000 Studios, Mary Pender, David Mortimer, Pouya Shahbazian, Chris McEwan, Tim Bourne, Elizabeth Berger, Isaac Aptaker, Aaron Osborne, John Guleserian, Harry Jierjian, Denise

Chamian, Jimmy Gibbons, Nick Robinson, y al resto del elenco, en especial a mi Leah, Katherine Langford. Os estoy muy agradecida a los cientos de personas que estuvieron delante y detrás de cámaras y que hicieron milagros.

A mi amiga y heroína, Shannon Purser, quien hizo que todos mis sueños en forma de audiolibro se volvieran realidad.

A mis primeros lectores, que hicieron que este libro fuera un millón de veces mejor: David Arnold, Nic Stone, Weezie Wood, Mason Deaver, Cody Roecker, Camryn Garrett, Ava Mortier, Alex Davison, Kevin Savoie, Angie Thomas, Adam Silvera y Matthew Eppard.

A los bibliotecarios, libreros, blogueros, profesionales de las editoriales, profesores, escritores de fanfiction, artistas, miembros de Discord, integrantes de los chats grupales y lectores que hacen que este trabajo sea tan maravilloso.

A los amigos que me ayudaron a atravesar los momentos más difíciles: Adam Silvera, David Arnold, Angie Thomas, Aisha Saeed, Jasmine Warga, Nic Stone, Laura Silverman, Julie Murphy, Kimberly Ito, Raquel Dominguez, Jaime Hensel, Diane Blumenfeld, Lauren Starks, Jaime Semensohn, Amy Austin, Emily Carpenter, Manda Turetsky (que le dio a Garrett la idea de su épica cena de graduación), Chris Negron, George Weinstein, Jen Gaska, Emily Townsend, Nicola Yoon, Heidi Schulz, Lianne Oelke, Stefani Sloma, Mark O'Brien, Shelumiel Delos Santos, Kevin Savoie, Matthew Eppard, Katy-Lynn Cook, Brandie Rendon, Kate Goud, Anderson Rothwell, Tom-Erik Fure, Sarah Cannon, Jenn Dugan, Arvin Ahmadi, Mackenzi Lee y millones más.

A Caroline Goldstein, Sam Goldstein, Eileen Thomas, Jim y Candy Goldstein, Cameron Klein, William Cotton, Curt y Gini Albertalli, Jim Albertalli, Cyris and Lulu Albertalli, Gail McLaurin, Adele Thomas, y el resto de los Albertalli/

Goldstein/Thomas/Berman/Overholts/Wechsler/ Levine y Witchel.

A Brian, Owen y Henry, mis preferidos de siempre.

Y a ti. Sigue resistiendo.